ムーンライト・イン

中島京子

角川文庫
23946

目次

ムーンライト・イン　5
解説　朝倉かすみ　383

I

都心を出たのがもう夕刻だったし、特急を降りて高原列車に乗るまでに三十分も待たなくてはならなかったから、着いたときはすっかり夜になっていた。

予報に反して降り始めた雨は、風とともに勢いを強め、本来なら降るばかりの星空が見られるはずのその街はただただ暗く、駅前は誰もいなくて閑散としていた。

とうぜんのことながら、観光案内所も閉まっていた。

栗田《くりた》拓海《たくみ》は駅の構内で、バックパックから全身をすっぽり覆うレインスーツを取り出して着こみ、折りたたみ式の自転車を広げて、外に出た。すっかりおなかが空《す》いていたから、なにか食べて腹を膨らませようと思ったが、そこは見事なほどに無人で、腹を満たそうにも店など開いていなかった。

降り募る雨の中、自転車を手で押しながら駅前を転がし、ライトを外してそこらを照らしつつ歩いていて、巨大なコーヒーポットのオブジェだか店だかにぶつかったときはギョッとした。こういうものが、昼間はかわいく見えるのだろうかと一瞬思ったけれど、そのオブジェの横の建物のガラス戸の内側に鎮座している古びた巨大なぬいぐるみを見ても、とてもそれが昼には開いて人を招き入れている店だとは思えなかった。

自転車を転がして高原列車の線路をわたり、それ以上行っても何もなさそうだったので引き返した。ちょうどポットのオブジェの道を隔てた反対側には工事でもするのかトタン板で覆われた一角があり、「SGF」という看板がかかっていたが、細く空いた隙間からハンディライトを差し入れて照らしてみても、放置された自動車と雑草と、廃墟《はいきよ》じみたショッピング施設の入り口のようなものが見えるだけだった。手元のスマートフォンで施設名を検索すると、それが「サバイバルゲームフィールド」の略であることがわかった。かつてはブティックやフードコートだったらしい駅前のショッピング施設が、居ぬきの形で、エアガンを持って敵と撃ち合う「大人の戦争ごっこ」のフィールドとして再利用されていることが、手元のネット情報で知れた。なるほど「廃墟」には廃墟なりの、活用方法というのがあるらしい。でも、曲がりなりにも観光地として知られる街の駅の真ん前に、大人がミリタリーウェアを着てエアガンを撃ちまくるフィールドがある事実には驚いた。そのフィールドはほんとうに、使われることがあるんだろうか。

駅前の通りに並ぶ建物は、土産物屋だったり、喫茶店だったりしたのだろう。ライトを当てると暗がりから浮かび上がるそれらは、「アメリカン」とか「カントリー」とか呼ばれるスタイルが流行したころに建てたと思われる店舗で、長年そこに放置されている建物の醸し出す恨めしさのようなものが漂っていた。

大きく組まれた改装工事のための足場が、カントリー調の三階建ての白っぽい建物の一つを覆っていたが、その足場じたいも、新しく組まれたものには見えなかった。雨もさることながら、風が吹きつけて、足場を覆うビニールシートがずさずさと音を立てた。シートが剝《は》がれ落ちてきたら、という不穏な想像が頭をよぎる。

人っ子一人いない駅前通りを折れて、ハンディライトで無造作に左右を照らしながら進むと、一瞬、頭をいくつもつけた化け物が見えた気がして、ひるんで自転車を止めた。

聞こえるのは風雨の音ばかりで、猫の這《は》い出す気配もないので、そっと足元からゆっくり化け物のいそうな方向にライトを向けると、なんのことはない、また別の少し変わったオブジェがあって、それは木のような人のような形をした立体で、木なら幹、人なら胴にあたる部分と、枝か腕にも見える部分が、それぞれ色の違うペンキで塗り分けられていた。枝にも、肘《ひじ》を曲げて上に向けた腕のようにも見えるその着色された金属パイプの突端には、丸い白い電球めいたものが載っているので、そう、それはつるんとのっぺらぼうの人の顔のようでもあり、そのせいで、枝や腕に見えていたものが、ちょっと人の首にも似て見えるのだった。

夜中でなければ、これを見て、いくつもの首と顔を持つ人などという連想はしなかっただろう。昼間見ればファンシーなオブジェなのかもしれないのに、例によってカラフルに塗り分けられたように見えるペンキも剝がれがちで、錆《さ》びも出て手入れのされていない雰囲気が、哀愁というよりは夜闇の中に薄気味悪さを浮かび上がらせる。

次にハンディライトが探し当てたのは、どうやら小さなホテルの残骸《ざんがい》のような建物だった。壁は崩れ果て、錆びた鉄骨がむき出しになり、一階のエントランスだったと思われる部分には布団やらテレビやらが投げ出されており、空気の抜けたタイヤを嵌《は》めた自動車が地面に半分めり込むようにして放置されていた。

脳裏には、さっき手元のスマホで見たサバイバルゲームフィールドの光景が蘇《よみがえ》ってきて、この高原列車の駅前全体がそのフィールドで、篠《しの》つく雨の中、カモフラージュ柄の戦闘服を着てエアガンを手にした男たちが、どこかで息を潜めているのではないかという、あまり楽しくない妄想が浮かんだ。拓海はそれを払うように身震いした。

雨なんかに降られるはずではなく、景色も空気もいいはずのこのよく知られた高原のどこかで、小さなテントを張る予定だった。大通りを避けて路地に入ると、すでにもう林の中の小道といった風情になり、野宿には悪くなさそうな公園に出くわしたが、この雨の中では宿泊施設を探したほうが無難だと感じられた。

駅前の廃墟感のあるエリアも、天気さえよければそれなりにご愛敬《あいきょう》かもしれないし、なにより星空さえ眺められるなら、自転車乗りには悪い旅じゃない。

しかし、雨だ。

閃光《せんこう》が近くの山に走り、一瞬の後、雷鳴が轟《とどろ》いた。

これはもう、早いところどこかの宿にと思って、びしょぬれになった顔を同じようにびしょぬれの手で拭《ぬぐ》いながらハンディライトをかざすのだけれど、宿のように見える施設はどれも、とても営業しているとは思えない暗さで、そこにも地面にタイヤのめり込んだ廃自動車を見つけるに至って、このあたりに泊まれるところなどないんじゃないかという気がしてきたのも事実だった。ぽつん、ぽつんと見当たる家も、別荘なのか、その成れの果てなのか不明ながら人の気配はなく、雨でぬかるんだ地面に、自転車のタイヤが重くめりこむのを腕に感じるばかりだった。

拓海の目に、ある家の灯《あか》りが飛び込んできたのは、宿を探すのはあきらめて駅まで戻り、屋根のある構内で一夜を過ごすしか方法はなさそうだと思った矢先だった。窓から漏れる光の暖かさと、自分以外に人間がいる感触に力をもらって、その家まで行ってみようという気になった。近くに泊まれそうな宿泊施設がないか聞いてみて、ないと言われたらあきらめて駅まで戻ればいい。

そのうえ、近づくとなんとなくいい匂いがしてきた。スープでも煮込んでいるらしい。とうぜんのことながら、腹が妙な音を出した。とにもかくにも、人の声を聞きたくなって、垣根に自転車をもたせかけてレインスーツのフードを外し、髪を撫《な》でつけながら玄関に駆けよると、軒先にぶら下がった看板が目に入った。

「―――――NN」

楕円《だえん》形の板に、文字が書かれていて、ほとんどは消えていたが、最後の二つのNだけは白く残っていた。拓海は目を斜め下に動かして考えた。

NN。

「INNか！」

なんだよ、ここ、ペンションじゃないか。

客室が空いているかどうかを確かめてもいないのに安堵《あんど》で口元が緩んできて、拓海は、ちょっと伸びたヒゲを撫でた。そして、深呼吸してうまそうなスープの匂いを吸い込んでから、呼び鈴を押した。

中では三人の女が、身をこわばらせた。

いったい、こんな雨の夜に何者だろう。

女たちはそれぞれ、別の部屋で別のことをしていた。

新堂《しんどう》かおるはベッドの中にいて、すでに目をつぶっていた。夕食は六時半にとり、七時台に入浴を済ませ、八時には寝床に入るのが習慣だった。掛け布団を掻《か》き寄せ、それを頭からかぶって目をさらにぎゅっとつぶった。なにも聞きたくないし、知りたくない。出ない。出ない。もちろん、玄関まで出てドアを開けるなどということは物理的に不可能なことだ。

気になるのは、もしかして息子がここを捜し当てたのではないかという想像で、それを考えると気が滅入《めい》る。ケアマネジャーから連絡が行ったとか？　まさか。そこは周到に手を打ったつもりだけれど、それ以外に、あの鈍感な息子が気づくはずはない。息子が見つけたという想像を巡らせるのはひょっとして、見つけてくれないかという願望が自分の心のどこかにあるのではないかと思い、かおるはさらに不機嫌になった。

もちろん見つけてほしくなどない。見つけられて、連れ戻されたあげくにどこかの施設に抛《ほう》りこまれるような事態は絶対に嫌だ。机の上に置いてあったパンフレットの数々、いらいらした息子の声。思い出したくないことが次々に頭に浮かぶ。こうしたときに、とうぜん自分のことも思い浮かべるだろうという態度で頭に浮かんでくる息子の嫁の取り澄ました表情が気に入らない。出てきてほしくない。想像の中に、けっして出てきてほしくない。あれといっしょに息子が現れるという最悪の事態を考えると、いますぐ天に召された方がましと思えてくる。

また、呼び鈴が鳴った。

家の灯りは点《つ》いているのだし、人がいるのは自明なのだから、出ない理由はない。もう、誰かがしかたなしに玄関に向かっているところだろう。しかし、息子か息子のよこした誰かだったら、機転をきかして取り繕ってくれるだろうか。出てくれるのが、塔子《とうこ》さんならいいけど、あの、何を考えているのかよくわからないマリー・ジョイだったら。でも案外、マリー・ジョイが出れば相手はびっくりして、こんなところに老婆が潜んでいるはずがないと思うかもしれない。

ああ、ドアが開いた。男の声がする。

かおるは暗がりの中で、さらに体を硬くした。

一方、かおるに「塔子さんならいいが」と期待された津田《つだ》塔子は、夕食の片づけを終え、他に誰もいないキッチンで、くず野菜と鶏《とり》ガラでスープストックを作っている最中だった。

誰だろう、こんな夜中に。

塔子はガス台の火を消した。ひょっとしたら、裏から逃げたほうがいいのかもしれないという気持ちが働いたからだ。

あのことを知っているのは自分とかおるさんだけで、その後、誰かが騒ぎ出したような気配はない。なにかあれば新聞沙汰《ざた》くらいにはなるだろうと思って、あの後しばらくは毎日駅に新聞を買いに走ったが、そんな記事もなかったし、テレビのニュースにもならなかった。となると、あわてた自分が間違えただけで、ひょっとしたら何ごともなかったのかもしれない。そして、あっちも少しはうしろめたい気持ちがあって、ことを大げさにはしなかったのかもしれない。少なくともそう思いたい。あの日はそもそもシフトではなかったし、あんな時間にあそこの家にいることが不自然なのだから、誰も二人を結び付けて考えたりしないはずだ。塔子は、あの日以来、何度も考えたことを、頭の中で反芻《はんすう》した。結論として、やっかいごとがここまで追いかけてくることはないはずだと、これも何百回となく考えたことなのだが、何度も考えるのは不安がまったく去らないことの裏返しだから、壁際の電気のスイッチに手をかけて、塔子も息を殺す。

マリー・ジョイは部屋でくつろいでスマートフォンをいじっていた。母国の友だちとチャットをしながら、動物のようにヒゲや耳をつけてデフォルメした写真を送り合って笑っていた。誰かが応対してくれれば出る必要はないのだけれど、誰も玄関に向かう気配がない。そこでマリー・ジョイは大きなため息をついてから、チャットを終了し、おもむろに大股《おおまた》で玄関に向かって歩き出した。長い髪を無造作にシュシュで束ねると、ベビードールのような派手な部屋着の上に手編みのニットカーディガンをひっかけ、つま先のあいたスリッパを履いて出て行く。

なんなの、こんな日に。

なんなの、とは考えたが、他の二人のように、あれではないかこれではないかとは、マリー・ジョイは考えなかった。根が楽天的な性格なので、悩むより行動したほうが気持ちはラクなのだ。

ドアを開けると、錆びた蝶番《ちょうつがい》がキィーッと妙な音を立てた。玄関灯の下に、首まですっぽり黒いレインスーツを着た男が立っている。フードを外した頭は雨に濡《ぬ》れてくるくると波打っており、無精ヒゲのわりに子どもっぽい顔が覗《のぞ》いた。

「なんですか？」

シンプルな日本語で、マリー・ジョイは問いかけた。

「あのー、ぼく、自転車で旅してて、この雨なんで、部屋が空いてたら泊まれないかなと思って。ちょっと、今日はもう、野宿はキツいんで、空いてれば、どんな部屋でもいいです。や、あれです。金、ちゃんと持ってます。あ、もしかして、ちょっと遅くなっちゃってますけど、なんか、残ってたら、夕食とかも、あれです。つけてもらえたらって。なんか、すごい、いい匂いっすよね。あの、部屋とかって、ありますか？」

マリー・ジョイが眉間《みけん》のしわを崩さないので、拓海の声はだんだん小さくなった。

「トシヨリが、もう寝てるからね。マリー・ジョイは、そういうこと一人で決められないわ。でも、たぶんは、ダメと思うから、すみません、ほんと」

少し訛《なま》りはあるが、聞き取りやすい日本語でそう言うと、マリー・ジョイは目を落とし、首を左右に振って、

「おやっすみなさい」

と、ドアを閉めようとした。

「待って！」

あわてて身を乗り出し、ドアに半身を挟むようにして抵抗した拓海は、マリー・ジョイの眉間にますますたてじわが寄っていくのを確認した。

「いや、もう、夕食の件は、いいです。もし、あればと思ったけど、遅いっすよね。部屋とか空いていれば、と。上の人っていうか、もし、マリーさんが一人で決められないんだったら、上の人っていうか、誰か、決められる人に聞いて」

「初めて会ったのに、マリーさん、なれなれしいじゃない？」

プライドの高いマリー・ジョイはこのように言い、けんもほろろといった態度を取った。母国の友だちに連絡するこの時間は、彼女にとって貴重なリラックスタイムなのであり、それを中断されておもしろくなかったし、玄関から雨が吹き込んでくるのも耐えがたかった。

マリー・ジョイの彫りの深いチャーミングな顔立ちが、遠慮会釈もなく歪《ゆが》むのを見

て、断るにしても商売ならもう少し愛想というものがあってもいいのではなかろうかと、拓海が考えていると、廊下の奥からもう一人の人物が現れた。

その人は歩き方こそゆっくりだったが、心には急《せ》く気持ちがあるらしく、右手が前に伸びていて、突き出した指もひらひらと何かを指示するように動いていた。

「ちょっと待って。若い人。あんた、若いんだろう」

しわがれた声と、ふるえ気味の指先の持ち主が老人であることは、廊下の暗がりから次第に玄関に近づいてきて、電灯の下で見る顔に刻まれたしわがあり、髪が白いことからもはっきりと見て取れた。

それに、誰かを「若い人」と呼ぶのだから、やはり自覚的にも高齢者である証拠と言えそうだった。

「えっと、まあ、はい。若いです」

拓海は今年三十五になった自分の年齢が若いと言えるのかどうか確信が持てなかったが、とうとうマリー・ジョイを押しのけて目の前に立った男性が痩《や》せた白髪の老人であることを見届けて、問いかけは比較の話だと考えることにした。

「あなたは、泊まるところを探しているの？」

老人は値踏みするような目を拓海に向けた。

「ああ、そうなんです。こんな雨の中、野宿はさすがにキツくって」

この老人だ。この人がオーナーに違いない。もしくは、なんらかの意味でマリーさんよりも上の人だ。話が一気に早くなるに違いないと拓海は思った。

「それは、いいね」

老人はおもむろにそう言った。拓海は若干の違和感を持ちつつも、「それならここに泊まればいいよ」というオーナーの言葉を待って、あいまいに笑顔を作った。

「その、あなたのカッパ、いいね」

そう、オーナーらしき人物は続けた。

「カッパ？」

拓海はなにか妖怪《ようかい》めいたものが自分の後ろにいるような気味悪さに駆られて振り向いたが、外には暗がりが広がるばかりだった。

「そのカッパなら、屋根に上がれるじゃない」

老人がそのように繰り返すに至って、それは妖怪ではなくてレインスーツを指すのだと、拓海にも了解されてきた。

「屋根、ですか。屋根裏部屋？」

「裏じゃないの。部屋でもないの。屋根のスレートにひびが入ってるらしくてね。しばらく前から難儀してる。とくに、こんなにバシャバシャ降られると、天井から水が漏るんだよ。あなた、いいカッパを着ているから、ちょっと屋根に上がってビニール敷いてくれませんか」

老人は自らも玄関のコートハンガーにひっかけてあったウィンドブレーカーを羽織り、拓海を押しのけるようにして外へ出た。それから後ろを向いて、事の次第を把握できずにぼんやり立っている青年を手招きして、物置小屋へと誘導した。

そして、中から青いビニールシートとはしごを持ってよろよろ外に出てきたので、必然的に拓海ははしごを受け持つことになったのだったが、老人が何をしようとしているのかが、だんだんと理解できるようになるにつれて、衝撃的な事実に直面せざるを得なくなった。

「ぼくが屋根に上るって話ですか?」

唐突に発せられた問いに、ビニールシートを持って前を行く老人は躊躇《ちゅうちょ》なく答えた。

「そう」

「待って。待ってください。あのね」

拓海は雨の中で息を切らした。

「危険です。こんな雨風の中、屋根に上るなんて危険です」

「だけど、雨漏りするからしょうがないじゃないか。せっかく若い人が来たんだもの。ずっと気になっていたんだよ。手伝ってくれるなら、泊まって行っていいよ」

「あのね、わかりますけど危険です。ぼく、バイトだけは経験豊富なんで、現場とかもけっこう行ってますけど、こんな雨風の中は、ほんとやばいです。死人が出ます」

「ほんとう？」

ビニールシートを握りしめたまま、うさんくさげに老人は振り返る。

「明日《あした》、雨が上がったら、ぼく、屋根に上ります。あと、ビニール敷くんじゃなくて、スレートのひびに応急処置しましょう。で、防水テープ使いましょう。そのほうがぜったい安全で確実です。だって、ビニール敷くって、敷いてどうすんですか。まさか石とか置いて留めようとか思ってませんか」

老人は虚勢を張る七歳児のようにくちびるをひん曲げ、あらぬ方を睨《にら》んだ。どうも図星のようだった。

「やめましょう。かえって危険です。防水テープってけっこう便利なんで、ぼく、いつも持ってるんです。明日、晴れたら、やりますよ。今日はやめましょう。とりあえず」

「明日、雨、上がるかね」

不機嫌そうな表情を崩さずに渋ってみせた老人は、しかしふと気を変えたのか、

「そうだね。晴れたら上ってもらおう。昨日、今日、ズレたわけじゃないんだし」

と言って来た道を引き返した。

「入りなさいよ、あなたも、さあ」

と、老人は言った。

「泊まって、泊まれないこともないと思うよ」

謎めいた言葉とともに、拓海は招き入れられたが、そこにはもうマリー・ジョイの姿もなく、建物はまるで、たったいまウィンドブレーカーを脱いだ老人しか住んでいないかのように静かだった。


玄関でレインスーツを脱ぎ、その場に置いて、頭と手足をタオルで拭った後、拓海が案内されたのは、二階の一室で、入るとかわいらしい小さなベッドがあったが、むき出しのベッドマットレスが置いてあり、シーツも掛け布団も枕もなかった。それよりなにより、まわりにごちゃごちゃと物が置いてある。掃除機とか、石油ストーブとか、なにかが詰まった段ボールなどを見て、そこはふだん使われていない、納戸のような場所だと気づいた。

「まあ、ほら、ちょっと埃《ほこり》っぽいかもしれないけど、泊まれることは泊まれるだろ。あなた、野宿がどうとか言ったね」

客を扱うにしてはぞんざいな態度で老人は言った。

「ええ、まあ。天気がいい日は野宿を」

「じゃ、あなた、あれ、持ってるね。寝袋」

「寝袋？　ええ、まあ」

「じゃ、それ、このベッドの上で使ったらどうでしょう」

「はあ」

納戸で寝袋とは予想外の展開だったが、もうこうなると後には引けないというか、ここで寝るしかなさそうだと拓海は覚悟を決め、最後の勇気を振り絞ってたずねた。

「あの、なにか食べさせてもらえますか、けっこういい匂いがしてたけど」

すると、老人は何を思ったか廊下に出て、階下に向かって叫び出した。

「トウコさん！　トウコさーん！」

しかし、一階はしんと静まり返ったままで、誰の返事も戻ってこなかった。三人の女性は、こんどこそ、自分の出る幕ではないと息を潜めていたのだった。

「出てこないね。ということは、なんにもないよ。あなた、野宿をするくらいなんだから、乾パンくらい持ち歩いてないの？」

老人は真顔でたずねる。

拓海は少し首を捻《ひね》った。

「カンパンって、何ですか」

「硬い、あれだよ。非常食」

「棒ラーメンとか、あるけど」

「なんだそれは。それを食えばいいじゃないか」

「いやいや」

「なに。いやいやって。トウコさんが出てこないんじゃ、お手上げだ。すまんね。じゃあ、マシュマロでも焼くか」

「マシュマロ?」

「ときどき焼いて食べるから、マシュマロならあるよ」

「じゃ、それで」

納戸、寝袋、マシュマロ。

思い余って、拓海は本質的な質問を投げかけた。

「あの、ここ、ペンションじゃないんでしょうか」

老人は意表を突かれて口をぽかんと開いた。

「なんでまた。なんで、あなた、ここをペンションと思ったの?」

「だってINNって表に」

「見間違いだろう」

「ええっ? だけど表札が」

「あれはNNだよ。中林虹之助《なかばやしにじのすけ》だよ。ぼくの名前だ。みんな虹サンと呼んでるよ」

なかばやしにじのすけ？

「まあ、いいや。ここはどうせ……」

何か言いかけて、中林虹之助は言葉を切り、おいでと青年を手招きした。

そこで拓海は大きな荷物をその部屋に置き、中林氏の後に続いて階段を下りた。そんなに遅い時間ではないのに、さっき応対に出ていたマリー・ジョイと名乗る外国人さえ気配を消しているような家の廊下を、壁に取り付けられたレトロなブラケットライトの灯りを頼りに居間まで行った。

居間にはソファとロッキングチェアがあり、暖炉があった。その脇のキャビネットには洋酒のボトルが並んでいて、まるでバーのようだった。

部屋には間接照明しかなく、中林氏が暖炉に火を入れたので、部分的に橙色《だいだいいろ》に光る部屋の中で、拓海は中林氏と二人で暖炉の前のじゅうたんの上に胡坐《あぐら》をかいて座った。

なんにもない、と言った中林氏は、温かい紅茶を淹《い》れて、クッキーをすすめてくれた。そして、木彫りの器に入れたマシュマロを出してきて、ステンレス製の串《くし》の先に突き刺した。

「マシュマロの食べ方、知ってる？」

暖炉の灯りに照らされた中林氏の横顔は、細面で、どこか学者さんのような雰囲気だった。

「キャンプ場で炙《あぶ》って食べたことはあります」

「マシュマロはね、ほっとくとこうして、少し硬くなるんだよ。周囲の水分が抜けてね。こうなったら暖炉とか、キャンプの出番だ。袋を開けたばかりのフワフワしたのは、そのまま食べりゃいいんだよ。これをね、串を縦に突っ込むんじゃなくて、横向けてね、くるくる回しながら、周囲を炙るんだ」

そう言って、中林氏は実践し始めた。白いマシュマロに茶色の薄い焦げ目がつき、薄く煙が上がった。

「煙が出たら、引き揚げどき。ほらどうぞ。だめだめ、この側面をね、熱くないから、側面をつまんで、まっすぐ引く。そうするとほら、マシュマロのいちばん外側が、こんがり焼けて皮がむけるみたいにとれる。これがうまい」

うまい、と言いながら、中林氏はほんとうにうれしそうに、自らそれを口に入れた。

「あ！」

「やってごらんなさい。いくらでもあるんだから」

そう言われて、拓海は硬めのマシュマロを串に刺した。

「これね、マシュマロがベイビーになるまで、何回もできるんだよ。五回くらいはいける。最後まで食べちゃったら、次に行く。これがマシュマロの、ほんとの食べ方」

暖炉からはぱちぱちといい音がして、砂糖の焦げる甘い香りが上がった。外は相変わらず暴風雨だったが、部屋の中は平和で、やはりどこか心地のいい宿めいた雰囲気があった。

「中林さん、ここ、やっぱりペンションみたいですよ」

「そうかな」

「だって、ここが居間で、そっちに食堂があって、廊下の両側に部屋がある。インテリアもすごくいい感じだし。なんだか」

拓海の言葉に少しだけ頬を緩めて、中林氏は串にもう一つ、マシュマロを刺した。

「ああ、じつはそうなんだ。昔ね。昔々の話だよ」

「じゃ、やっぱりペンションだったんですか？」

「だから昔。かれこれ二十年くらい昔」

「やっぱ、そうなんだ」

「もう、閉めてずいぶんになるんだ」

立ち上がろうとして、中林氏の体は少しよろよろした。ソファの縁につかまりながら、ようやく立つと暖炉の脇のキャビネットを開けて、

「ほとんど空なんだけどさ」

と笑ってみせると、奥の方から一本取り出して、

「ほら、あった」

と、中林氏は言った。

「開けてないのが一本」

手にしているのは、高そうな黒っぽい瓶で、中林氏が栓を抜いてグラスに注ぎ、手渡してくれるまで拓海にはなんだかわからなかった。

「ブランデー、ですか?」

「コニャックだよ。買った当時は高級品だったが、いまや安売り酒店でいくらでも買える」

こぽこぽと注がれる酒からはいい匂いがした。

「ここを建てたのはもうかれこれ四十年以上前の話で、そうだな、いわゆる高原ブームの、走りというやつだったかもしれないな。脱サラっていう言葉も、たしかあのころ流行《はや》ったんだ。それ以前は東京の信用金庫に勤めていて、そう、辞めたんだよ。自然の中で暮らしたかった。で、ここに土地を買って、ペンションを建てた。妹と二人で。

そんなふうに、久しぶりに四十年前の話をした中林虹之助は、ほうほうといちいち驚きながら聞いている目の前の青年が、そのころには生まれてもいなかったことに気づいたが、思ったよりも若くなさそうであることにも気づいた。

脚の悪かった妹と二人でここに住み着いたときは自分も妹も三十代だった。若いときに大きな怪我をして車椅子に乗ったきりだった妹は、自分のために兄が結婚できなかったと思い込んでいたが、結婚しなかった理由はそれだけではなかった。

想い人は人妻だった。

信金マン時代に、心動かされ、初めてこの人とならと思った女性が、結婚していたのだ。あるいは信金を辞めて高原に居を移した遠因すら、その女性だったと言えるのかもしれない。

もちろん、そんなことまで、初対面の青年に話したりはしなかったが、中年に入りかけた男の少し緩みだした頰の筋肉を、暖炉のオレンジ色の灯りで眺めながら、ふと、この男もなにかから逃げ出してきたのだというような気がした。

「それで、あなたはなにしてるの？　ワールドトラベラーかなにか？」

教えてやったことに忠実に、マシュマロの表皮を親指と人差し指でつまんでぽいと口に入れると、うまそうに口をすぼめてから、

「案外、合いますね。高級ブランデーとマシュマロ。いや、ワールドとか、そんな、でっかいもんじゃなくて」

と青年は答えた。

たしかにでっかいもんじゃないかもしれないが、なにかから逃げるようにして、あ

るいは得体の知れない窮屈さから這い出るようにして、バックパックを背負って旅ばかりしている連中がたくさんいたころがあったことを、虹之助は思い出した。ちっともでっかくはなかった。世界中に彼らが散っていったヒッピー・トレイルの時代と、自分がこの高原にやってきたころの空気はつながっていたから、自転車で旅をしている男がどこか懐かしいような気がした。

「ぼくなんか正社員とかなったことないから、辞めるなんて想像もつきませんよ。なーんて言っちゃったけど、辞めるのも想像つかないけど、辞めないのも想像つかないんですよ。なにしろ、正社員で信金マンとかが、もう、まるっと想像つかないんで」

「名前聞いてなかったな。ぼくは中林虹之助だけど、あなたは」

「栗田拓海です。大きな栗の木の下での栗に田んぼ、拓殖大学の拓に海です」

「海を拓《ひら》くという意味ね。いい名前だね」

いい名前の青年は、やおらバックパックをごそごそとまさぐった。

「なに？」

「サラミソーセージですよ。こういう日持ちするやつは、万が一のために持って出て」

ビクトリノックスのマルチツールナイフを取り出してソーセージを切り始めた拓海を、虹之助はあわてて制した。

「もったいないじゃないか。そんなの出しちゃって」

「いや、賞味期限、切れかけのやつを持って出てたので、そろそろ食っちゃわないと。いちおう、三か月ごとに更新してるんです」

アルバイトの契約めいた表現だったが、言わんとするところはわかったので、虹之助はマシュマロの入った木彫りの皿にスライスしたサラミを受けた。

「じゃあ、拓海くんは、決まった仕事というのはとくにないわけだ」

「そうですね。二十代の学生バイトから始まって、かなりいろんなことやってます。現場仕事はわりかし好きでした。体動かすのは苦にならないんで。ただ、最近はずっと、物流の倉庫だったんだけど、とつぜん来なくていいって話になって」

虹之助は、静かに拓海のグラスに酒を注いだ。

こんな夜は久しぶりだなと彼は思った。

「虹サンでいいよ。中林さんはかたくるしいから」

暖炉の薪《まき》が少しはぜて、小さな火の粉をまいた。

翌朝、拓海が納戸のような部屋で目を覚ましたのも、まず嗅覚《きゅうかく》がうまそうな匂いをかぎ分けたからだ。ベーコンの焼ける匂い、メープルシロップの甘い香り。昨日もそれに惹《ひ》かれてこの家に来てしまった、例の食欲をそそる芳香も鼻をくすぐった。

階段を小走りに下りようとして、外光の入る大きな窓から外を眺めた。

昨日あれだけ降ったのを忘れたような青い空に、八ヶ岳《やつがたけ》がさらに濃い青い稜線《りょうせん》を描いていた。目の前には牧草地が広がり、草を食《は》む羊が見えた。拓海は思わず足を止めて見入った。

そうだよ。これを見に来たんだ。山と、空と、牧草と、背の高い木々を。

一呼吸おいて景色を目に収めてから、あらためて階段を駆け下り、ダイニングに近づいていくと人影が複数見えた。

「ああ、おはよう」

パイン材で作られた大きな丸テーブルの奥で中林氏が言った。そこに座った全員の目が、拓海自身に注がれた。

虹サンの隣、時計回りに、とても小柄な老女、バンダナで髪を包んだ中年の女性、そしてマリー・ジョイがテーブルについていた。マリー・ジョイと中林氏の間にスペースがあり、空いた椅子が一つ置かれていた。

「取って。じぶんで」

マリー・ジョイが指さした方向を見ると、横長の別のテーブルに、サラダとパンケーキ、ベーコン、ゆで卵、カットフルーツ、それにバタやジャムや紅茶のティーバッグ、お湯の入ったポットなどが並んでいた。

「やっぱ、ペンションじゃん」

おいしそうな朝食を見て、思わずはしゃいだ声を出したが、神経質そうな老女に小さく睨まれたような気がした。

「屋根を直してくれるんだよ」

虹サンはそう、紹介した。拓海が現れる前にそんなことを話したらしく、三人の女性は軽くうなずくようにして、それからそれぞれの朝食の皿に専念し始めた。マグカップにたっぷり紅茶を淹れ、皿に欲しいだけ食べ物を載せて、マリー・ジョイの隣に座ったが、三人の女たちは黙々と自分の食べ物に意識を集中させていた。

ややあって、バンダナの中年女性が口を開いた。

「じゃ、ついでに電球も換えてもらえる?」

老女は、ちょっと非難がましい目をバンダナに向けた。

「いいっすよ」

ベーコンめちゃめちゃうまくね? というようなことを考えながら、小刻みにうなずく拓海を横目で見て、マリー・ジョイが目をくるっと一回転させた。

II

「拓海くん、今日はなにしてるんだっけ？」

一階から上を見上げて、バンダナの塔子さんが廊下に立っていた。

栗田拓海は、朝のうちに気持ちのいい高原サイクリングでも楽しんで来ようと思って、ヘルメットを片手に階段を下りていくところだった。

「今日は、屋根直しですよ。もう四日も快晴が続いてるから、いいかげん屋根も乾いたと思うし。次に雨が降る前にやっちゃわないと。ほかに、なんか、やることありますか？　電球、ほかにも切れてるところとか、ありました？」

「そうじゃないけど、自転車で出かけるなら買い物してきてもらえないかなと」

「このへんで買い物って、どこでするんですか？」

「たいていのものは自分ちで作ってる。野菜とかはね。あとは宅配が多いけど、急ぎのときはコンビニだね。二十四時間営業だし」

「田舎暮らしを支えるのが、宅配とコンビニっていうのは、現代っぽいですね」

物流倉庫で働いていた人間らしい感想を述べると、塔子さんはエプロンのポケットからメモ書きを出した。

塩―500g　2袋
サラダ油―2リットル
電球―100ワット　4個
「電球がよく切れるんだよね。LEDなのに」

塔子さんは独り言のようにつぶやいて口をとがらせる。

「LEDって安いの買うと切れるって言いますよね」

「そうなの？」

「すみません、そう聞いたことがあるんだけど、よくわかりません」

「じゃ、比較的、お高いのを買ってみて。四個じゃなくて、一個だけ買ってみて。それで様子見て、よかったら通販で探すから」

とりあえず、親指をアップして了解サインを出し、キッチンまで行って水を一杯飲んでいると、塔子さんはいつのまにかそこにいて、何か言いたげに立っている。

「ほかにも買ってくるものありますか？」

「いえいえ」

「あ、そうですか」

「ねえ、拓海くん、あなたどうしてここに来たの？」

単刀直入に、塔子さんはそうたずねる。誰かに聞かれそうでいて、まだ誰にも聞かれていない質問だった。

「たまたまです、たまたま。長期でやってた仕事があったんですけど、それが契約終了になって。非正規長いので、次の仕事探す前には自転車で旅することにしてるんです。それで、季節もいいし、こっち方面に」

「じゃあ、またどっかに行くんだね」

「そうなんですよ。虹サンの用事がなくなったら、お役御免じゃなくて、ところ払いじゃなくて、なんだったっけ。厄介払いか。それをされる身というか」

「厄介じゃないから、いられるんでしょうよ」

そう言いながらも、バンダナのおばさんがちょっと安堵《あんど》したような顔を見せたのを、拓海は見逃さなかった。虹サンには好かれているような気がするが、どうもここの女たちは全員、自分を厄介払いしたがっているように思えてならない。

「ここって、ペンションじゃないんですよね？」

「ペンションじゃないわよ」

「みなさんは、泊まり客じゃないんですよね？」

「みなさんって、かおるさんとマリー・ジョイ？　泊まり客じゃないわよ」

「どういうご関係なんですか、というか、こう、どういった、なんというか」

バンダナの塔子さんの眉間にさっとしわが寄ったので、拓海は声をだんだん小さくしていった。

「うん。説明しよう。その前に、塩、買ってきてくれる？　あなた、マリー・ジョイがどこに行ったか、気になってるんじゃない？」

拓海は一瞬そこに棒立ちになった。

じつは、朝トイレに立った際に窓の外を見て、駆け出していくマリー・ジョイを目に留めたのだった。それが、早朝から自転車に乗ろうと思いついた理由だった。追いかけようとまで明確に考えていたわけではなくて、ただ、マリー・ジョイが走るなら、自分は自転車に乗ろうとばくぜんと思っただけだったのだが、人間、何かをばくぜんと思うのには、もっと深い意味があるような気がしてたじろいだのだった。

「行ってらっしゃい」

塔子さんはそう言って拓海を送り出した。なにかをごまかされたような気がしないでもなかった。

マリー・ジョイが走るのは、日課なので、たいした距離ではない。

家のある路地から大きな通りに出ると、起伏のある道路の向こうに青い山並みが広がる。ちょっとしたストレッチをしながら、高原の空気を吸い込む。まだ車もそんなに通っていないから、道路の両脇の木立と下草からみずみずしい香りがする。

早朝のランは、むしろ故郷にいたころの習慣だった。

フィリピンといえば、南国のイメージしか持たないこの国の人々に、自分が育ったのは高原で、どちらかといえば涼しいと話すと意外な顔をされる。

年間を通じての平均気温は19度かそこらで、雨季にはスコールに悩まされるけれど、夏の気温は東京より低くて過ごしやすい。そう言っても、日本人は信じてくれないか、聞いてもすぐ忘れてしまう。

この土地にやってきて、なんだか懐かしく感じたのはパインツリーのせいだ。カラマツという名で呼ばれるこの木が、故郷の高原にある木と同じなのかどうかはよくわからないけれど、風を受けてこのパインツリーの林を走っていると、自分が生まれ育った場所を遠く離れて異国にいるということを、マリー・ジョイは忘れそうになる。

バギオ、というのが故郷の街の名前だ。

もう、離れて四年になる。

舗装された坂道を少し走ってから木立の中に入る。目的地は草原の中にある礼拝所で、真っ白で素朴な木の十字架に至るまでに、キリストの受難をかたどったレリーフを数えることもできる。それらはみんな、街の中心にある教会に属するもので、五十年近い歴史があるらしい。

バギオの家族みんなが洗礼を受けた教会とは宗派が違うようだけれど、ここにやってきて、石造りの古い教会を見たときは少しほっとした。でも、いろいろなことを考えると、礼拝に行くのはためらわれた。この土地であまり自分の同胞を見かけないせいもある。東京にいたときは、四谷《よつや》の聖イグナチオ教会によく出かけたものだったけれど、それは神様だけじゃなくて友だちに会えるからでもあった。

でもまあ、ここに来るのは、決めたことだし。

そう、マリー・ジョイは自分に言い聞かせてみる。

カラッとした空気と青い空、高いパインツリー、足元に生えた草の柔らかさに惹《ひ》かれてランを再開して、走っていた林の中に白い十字架を発見して息をのんだ。思わず、お守りに首から下げているクロスに手を当てた。呼ばれた、と思った。

それ以来、神父さまもほかの信徒もいない、十字架だけがあるこの場所が、マリー・ジョイの教会になり、告解室になった。あれやこれや、告白しなければならない罪はいろいろあったので、早く起きて軽く走り、ここを訪れて一人静かに過ごす時間は、いつのまにか毎日のルーティンになった。

だから、今朝もこうしてやってきて、十字架の前に無造作に置かれた木の椅子に腰かけて、手を胸の前に組み、首を垂れているときに、下草を踏む人の足の音が聞こえ、驚いて跳ねるように身を起こした。

「うわー、こんなところに、マリーさん！」

その声とともに、キュッと自転車のブレーキがかかる音がした。

足音の主は、押していた自転車の主でもあり、数日前から家にいる居候の栗田拓海だった。マリー・ジョイの眉間にしわが寄りはじめた。

どうして虹サンは、この人をまだ家に置いているのだろうか。

あの家の持ち主は中林虹之助こと虹サンだから、彼が追い出さない限り、家にいる権利はあるのだろうけれど、早く出て行ってもらわないと、不都合なことも出てくるのではないかという気がする。虹サンの名前は、長くて覚えにくかったから、マリー・ジョイが綽名《あだな》をつけてあげた。そのおかげで、塔子さんも虹サンと呼ぶようになった。昔からの知り合いらしいかおるさんは、新しい呼び名に慣れないのか虹之助さんと呼んでいるが、いつのまにかこの居候までが虹サンと呼び始めたのは、マリーさんと自分のことを呼ぶ態度と同様に、少しずうずうしいのではないかとマリー・ジョイは思う。

「何してんの、マリーさん」

見ればわかるではないかと言いかけて、たぶん、この鈍そうな男は見ても何もわかっていないのだと気づいた。祈っていたと言うのも、それを知られるのも気恥ずかしかったので、その鈍さには意外にも助けられ、マリー・ジョイは立ち上がると、

「ラン」

とだけ答えて走り出した。

するとどうしたことか、男は自転車で後をついてくる。

走るのは本来爽快《そうかい》だけれども、まるでコーチか何かのように自転車でつけてくる人間がいると、そうでもなくなる。

「ついてこないで」

マリー・ジョイはその場駆け足みたいな体勢をとって振り返った。

「あ、でも、まあ、一本道だからそこまで。マリーさん、毎日、このあたり走ってるの？」

後ろを蛇行しながらついてくる拓海は、のびやかな声でそうたずねる。

「あなた、どこか行くの？」

マリー・ジョイは逆に質問した。いったいこの人は、何をしているのだろう。

「塔子さんに頼まれて、ひとっ走り、朝飯前にコンビニまで」

あ、そう。

うなずいてマリー・ジョイは走り出した。コンビニは家とは逆の方向だから、林を抜ければついてこないはず。でも、それならなぜこの人は、わざわざ林を通っているのか。

いくつもの疑問符が頭にちらついたが、深くは考えないたちなので、大通りに出ても振り返りもしなかった。マリー・ジョイは、人のことを考えるよりも、自分のことでせいいっぱいだったから。

じつは、雨の上がった翌日に、拓海はさっそく屋根の応急措置を提案したのだった
が、大雨の中で屋根に上れと言い張った虹サンは意外にも慎重で、
「いま、やろうったって、上はまだ雨水が残っていて滑りそうじゃないか。ダメだよ。
それに、下地やなんかだって雨がしみこんで濡れてるだろう。乾いてからのほうがい
いんじゃないの？　急ぐ旅でもないんだろう、それより、ほかにもやってほしいこと
はあるんだよ」
と言い出した。
まったく急いでいなかった拓海は、用事がある間は、この家にいてもいいことにな
り、家じゅうのこまごました点検を仰せつかった。長い非正規雇用体験の賜物として、
パソコンの不具合を直すとか、出の悪いシャワーの勢いをよくするとか、嫌な音のす
る換気扇や空調をきれいに掃除するといったことがプロ並みに手際よくできたので、
毎日、なにかしら仕事が持ち込まれ、気がつくともうかれこれ五日もいる。
いつが期限というのもなかったけれど、ともかく屋根を直そうと、拓海は考えた。
薪《まき》もじゅうぶん用意したし、家の中の点検はあらかた終えたし、もうこの家に居すわ

る口実が見つからない気がしたからだ。この間、半径五キロくらいの場所にはあちこち出かけて、観光めいたこともやったけれど、そろそろ旅に出てもいいころだった。

この家を去るのは、当たり前のことで、居すぎたくらいだったのに、どういうわけかちょっと寂《さみ》しい気がしないでもなかった。眉間にしわをよせたマリー・ジョイの表情が脳裏をよぎった。彼女がいったいどこの国から来た人なのかすら、拓海はまだたずねていなかった。人と関係を作るのが、得意ではない気がしていて、どうでもいいようなことしか話題にできない。旅先で気になる人に出会い、たいして深く知り合うこともせずに別れるのは、もう何年も続いている習わしのような癖のようなもので、それなりに旅に余韻をくれるものの、いつもどこか虚《むな》しさがつきまとう。

ともあれ、拓海にはまだ、屋根の修繕という仕事が残っていた。

雨漏りするのは二階ではなく、一階の奥のかおるさんの部屋の近くの廊下の隅だった。離れのように奥まっていて、その部分だけ平屋建てのような造りになっている。はしごをかけてするすると上り、割れて少しズレたスレートに近づくと、しゃがみこんで慎重にそれを取り除いた。

下地の板に水の通った跡があるのを確認する。端のめくれかけた板の大きさを手元のメジャーで測ってから、割れたスレートを持ってそろそろとはしごを降りる。そして、安全な地面でスレートの汚れを掃除し、通販で取り寄せた板を大きさに合わせて切り、それらを背中のリュックに入れて、また、そろそろと屋根に上った。いずれにしろ応急措置ではあったが、ひょっとするとこのオーナーは、このまましばらくやり過ごすつもりかもしれない。だから、できることはやっておこうと思って、慎重に下地の板を外し、大きさを合わせた新しい板に入れ替えた。そしてスレートをもとの位置に戻すと、スレートの割れ目を防水テープではぎ合わせる。最後にこちらも通販で取り寄せたスプレー缶を使ってシルバーグレーの防水テープにスレート屋根と違和感のない色をつけた。

それだけの作業を終えると、拓海はひと息ついて屋根の上で座り直した。

ふんわりとのどかな雲の泳ぐブルースカイの奥に、青い山並みがグラデーションを作っていた。庭の白樺《しらかば》はさやさやと音を立てて風になびき、たしかに気分のいい屋根の上ではあるのだった。

しばらくそこでのんびり景色を眺めていると、修理は一人でやれるから来なくていいと言っておいたのに、はしごを上る音がして、老人がやって来る。

「何をやってるんですか？　屋根、もう直しちゃいましたよ。危ないからいいですって」

「うん、そろそろ終わったかなと思ってね」

意に介さず上り切った虹サンは、拓海の腕につかまると膝《ひざ》を折って隣に座り、背負ってきた小さなリュックを下ろして楽しげにその口を開いた。中から、薄く切ったフランスパンにクリームチーズと自家製のブルーベリージャムを塗り付けたスナックが登場した。

「いいじゃない。屋根の上って、そうしょっちゅう上るものでもないんだから。しかもこの年では、連れがいなくちゃ、なかなかね。上りおさめかもしれないから、少しゆっくりしようと思ってね」

ワインでも取り出しそうな勢いだったが、リュックから出てきたのは水筒に入ったジンジャーエールで、こちらも自家製ということだった。

拓海は、あっけにとられたが、ともあれ、二人の男は屋根の上でおやつを食べた。

「うまいですね、これ」

「うちのだから。うちのだから」

虹サンは得意げに二度言った。

「なんか、いいっすよねー」

そう言うと拓海はまた、青空と遠い山並みと牧草地を眺めた。

「いい？　そう。いい？」

「そりゃ、いいっすよ。ここはいいっすよ」

「うれしいな。若い人にそんなこと言ってもらえると」

虹サンは微笑んで、酒の酌をするような手つきでジンジャーエールを紙コップに注いだ。この、楽しそうなおじいさんの前だと、拓海の気持ちもリラックスする。

「ここのうちの人たちって、そもそもどういうご関係なんですか？」

拓海はかねての疑問を口にした。虹サンは少し顎《あご》を突き出して斜め上を見上げ、考えるような表情をし、それからにこやかにこう言った。

「かおるさんと旦那《だんな》さんはぼくの古い知り合いでね。旦那さんを亡くされてから、空気のいいところで暮らしたいと言って、移ってこられたんだ。ほら、ここはたしかに、一人で暮らすには広すぎるし、ぼくも細々した商売と年金だけでやってるから、多少は家賃をもらえればありがたいしね」

「じゃあ、みなさんは、あれですか。いまどきはやりのハウスシェアですか」

「あ、そう。そう言うの？　じゃ、それだよ」

「みなさん、そのぉ、お年がバラバラというか」

なるべく丁寧な言い方をと心がけながら、やはり拓海は言葉につまる。

「あ、そう？　一般的にはその、ハウスシェアというのは同世代とするものなの？　塔子さんはかおるさんの友だちで、やはり独り身なのでね、こちらに移住してきて、料理やら掃除やら、家事全般をお願いしてる。うちの畑やジャム作りの手伝いもしてもらっているんだ。マリー・ジョイは塔子さんの昔の仕事仲間だそうだ。二人とも介護系の仕事をしていたそうだよ。だから、二人はかおるさんのケアもシェアしてるわけね」

「えー？　二人も専属介護士がいるってことですか？　かおるさんにとっては、願ってもない、いい環境ですね」

「だと思うよ。それからマリー・ジョイは、英語の先生をしてる」

「英語の先生？」

拓海は、朝、ランニングをしていたマリー・ジョイの筋肉のついたきれいな脚と、帰ってきても、草原の十字架の前での朝の二人の邂逅《かいこう》について一言のコメントもなく朝食を食べていた、取り澄ました彼女の表情を思い出した。

「うん、そう。最近は、インターネットのがあるでしょう。あれですね。彼女はああいうふうだから、人気もあるようだね」

ふうん、と拓海は鼻から息を吐いた。

なんか、先生ってタイプには見えないけどね、と内心でつぶやきながら。

「だけど、おもしろいですよね」

おやつをきれいに食べつくした拓海は、こぼれ落ちたパンくずを膝から叩き落した。

「なにが？」

「年齢もまちまちだし、虹サンは男性じゃないですか。性別も違うけど、友情で結ばれた人たちがハウスシェアしてるっていうのは、なんかちょっと、明るい未来を感じさせますよね」

「そうなの？　未来を？　わたしなんか年寄りで、未来は明日《あした》か明後日《あさって》かなのに？」

「豊かじゃないですか。あくせく働かなくても食うものはあるし、友だち同士で介護して、でもお互い、つかず離れずというか、適度にほっぽらかしで気持ちのいい関係を作ってるし。ここ、理想的ですよ。夢みたいな場所です」

「あ、そう？　じゃ、もうしばらく、ここにいるかい？」

「ははは。いたいですけど、屋根直しが期限ですから。なーんとなくですけど、かおるさんたちは、ぼくがいないほうがいいんじゃないかなあという気もするし」

「なにを根拠に。若い男がいたほうが楽しいに決まってるだろう」

「それこそ、なにを根拠に、ですよ。まったく楽しそうじゃないですから。かおるさんなんて、ぼくに車椅子を押させてくれたことないんですよ。話もほとんどしないし。マリーさんは、しょっちゅう眉間にしわ寄せてるし」

拓海がマリー・ジョイの真似をしてしかめ面を作ると、それを見た虹サンは屋根の上で楽しそうに笑った。

「いちばん話しやすいのは塔子さんだけど、あの人もどことなくミステリアスで」

ふふふ、と虹サンはさらに笑い、

「みんな女の人なんだから、ミステリアスじゃなくちゃつまんないじゃない」

と言った。

「そうかなあ。ぼくは、わかりやすい女の人のほうが好きだな」

栗田拓海は、うまいっすねーと目を輝かせてジンジャーエールを飲み干すと立ち上がり、ぐーっと大きく伸びをした。

それにつられたのか、横にいた虹サンは、

「よっこらしょ」

と、伝統的な掛け声をかけながら、自力で立ち上がろうとし、しかし、うまく立ち上がれずによろよろした。

「あ、危ない!」

思わず手を出そうとした拓海は、屋根の上でバランスを崩し、二枚ほどの化粧スレートとともに、音を立てて落下した。

マリー・ジョイはランニングから帰ってたっぷりした朝食をみんなといっしょに食べ、それから契約しているオンライン英会話レッスンの講師の仕事をいくつかこなした。

午後は、車椅子のかおるさんにつきあって近所を散歩し、SNSで入って来る友だちからのメッセージに応《こた》えたりしていたが、そこにドサッという大きな音と、叫び声が聞こえてきて、びっくりして外に出ると拓海が芝生の上でうめいていた。

そして屋根を見上げると、へたり込んだ虹サンが片手を突き出してふらふらさせ、

「拓海くん、拓海くん、だいじょうぶか！」

と、わめいていた。

幸いに一階の屋根は地上三メートルほどの高さだったから、落ちた本人は、顔をしかめながらも動けないほどのダメージではないようだった。

駆けつけて肩を貸し、家の中に担ぎ込んだマリー・ジョイは、痛がる彼の靴を脱がせ、躊躇《ちゅうちょ》なくズボンの裾《すそ》を切って靴下を脱がせ、慎重にその腫《は》れあがった足に触れた。

「痛っ。何すんっすか！」

大声を上げる拓海に、マリー・ジョイはたしなめるように首を左右に振り、

「ちょっと、へたくそだったね」

と、言った。

「へたくそ？」

「だって、そこの屋根でしょう？　二階の屋根じゃないでしょ。飛び降りてもダイジョブの高さよー」

ちゃんと飛び降りて膝のばねを使って着地すれば、怪我などしないのにと、マリ

ー・ジョイは思ったのだった。しかし、触診の感覚では、骨折している可能性もあった。

「でも、折れちゃったかもねー」

へんに流ちょうなせいで、必要以上に人を小ばかにしたように響くイントネーションで、マリー・ジョイはそう言い放ち、威張ったように腰に両手を当てて、また首を振った。

顔をしかめながら拓海が咆《ほ》える。

「屋根から落ちるのに、へたとかうまいとかないでしょう！　折れちゃったかもって、折れちゃったかもって、折れちゃってたら、どうすんですか！」

「しょうがないねー。どういうふうに折れちゃったかなー？　それは、まだ、マリー・ジョイに、わかんないもん」

ようやく、なんとかして降りてきた虹サンは、自分のせいで青年が落下したという疚《やま》しさでいっぱいで、どうなんだ、どうしたんだ、救急車を呼んだ方がいいのかなと、ただただおろおろした。

「どうかなー？　折れちゃったかもねー」

マリー・ジョイが虹サンに応えて、例の口調でまた言った。

「やめてください、その無責任な言い方は」

「だけど、拓海くん、マリー・ジョイは看護師さんだから」

すまなそうな顔をして、虹サンがとりなす。

「えー？」

「マリー・ジョイは母国フィリピンでは看護師の資格を取ったんだから」

「ほんと？」

「まあね」

ちっとも使ってないけど、と、マリー・ジョイは内心でつぶやいた。

それで、どうなったかというと、看護師の資格を持つマリー・ジョイは、応急処置として患部を保冷剤で冷やし、足首が動かないように発泡スチロール容器を壊した板をあてて手ぬぐいでぐるぐる巻きにした。しかも看護師の資格だけではなくて、ドライバーズライセンスも持っていた彼女は、救急車がわりにオレンジ色の軽バンに拓海を乗せて病院に行くことになってしまったのだった。

拓海は後部座席に慎重に乗り込んで、ぱたんと折りたたんだ助手席のシートの、マリー・ジョイが重ねて置いたクッションの上に、怪我した左足を乗せて座った。

マリー・ジョイは、とりあえずラジオのボリュームを上げて走り出した。

病院ねえ。

バックミラーをちらっと見ると、情けない表情の拓海の顔が映る。

虹サンが行けといった病院があるのは、中林邸から南へまっすぐ四十分ほど下ったところにある地方都市だった。このあたりにくらべると格段に街らしい街で、病院も、駅前ショッピングセンターもデパートもパチンコ店もある。

じつは何度か行ったことがある。マリー・ジョイが、ちょっと車を借りますと言って出てくる先はたいていここだった。

だから、もしかしたら虹サンは、何か知っているのかもしれない。

といっても、塔子さんにも全部話しているわけじゃないから、虹サンがわかっていることがあったとしても、それはきっとほんの少しのはずだ。塔子さんには、どこまで話したんだったっけ。

「すんません」

マリー・ジョイが脳内で独り言を繰り広げていたら、つぶれた喉《のど》から押し出すような声が後部座席から聞こえた。

「なに？」

「なにって、マリーさんの眉間にたてじわが」

「ミケン？」

「ここんとこに、線が。難しい顔してるから。なんか、ぼくのせいで時間取らせて」

「あー、シワ？　ここんとこ？　おー、シワ？　よくないね、シワ。シワ、よくない」

拓海がルームミラーにわざわざ自分の額を映して眉間を撫《な》でてみせると、マリー・ジョイはたったいままで考えていたことを放り出して、とたんに眉間を触りだした。

「あ、べつに、女の人が気にする、年でできるしわじゃなくって、なんというか、こう、難しい顔をしてるからどうしたのかなあっていうか」

後部座席の拓海に一瞬妨害された思考は、道路標識にその見慣れた街の名前を見つけてまた内心に戻っていく。

病院にこの人を落っことしたら、行ってみよう。べつにたいしたことじゃない。ただ、車を少しだけ余計に走らせて、そしてまた戻るだけの話だ。顔を見たからといって、なにをどうしようというのか自分でもわからない。

それからマリー・ジョイは口をちょっとゆがめた。笑いそうになったからだ。いつだって、いままでも、いまも、わからない。わかったことが一度もない。いまとなっては、顔を見たいのかどうかさえ、あいまいだ。

そんなことを考えていたら、聞き流していたラジオから、とてもパワフルな「オールウェイズ・ラブ・ユー」が聞こえてきた。

あんまり注意を払っていなかったのに、とつぜんその声の持ち主に気がついて、ちょっと驚いて、マリー・ジョイはボリュームを上げる。

「好きなんですか？　ホイットニー・ヒューストン」

後ろから間の抜けた声が上がる。

「ホイットニー・ヒューストンじゃない」

「え？　違うの？」

ちょっと振り返って、くちびるに指を当てたのは、サビが聞きたかったからだ。違う。これはホイットニー・ヒューストンじゃない。パワフルな声。日本の演歌にちょっと似た喉の使い方。ホイットニーじゃない。

シャリースだ。

「コブシがきいてんなあ、このホイットニー・ヒューストン」

「だから、ホイットニー・ヒューストンじゃないよ。この声はシャリース」

「誰？」

「シャリースよ。フィリピンのすごく有名な歌手。知らない？」

「フィリピンの？　このコブシ娘が？」

「この、なに？」

「コブシって、こう、ウェン、ウェン、ウェンみたいな、喉のところで息止めるみたいなやつ。歌い方。エ、エン、エンみたいな」

ラジオは続けて「アイ・ハヴ・ナッシング」を流し始めた。

あいかわらず、歌声はシャリースのものだった。十代でデビューした彼女がセクシャルアイデンティティーの問題を抱え、ついにトランスジェンダーの男性として生きることにしたことを、マリー・ジョイは二年ほどまえに母国のゴシップニュースで知った。それにはもちろん驚いたけれど、熱狂的なファンというわけでもなかったから、そういうこともあるのかと、日々いくつも消費されるニュースの一つとして受け止めたにすぎなかった。

でも、あらためて聴くと、この人の「アイ・ハヴ・ナッシング」は心に響く。故郷の人の声だからなのか。それともやはり、自分が何者だかわからないという悩みを抱えたことのある人の歌う言葉だからなのか。

——これ以上ドアを閉じさせないで。

——もう傷つきたくない。

気がつくと、マリー・ジョイは大きな声でシャリースに合わせて歌っていて、最後の「オゥオオゥ」を熱唱し終わると、後部座席から拍手が聞こえてきてびっくりした。

「マリーさん、歌、めちゃうまい！」

「わお、うれしい」

「マリーさん、フィリピンの人だったよね？」

「そうだけど」

「じゃ、お国のスター？　いまの人」

「そうだけど、シャリースは世界的なスターだよ」

「いやいや、マリーさんも、まけてないから。プロ並みだから」

「あざっす」

マリー・ジョイは日本に来て覚えたネイティブっぽい言い方で礼を言うと、大通りを右折し、病院の裏側にある駐車場に車をつけた。

待合室でもイヤフォンをつけて音楽を聴きながら右に左に揺れていたマリー・ジョイは、拓海が名前を呼ばれると当然のように肩を貸し、診察室まで送り込んで、医師の指示に従ってベッドの端に座らせた。そして、周囲を見回して看護師の姿を確認すると、自分の役目はここまでだと言いたげにうなずいて、

「終わったら、電話して。迎えにくるから」

と言うが早いか、すばやく電話番号をメモした小さな紙を拓海に渡し、そそくさと病院を出て行った。

栗田拓海はそこでマリー・ジョイが応急手当てした手ぬぐいやら発泡スチロールやらを外されて、X線検査を受けた。診断結果は「踵骨《しょうこつ》骨折」だったが、骨折は関節に及んでいないし、担当医師が言うには「ひびに毛が生えた程度の軽い骨折」だそうで、

「ひびに毛が生える」というのが具体的にどういうことなのか、毛をつけた踵《かかと》の骨が躍る映像ばかりが浮かんでしまう拓海の頭には、まったく理解できなかった。

できないなりに納得したのは、手術も入院も必要がないこと。骨折がくっついてしまうまで、シーネというもので固定して、ぜったいに踵を地面につけないようにすること。触らなくても痛みがあるうちは、脚を高く上げて寝ていること。くっつくまでに一か月くらいかかることなどだった。状態が安定したらリハビリに移行し、完全に治るまでにもう一か月くらいかかること。そして痛み止めの注射を打たれ、じっさいにシーネなるもので固定された足を包帯でぐるぐる巻きにされて、病院のロゴ入りの松葉杖《まつばづえ》が貸し出された。

なるほど松葉杖があれば、マリー・ジョイに肩を借りなくてもどうやらこうやら歩けるわけで、彼女があの時点でいなくなってもいいと判断したのには、いちおう理由があるのだと拓海は気がついた。

拓海が気づいたのは、彼女がいなくなってもいい理由だったが、彼女がいなくなる積極的な理由については、まったく想像の及ばないことで、彼がそれを知ることになるのは、もう少し先のことだった。


ともあれ、拓海が診察室で神妙にしていたころ、マリー・ジョイは市内の別の場所へと車を走らせていた。

マリー・ジョイの目的地は、市の中心地からは少し離れるが、高速道路の入り口に近い工業団地に付属した集合住宅の一角だった。持参した時計を見ると四時を少し回ったところで、こんな時間には誰も外にはいないのだった。

どう考えても、彼女のお目当ての人物がそこにいるはずはない時間だったから、自分でも、うっかり来てしまったことをどうかしてると思い始めた。ほんとうは、住む家ではなく、職場の所在地がわかればそちらに行く方が会える確率は高いとは思うものの、会ってどうするというのが決まらないので、知り得た情報の近くでうろうろしてしまう。

ばかばかしい、もう帰ろうと思って、スマートフォンに目をやるが、拓海からの連絡は入っていない。手持無沙汰なままインスタグラムをチェックしてその場をやり過ごしていると、じゃあね、という子どもたちの声が聞こえた。

赤いランドセルの女の子が、連れの二人とわかれて集合住宅に向かう。

ふいにマリー・ジョイは自分がそのくらいの年だったころを思い出した。

あのころは母がいて祖母がいて、お金はなかったけど楽しかったし悩みもなかった。不思議なことだけれど、あのころは父すら存在していた。じっさいの父親よりずっと魅力的で頼りになる父親像が、母の巧みな想像力によって植えつけられていたので、世界はもっとシンプルで安定していた。

集合住宅の玄関に駆け込んだ女の子の、

「ただいま！」

という声が聞こえる。

お母さんは、

「お帰り」

と言って迎えるのだろう。

異国でひとりぼっち。自分の立っている場所は、いま、あまりにも不安定だ。

スマートフォンが振動して、拓海から連絡が入った。

マリー・ジョイは大きく一つため息をついて、それから病院に戻った。

帰り道、二人は無言だった。マリー・ジョイは来たときと同じようにラジオをつけっぱなしにしたが、おしゃべりばかりが続くそのFM局のトークを、二人はまったく聴いていなかった。マリー・ジョイはマリー・ジョイの、拓海は拓海の問題で手いっぱいだった。

日は西に傾き、昼には青かった空が紫色の夕焼けを映し始めるころ、マリー・ジョイの車は渓谷をまたぐ長い大きな橋にさしかかった。連なる稜線《りょうせん》が色を濃くし、谷は深く底がないように見える。

「停まって」

　後部座席から声がかかった。

　マリー・ジョイは素直に速度を落とし、駐車スペースに車を入れた。ほかに車がいなかったので、拓海の座る右側を絶景が見えるように横づけし、後部座席のパワーウィンドウを静かに下ろした。

　そしてエンジンを止めると車を降りて、自分は車体に体を預けるようにして立った。

「きれいだね」

　マリー・ジョイは言った。

　何度通っても、美しい風景だと思う。いろんな理由があるけれど、自分がここに来てここにとどまっている最大の理由は、ほかの何かじゃない、この景色が好きだからだと、マリー・ジョイは自分に言い聞かせた。

「ぼく、帰るとこがないんですよ」

　唐突に、拓海が言った。

「仕事を辞めて、住むとこも整理したんです。二、三か月、旅に出るつもりだったから、家賃を払うのももったいないし」

　マリー・ジョイは小さく瞬《まばた》きをした。

　この人、何を言ってるんだろう。

「ひとりなんで。基本的に。まあ、旅先のどこかに落ち着いて、そこで仕事を探そうかなと。仕事はきっと、選ばなければなんとか。というか、ほんとのこと言うと、あんまり考えてなかったな。ちょっと前までいたとこ、もう何年かいられると思ってたから。急だったんで。辞めてもらうって言われて。こっちの落ち度とかじゃないのに。べつに、ヤケを起こしたとか、そういうんじゃないんだけど」

マリー・ジョイが少し心配になって覗《のぞ》き込むと、拓海は車の中で折るように背を丸め、顔を両手で覆っていた。

「じゃ、ここにいればいいじゃん」

マリー・ジョイは言った。

「そんなのむちゃくちゃでしょう。無理、無理」

「そう？　ムリじゃないじゃない？」

「もう、なんの役にも立たないし」

「落ちたは、虹サンのせいよー。いてもいいって言うよー」

「違う、違う」

「でも、その足でどこ行く？　自転車乗れないじゃない？」

「だから！」

「気にしない。マリー・ジョイが虹サンに言ってあげるよー。どうしてそんな顔してるの。ここはいちばんきれいなとこだよー。暗くなっちゃったら、見えなくなっちゃうじゃない。ちょっと、モッタナイじゃないの！」

マリー・ジョイは塔子さんに習った「無駄にしてはならない」という意味の言葉を、とてもていねいに、ゆっくり発音した。

拓海は目を上げて、茜色《あかねいろ》の空を見た。

「みんな、そうだよお」

非常に説得的な、歌うような抑揚で、マリー・ジョイは続けた。

「マリー・ジョイ、わかっちゃった。あなたもムーンライト・フリットでしょ」

何を言われたかわからずに、拓海は首をひねってマリー・ジョイを見上げる。

マリー・ジョイは指を上げて天を指し、

「ムーンライト・フリット」

フィリピン娘はそう繰り返すのだが、拓海の位置から月は見えず、彼の頭は、ますます混乱していくのだった。

III

不機嫌になったのは新堂かおるだ。

居候が屋根から落ちて怪我をして、結果としてこの家に居続けることになってしまったのも不満だが、なにより不愉快なのは、その居候が一階に下りてくることだった。

部屋割りをどうやって決めたかは覚えていないけれど、自分がいるのは東側のいちばん奥、南北と東にも窓のある角部屋で、年長者を敬ってか、もっともいい部屋が与えられている。

隣の部屋はマリー・ジョイが使っていて、塔子さんがいちばんキッチンやリビングに近い部屋なのは、彼女の家事分担を反映してそうなったのだと思われる。

結果的にだが、二階に男、一階に女という棲《す》み分けになっていたのに、あろうことかもっとも屈強であるべき青年男性が怪我をして、二階の部屋にいることが難しい事態に直面したのだった。

部屋を交換してもいいと、最初に言ったのはマリー・ジョイで、彼女がいちばん若くて元気であることを考慮すればそれも策であろうとみんなが賛成しかけたのを、断固、嫌だと言い張ったのが、かおるだった。

隣の部屋に男がいるなんて、落ち着かない。

この気難しい老女の身の回りの世話は、塔子さんとマリー・ジョイが適当に分担しているものの、入浴や就寝前のマッサージなどはマリー・ジョイがすることが多かった。それもあって、二人の部屋は隣接しているのだけれど、ここに男子が入ってくることなど、断じて受け入れられないと、かおるは小鬼のように顔を赤くしてまくし立てた。

そういうわけで、最終的に部屋を交換することになったのは、津田塔子と栗田拓海だった。

拓海のほうは、荷物もバックパックしかなかったし、部屋を移るのは大変でもなんでもなかったが、ババを引いた形になったのは塔子だ。

もともとがペンションだった家の、それぞれの部屋の造りはシンプルで、備え付けのタンスなどもあってとても快適だったのに、二階の拓海がいた部屋は、なにしろ納戸みたいな場所だったのだ。

荷物を運び出そうにも、そういうときこそ役に立つべき拓海は使いものにならず、すべての原因を作ったのは自分だと思っている虹サンが、ガラクタは自分の部屋と物置に引き受けると言い張って手伝ってはくれたものの、なんとか見られる部屋にしつらえ直すのは、けっこうな苦労だった。

それでも、一応、部屋を部屋らしく整えて、窓から美しい高原の風景を眺めたとき、塔子は思わずそのフランス窓を開けて、口元に笑みを浮かべながら大きく深呼吸をした。

悪くないじゃないの、この部屋。

階下の部屋は、北向きで、窓は美しい白樺林を向いていたから、それはそれでなかなか趣があったのだけれど、二階の納戸は西に小さい窓があり、近隣の牧草地の広がりとその奥の西側の山の景色をちょっとだけ見ることができた。視界の奥行きが広いのが心地よかった。

夕刻が近づかないと陽の入らない部屋は薄暗かったし、放り出されていた荷物を片づけてすら狭かったけれど、そこはなんだか自分に似つかわしいように、塔子には感じられた。オーナーの趣味は悪くないとはいえ、やはり一階の部屋は、元が客室だったので、パイン材の寝具やタンスの置かれたファンシーな造りだった。納戸のむき出しのマットレスに、塔子はシンプルな生成りのシーツや布団カバーを通販で買ってかけた。

「ジミな部屋」

と、片づけを手伝ってくれたマリー・ジョイが言った。

性格も地味なんだし、ひっそり暮らしたいからここに来たわけで、地味の何が悪いのよと、塔子は思った。

どうして塔子がここに来ることになったのか、ほんとうのところはマリー・ジョイには話していない。

「事情があって」

とだけ、言った。

「事情があって、東京を離れたいのよ」

と。

マリー・ジョイとは、三年前まで働いていた介護施設で知り合った。

あのころ、塔子はその施設の非正規職員で、マリー・ジョイは就労研修をしていた。明るくて、人なつこい彼女とは自然に仲良くなった。じつは息子が海外に行ってしまったこともあって、外国で勉強なり仕事なりをしている若い人に興味があったのもある。つい、ちゃんとごはんを食べているんだろうかとか、さみしい思いをしていないだろうかなんてことが気になって、一人暮らしの家にマリー・ジョイをよぶこともあった。

その施設とは雇用契約が切れて、自宅から遠かったことなどもあり、スタッフ派遣の別の会社に登録して、日常的に会うことはなくなったが、たまに連絡を取り合っていた。でも、そのマリー・ジョイが、結局、国家試験に受からなくて、帰国せざるを得なくなったということをかつての同僚から聞いた。

だから、フィリピンに帰ってしまったと思っていたマリー・ジョイから、久しぶりに連絡があったときは驚いた。

「あなた、帰ったと思ってた」

いつも人で賑《にぎ》わう都心の大きな駅の近くの、どこにでもあるような居酒屋チェーン店で向かい合って、焼き鳥や肉じゃがをつつきながら話を聞くと、試験が難しすぎると文句を言ったあとでマリー・ジョイは、帰る前にどうしても会っておきたい人がいると言った。

「誰？　恋人？」

マリー・ジョイはぶるぶる震わすように頭を左右に振って、

「そんなんじゃないよー」

と言った。

「親戚《しんせき》？　友人？　どうしても会っておきたいって、どういう事情？」

たたみかけると、珍しく彼女は無口になった。

「聞かない方がいい？」

塔子の問いに直接には答えないで、マリー・ジョイは妙なことを言った。

「ここに住んでるの。ここ、どこなの？」

見せてくれたのは、小さなノートの切れ端で、そこには読みにくい筆跡のアルファベットで、所番地のようなものが書いてあった。

「なにこれ。日本なの？」

老眼鏡を持たないで出てきていた塔子が紙切れを極力自分の目から離して目を細めたのを見て、マリー・ジョイはそれをひったくると、地名を読み上げた。それは塔子でも聞いたことのある地名だった。

「ああ、なんだ。日本なのね。そうねえ、東京からだと二時間くらいかな。JRで。車でもおんなじくらいかな。そんなに遠いとこじゃないわよ。電話番号なんかは、わかんないの？」

「わかんない」

「んじゃ、手紙でも書いたらどうかしら。古風に」

「コフー？」

「だって、いきなり訪ねていくわけにも行かないでしょ」

「そうかなあ」

「それだけ親しければ、いきなりでもいいのかもしれないけど」

マリー・ジョイは肩をすくめて、紙切れをバッグにしまった。

「あなた、いまどうしてるの？　どこで、何してるのよ？」

「わかんない」

「わかんないって、何よ」

「いろんなことがわかんなくなっちゃったよ」

いつになく弱気なマリー・ジョイをそのままにしておけなくて、その夜は自宅に泊まるように誘ったのだけれど、また連絡するよと言い残して、彼女はいなくなった。

だから、こんなことになるとは、まったく予想していなかったのだ。

ここで、この家で、いっしょに暮らすことになるとは。


踵《かかと》の骨を折った栗田拓海は、一日の大半をファンシーな花柄のカバーをかけたベッドで過ごすことになってしまった。松葉杖《まつばづえ》をつけば歩けることは歩けたが、痛みがあるうちは動かない方がいいと病院でも言われたし、母国では看護師資格を持つというマリー・ジョイにも言われてしまった。

それに、もともと目的があってこの家に来たわけでもないのに、家の中の細々とした仕事を引き受けることでなんとか居場所を作っていたはずが、それもできなくなって、居候としては非常に肩身が狭く、あまり誰の目にも触れたくなかったのだった。

昼食はそれぞれ勝手に食べることになっていて、夕食は塔子さんがいつも栄養バランスもしっかりしたおいしい食事を用意してくれていたものの、食べる時間はみんなバラバラだった。朝食だけは、みんながなんとなくいっしょの部屋で食べる習慣になっていたけれど、そこに出て行くのも億劫《おっくう》だった。

ひきこもり気味の居候の部屋まで朝食を持ってきてくれたのは、虹サンでもマリー・ジョイでもなくて塔子さんだった。

「食べてくれないと片づかないから」

キッチンの仕事全般を引き受けている塔子さんは、拓海に気を遣わせないようにそんなふうに言って、ルームサービスをしてくれた。

そのうち、遅い夕食を一人でとっているところにも現れたりして、この五十がらみの女性がけっこう話し好きであることを拓海は知った。

「息子がいるのよ、わたし」

食後に林檎《りんご》を剥《む》いてくれたりしながら、塔子さんはそんなふうに話してくれた。

「拓海くんより、ちょっと年下だけどね。外国に行ってるのよ。留学っていうやつ。十代で行っちゃって、もう長いの」

「なんの勉強してるんですか？」

「勉強っていうかね、ダンサーっていうの？　そういうの、やってる」

「すげえ、うらやましい。アメリカとかですか？」

「ヨーロッパ。最初はロンドンだったんだけど、なんかいろんなとこに行ってて、いまどこにいるんだったかな？　ちょっとわかんなくなっちゃった」

「時々は帰ってくるんですか？　塔子さんが向こうに行ったり」

「行かない、行かない。どこにいるかもよくわかんないのに。ぜんっぜん帰ってこない。連絡もほとんどくれないよ」

「息子って、まあ、そんなもんです」

「拓海くんも？」

「母親はぼくが大学生のときにすい臓癌で亡くなって、父親だけですけど、連絡はしないですね。ぼくが何してるか、知らないと思います」

「そうなんだ！」

「そうそう。だから、だいじょうぶですよ。元気でやってますよ」

「足、怪我してたりして」

「いま、それを言いますか！」

塔子さんは、拓海がいままで見たうちでもっともうれしそうに笑った。なんだか、拓海が父親と連絡を取っていないことがひどくうれしいようにすら見えた。

「拓海くんはさ、非正規の仕事を自らすすんで辞めたわけじゃないのよね？」

「うん、まあ、そうですね」

「わたしはね、自分から辞めたの」

「介護のお仕事を？」

「自分から、とつぜん辞めたの。やりたくないから、辞めてやったの。辞表を叩《たた》きつけたの」

「ほんと？　かっこいいな、それ」

「ものすごい嫌なジイさんがいて、こう、なんていうのかしら、いろいろ、あるわけよ」

「あーあ、わかりました！　いわゆる、こう、セクハラ、パワハラ系の」

「そう、そう、そうなの。あなた、いいこと言うわ。いわゆる、こう、そういう系よ」

「なんか、聞いたことあります。触ってきちゃったり」

「そう、それとか、要求みたいなのもある」

「要求かあ。いわゆる、そっち系の、こう」

「そうなのよ！　そっち系の要求よ」

「でもまあ、断るわけでしょ」

「そりゃそうよ。だって、わたしたちの仕事は、そういうんじゃないもん」

「ですよね」

「でもね、たとえば、少し赤ん坊返りしてたり、記憶がおかしくなっちゃってるようなおジイさんが触って来ちゃったりとか、そういうのは、まだいいのよ。いいってこともないけど、わたしたちもプロだから、じょうずに断ったり、適当にあしらっておく方法も知ってるわけね」

「じゃないと、やってられないですよね」

「そうなの。やってられないの。だけど、問題は、もっと頭のはっきりした人たちなのね」

「あ、病気ではない人たちだと」

「頭がはっきりしてる。体力もある。でも、年だけ取ってる。こういうタイプは怖いわけ」

「そういう人にも介護の人ってつくんですか」

「つく。そうだわね、たとえばちょっと目が悪いとか、耳が遠くなってるとか、肺や心臓に持病があるとか、だけど頭はしっかりしてるってのが、くせ者よ。もちろん、虹サンみたいな、すてきな感じのいい老人もいるけどね」

拓海が、わかります、わかりますと調子を合わせると、塔子さんはうれしそうな顔をしたが、それから何か嫌なことでも思いだしたのか、少し顔をこわばらせて、

「だって、力が強いのよ、そういう人たちって」

と言った。

頭もしっかりしていて力が強い人たちが、はっきりした意図をもって迫ってくれば、部屋の中に二人きりの状況で仕事をするのは、やはり不安を伴うのだろうと、男性の拓海にも理解できた。

「奥さんか、奥さんじゃなくても、お相手してくれる女の人との関係しか作ったことがない人っていうのも、いるのね。そういう人たちは、家の中で掃除したり、ごはん作ったりする女というのは、自分の妻か愛人みたいに思ってしまうみたいなのね」

「ああ、そういうことですか」

拓海は同情して下を向いた。

いくつかの職場を渡り歩くうちには、女性職員をそんな目で見る経営者や、地位のある男たちにも何人も会ってきた。とくに救いの手を差し伸べることもなく、ただ、嫌だなあという思いで見ていた、あれこれの場面が脳裏に浮かんだ。

「若い人はいいわね」

ちょっと無理やり笑顔をつくるようにして、塔子さんは拓海を見上げる。

「ぼく、もう、若くもないんですよ」

「でも、違うわよ、やっぱり」

「そういうおジイさんたちと、ですか？」

「そうよね、違って当然よね、ごめんね。拓海くんは、わりと優しいわよね」

「わりと」

オウム返しに言って、拓海は笑った。

「静かで、人当たりがよくて、あんまり男っぽくないっていうのかな。あ、これは、いい意味でよ。マッチョじゃないって意味。そういうの、若い人はなんとなく、みんなそうなのかなと思って。うちの息子も、ちょっとそんな感じ」

「息子さんから連絡来ないの、さみしいんじゃないですか？」

「ううん。いいの、いいの。『元気のないのが便りの証拠』って言うじゃない？」

「ん？」

「だから、元気のないのが……、あ、間違えた！」

「便りのないのが元気の証拠」だったと、口を押さえて塔子さんは笑うのだったが、そこにほんのわずかな屈託のようなものを、拓海は見て取る。

元気のないのが便りの証拠。

何が「便り」なのかはわからないけれど、塔子さんがふだんあまり見せない「元気のなさ」みたいなものを、拓海はその言葉にみつけたような気がした。

塔子は高原野菜の収穫に出かけた。

家から歩いて数分のところに、虹サンは土地を持っていて、味の濃いレタスだとか色のきれいなズッキーニだとか、カラフルなミニトマトだとか、すてきな野菜をあれこれ育てている。塔子がこちらに移ってからは、その世話は虹サンがするだけでなく塔子も手伝っていた。料理全般が好きなのにもってきて、野菜を育てるのは趣味としてもなかなか魅力的だった。

野菜だけではない。虹サンが大事に育てているのはイチゴやブルーベリーにクランベリー、林檎といったフルーツで、これらとルバーブはたわわに実ったときに収穫して、フレッシュなものも食べるけれど、ジャムなどの加工品にしている。道の駅や市内のいくつかのショップと契約して置いてもらっているほかに、通販で全国に発送している。それが虹サンの生活を支えていて、塔子はこちらに来てからその手伝いも始めた。

とはいえ、まだまだ元気な虹サンは、ビジネスに関しては現役で人の手をそんなに必要としないので、塔子のおもな仕事は家事全般ということになる。もともと家の仕事が得意な彼女にはうってつけの役回りだった。

毎日、畑の様子を見ながら夕飯や翌朝のサラダのことをあれこれ考えるのは、余計なことを想像せずにいられる時間でもあり、塔子にとっては貴重なのだった。

けれども、その日、塔子は集中力を欠いていた。あの男の子に、余計なことまで話してしまったのではないかと、気になってしかたがなかったからだ。

じつのところ、成人した息子がどんなふうになっているのか、塔子にはよくわからないから、息子と拓海が似ているのかどうかも、定かではなかった。息子とあんなふうに話せたらいいのにという願望が、「似てる」と思わせたに過ぎないのかもしれない。そして息子のことは、どうでもいい。問題は、そこではない。

あの件があってからずっと、塔子はその正当な理由を誰かに言いたくてたまらなくなることがある。言ってはいけないと思えば思うほど、気持ちは逆に募ってくる。かおるさんにすべてを打ち明けたときもそうだった。

でも、最近ふらりと高原に現れたこの男は、かおるさんではないし、マリー・ジョイでもないのだから、へたにいろいろ話してしまうわけにはいかない。

だからといって、嘘はどうなのか。

畑で座り込みながら考えてしまう。辞めてやったただの、辞表を叩きつけただの、作り話もいいところだ。なんだって、あんなことが口をついて出てきたんだろう。

おかあさんは人殺しをして逃げ回っていますなんて、息子に言えるわけがない。息子に会ったら言ってみたいことを、予行演習のように言ってしまったのかもしれない。

そんなふうに考えてから、ぷちっとミニトマトを摘んで籠《かご》に入れ、いやいやいやいや、と一人首を左右に振る。

何百回、何千回と考えていることだけれど、さすがに殺人事件ともなれば、新聞にもテレビのニュースにもなるのではないか。少なくとも、誰かが大騒ぎして塔子の耳にも入るはずだ。

あの男は、生きているのではないだろうか。でなければ、誰も塔子を捜さないのが謎すぎる。

塔子はわけがわからなくなり、何か払うように頭を左右に振った。あのときは怖くて怖くて、自分のやってしまったことが半ば信じられなくて、自転車に乗ってただひたすら遠くへ走った。そして、かおるさんの家を見つけたのだ。それ以来、ふっつりと職場には足を向けていない。

考えてみれば、あの日は不運極まりなかった。

冬の名残りがある寒い三月の夕方、仕事帰りに自転車で、いつも行くのより少し遠いところにあるスーパーに行ったのは、そのスーパーに併設された銭湯に行ってみたかったからだった。新しくできたばかりのその銭湯は、小ぎれいで、そのわりに安くて、ヘルパー仲間の間でも近所でも、ちょっとした評判になっていた。翌日と翌々日は久しぶりの連休で、少しゆっくりしたいという気持ちがあった。なのにあんなところで、あの男に出くわすなんて、不運もいいところだと思う。

銭湯は人気で少し混みあってはいたが、入れないほどではなかった。脱衣場も浴場も新しくてきれいで清潔だったし、お湯は澄んでいて体が温まった。上手に造ってあって、磨《す》りガラスの向こうに木が植えてある。すぐそばが幹線道路という場所だから、ガラス戸を開けてしまえば殺風景だけれど、磨りガラスを通して見えるグリーンは、そこがどこか違うところのような錯覚を与えていた。

お湯は温度の違うものが二種類、サウナと水風呂《みずぶろ》、シャワーがあって、座って足だけを浸《つ》ける足湯もあった。お客さんたちは、塔子のように一人で来ているのより、二、三人で誘い合わせて来て、楽しそうに話をしているのが多かった。友人か、職場の仲間か、それとも親子かというような組み合わせで。

ゆったりと二つのお湯に入ったり出たりして、めずらしいからサウナにも入ってみて、銭湯を堪能して出た塔子は、「おくつろぎ処」という名の畳の部屋で、コーヒー牛乳を飲んでいた。両足を投げ出して「おくつろぎ」していた塔子の耳に、わめき散らすような大声が聞こえてきて、なだめる声、悲鳴のような音が続けて響いた。

あのとき、「おくつろぎ処」から、出るべきではなかったのだ。人のことなど、ほってておけばよかった。ほんとうにバカなことをしたものだといまは思う。もしかしたら、自分が出て行かなければほかの誰かが犠牲になったのかもしれないけれど、ひょっとしたら、何ごとも起こらなかったのかもしれない。そうだとすれば、自分にとってもあの男にとっても、その方がよかったはずだ。

でも、塔子は出てしまう。好奇心に駆られて、声のする方に行ってしまう。そして、あの男の顔を見て、男と目が合ってしまう。

時間を巻き戻せるなら、あれを全部、なかったことにしたいものだと塔子は思う。

「――さん！」

塔子は、施設の職員に向かってひどく悪態をついている男の名前を呼んだ。男は介護ヘルパーをしていた塔子の、顧客の一人だったのだ。

男は目を丸くして塔子の顔を認め、

「ああ、ああ、ああ、あんた！　あんたもなんとか言ったらどうだよ」

と、まわりにじゅうぶん聞こえるような声で言った。

「ご家族の方ですか？」

施設の人らしい、作務衣《さむえ》姿の眼鏡をかけた女性が近づいてきた。

「いいえ、違います」

「あ、この人はね」

男は話に割り込んできた。

「この人は、うちの女中さんみたいなもんだから」

「女中じゃないですよ」

思わず、声が出たけれど、そんなことは周囲には重要に聞こえないらしい。

「女中じゃないや、なんつった、最近の、アレだ。アレは」

男は、声を上げた。

「救急車をお呼びしますか？」

施設の人は、塔子に向ってたずねる。塔子は通訳するように男に問いかけた。

「何があったんですか？　転んだかなんか、したんですか？」

「何があったかじゃないよ、あんた。ここの連中の誠意のなさを言いたいんだ、俺は。救急車をお呼びしますか、じゃないんだよ！　見てただろう。俺はすっ転びそうになったんだよ。それを俺の運動神経でなんとか防いだんだよ。倒れてないのは、俺のおかげなんだ。もし、転んで打ちどころが悪かったりした日にゃ、どう責任とれるの。え？　救急車を呼ばないから、それでいいって話じゃないんだよ。責任者はどこにいるの？　だいいち、失礼だろう。救急車がどうのこうのって。嫌味かよ、それは。じゃ、あなた、救急車を呼ぶ事態にならなければ、責任はないと言い張るの？」

男の言っていることはほとんど意味をなさなかったが、虫の居所が悪いことだけはよくわかった。男はしょっちゅう、そんなふうに居丈高になった。それは塔子に対しても、ほかのヘルパーに対しても、よくあることだった。

面倒を避けたい施設の職員は、ただひたすら、謝りながら男の言うことを聞いていたが、いつまでたっても帰ってくれないので、しかたがなく、そばにいた別の職員を促して上司を呼んだ。男はあいかわらず大声で叫び続けていた。

「俺はね、目が悪いんだ。白内障でさ。白内障の人間は来ちゃいけないのかい。いやあ、びっくりした。こういうところは、もう少し、高齢者に親切に造ってくれなきゃあ困るじゃないか。こんな、ツルツルのところじゃあ。なあ、あんたからも何か言いなさいよ。あんただって、俺がここで倒れたら、困るだろう」

困りゃしないわよ。

頭の中に自分の声が響いたが、口に出しはしなかった。

上司らしき人が謝りに来ると、男はさらに図に乗って居丈高に説教をした。弁護士をよこすとか、訴えるとか、命にかかわったらどうするつもりだったのかとか。施設の人は困った顔で、ひたすら恐縮して頭を下げていたが、お願いだから帰ってくださいという気持ちを込めて、塔子の方をすがるように見る。

なぜこんなことにと、その場に居合わせたことを不運に思いはしたが、施設の職員に対する同情もあった。それに、とにかくその場から連れ出して男の注意を逸《そ》らしてしまえば、それ以上ひどいことが起こるとは思えなかった。最初は何があったのかわからずに緊張したが、転んで頭を打ったような緊急事態ではないことには、少しほっとしてもいた。白内障で目が不自由なことも知っていたので、住宅街の電灯の少ない道を、家まで送ってやることもいたしかたないだろうくらいには考えていた。

いやな気持ちがしたのは、塔子が自転車で来ていると知った男が、自分も後ろに乗せてくれと言い始めたときだ。

大人が自転車に二人乗りなんて、おまわりさんに見とがめられたら罰金ものだし、だいいち、それでは重たくてペダルが漕《こ》げなくなる。自分はこれを転がして歩くから、わたしの腕にでもつかまって、自分の脚で歩いてくださいと塔子は言ったのだけれど、おまわりさんなんていたことがないし、タクシーを使う距離ではない、自分は体重が軽いから、たいした負担ではないはずだと言い張る。

「すぐそこなんだよ、目と鼻の先。乗ったって一分や二分だよ」

と、男は言う。そんな距離なら歩いてくれと言っても、銭湯でのぼせてしまったから歩きたくないだのなんだのと駄々をこねた。

施設の人は早く帰ってほしいからと、荷台に載せて使ったらいいとクッションを持ってくる始末で、しかたがないから二人乗りの姿勢で自転車を漕ぎだそうとしてみたが、さすがに不安定で危険だとわかった。

とても気持ちが悪かったのは、男が塔子の腹のあたりにぐるりと腕を巻き付けたことだった。

「無理です」

塔子は叫ぶように言ったのを覚えている。

「歩けないならタクシー呼びましょう」

「冗談だよ、冗談」

男は悪びれる様子もなく荷台から降りて、施設職員にクッションを投げつけると、さっさと塔子の二の腕をつかんだ。

指はいつのまにかするりと向こうに行き、腕が塔子の腕にからみつき、男が必要以上に脇を寄せて来るのを、何度も体をよじって引き離しながら、銭湯から歩いて七分ほどの距離をほぼ無言で歩いた。

「こういう時間になると、鍵穴《かぎあな》がどうしても見えないんだ」

一人で暮らす戸建ての家に着くと、男はそう言った。

家を出るときに玄関灯をつけるのを忘れたらしく、灯《あか》りらしいものがまるでないから、それは塔子でも戸惑うような条件でもあった。

「なんでこんなに不用心な外出をするんですか？　だいいち、その目で、この時間に外に出ること自体が危ないでしょう」

塔子はいら立ちを口にしたつもりだったのに、男は気にかけてもらったと勘違いしたのか、あーコワイ、コワイ、怒らないでよと気味の悪い猫なで声を出す。

男から鍵を預かり、スマホアプリの懐中電灯をオンにして鍵穴に光を当てて鍵を差し入れて、

「開きましたよ」

と、不機嫌な声で言った直後のことだった。

ものすごい力でドアが引きあけられて、男が後ろから抱きすくめるようにして塔子を家の中に押し込んだ。突き飛ばされ、玄関の上がり框《がまち》に転がされたとき、急激に恐怖の波が押しよせてきた。

怖い。

と、思った。

次に何が起こるのかを、塔子は瞬時に、本能的に理解した。

そして先手を打った。

上がり框にうつぶせに倒れ込んだ姿勢を回転させながらあおむけに変える勢いを利用して、のしかかってこようとする男の足元を蹴《け》って払ったのだ。倒れかかって来る男の下敷きにならないように、もう一回転、床の上を転がり、這《は》いつくばって立ち上がった。

男がどんなことになっているのか、確かめる余裕はなかった。ただ、歯の根も合わないような動揺のうちに、指にからまった男のキーホルダーを手間取りながら投げ捨て、三和土《たたき》に落ちていた自分のスマホを拾い上げたとき、懐中電灯が一瞬だけ照らした、倒れた男の顔の横に、ぬらぬらした液体が見えたような気がした。

死んでる。

と、塔子は思った。

自分の心音が耳元で大きな音を立て、なにをどうすればいいのかというあまり意味のない疑問が何十回となく頭を旋回した。

指紋を拭《ふ》き取る、という言葉が頭に浮かんだ。テレビドラマのそうしたシーンでは、犯人は布切れで指紋を拭き取るのではなかったか。バッグに震える手を入れて、ハンカチを探し、つかみだした布切れをやはり懐中電灯で照らしたとき、不謹慎ながら薄い笑いが、吐く息の蒸気とともに漏れた。

あの日、塔子は薄い合皮の手袋を嵌《は》めていたのだ。

新堂かおるは、あいかわらず不機嫌である。

塔子さんの様子がちょっとおかしいのだ。

夕食のサラダがタマネギドレッシングをかけたミニトマトであることは、大きな問題ではないが、マカロニグラタンにもスライスしたミニトマトが載っているというのはあまり見たことがない。冷蔵庫にはミニトマトのピクルスが仕込んであるとも言っていた。

なんだって、今日はミニトマト祭りのようなことになっているのか！

それもこれも、あの出て行かない居候男のせいであるような気がしてならない。あの男が来てから、この家の調和が乱されていると感じる。

足だって、なぜ怪我したのかわからない。案外、この家に居すわるための口実なのではないか。そんなに悪くもない足に包帯を巻いているだけなのでは。何者なの、あの男。なぜここに来たの。なぜいつまでもいるの。問い詰めて聞き出すなんてことを、するつもりは毛頭ないけれども。

いちばん気になっているのは、塔子さんが必要以上にあの男と口を利いていることで、あの人のことだからぬかりはないとは思うけれども、へんに気を許して重大なことを話してしまわないかと気が気ではない。

あの男の足の怪我がフェイクで、塔子さんから真実の告白を受けるなり自転車に飛び乗って警察に話しに行くのではないかという、二重三重の妄想に振りまわされて、かおるはいらいらを募らせた。

わたしたちの計画は。

お箸《はし》を品よく使ってサラダのミニトマトをつまみ上げ、口に運びながら、かおるは考える。

わたしたちの計画は、そこまで周到に準備されたものではない。ある意味では、塔子さんの闖入《ちんにゅう》により、行き当たりばったりに敢行されたという面もある。危ういのだ。そういうところがすでに。だから、もうちょっと、注意してもらわなくちゃ困る。困るというか、嫌。この生活が気に入っているだけに、こわされたくない。だから、できるだけよそ者とはかかわりたくない。少なくとも、かおるはそう思っている。そして、みんなにもそう思っていてもらいたい。そうでなければ困る。困るというか、嫌。

「なんだか、食欲が出ないわ」

ため息交じりに口にすると、

「かおるサン、いっぱい食べてるよー。マカロニグラタン、いちばん大好きでしょ。ダイジョブ、いっぱい食べてるよー」

続き部屋のリビングでタブレット端末を見ていたマリー・ジョイが、ついと立ち上がってやってきて、大きな声でケラケラ笑った。

「お食後はどうしますか？」

キッチンから塔子さんが出てきてこちらを見る。

「今日はお食後、なんですか？」

「シャーベットですね」

「あらまあ、おしゃれ。なんのシャーベット？」

「たくさん採れたミニトマトにフルーツシュガーとワイン少々を――」

「やっぱり今日は、失礼するわ」

これ以上、ミニトマトを食べる気になれなかったかおるは、塔子さんの声にかぶせるように言うと、マリー・ジョイに目配せした。

マカロニグラタンを食べすぎたからよーと、あいかわらず癇《かん》に障る笑い声を立てながら、フィリピン娘は車椅子を取りに行った。

ひとりの部屋に戻ってベッドに入り、風呂までの一時間をかおるはいつものように読書でもしようと本に目を落としたが、やはりまた拓海のことが気になって来て集中できず、老眼鏡を外して眉間《みけん》をつねった。

ここの生活は、思った以上に、よいのだった。

周到に準備されたものではないとはいえ、かおるにとっては、それはいつか実現してみたい夢みたいなものとして胸の内にあり続けた計画だったのだ。

あの日、塔子さんがいきなり訪ねてきた。

寒い春の夜で、とうぜんのことながらかおるはもうベッドに入っていたのだが、サイドテーブルに置いていた携帯が発光して、「塔子さん」の文字が見えた。塔子さんは、以前契約していた訪問介護サービスのスタッフだった。なんでも話せて、人柄がよくて、とても仲良くしていたのに、息子が難癖をつけて別のところに契約を変えてしまったので会えなくなった。仕事以外でも、頼みごとをすれば聞いてくれる貴重な友人だったのに。

「もしもし？」

あわてて手に取って耳に当てると、塔子さんの弱々しい声が聞こえた。

「かおるさん、ほんとにごめんなさい。じつはいま、お宅の前にいるのです。会っていただけませんか?」

「うちの前に? あ、じゃあ、いいわよ。入って。鍵の場所はね、前とは変えたの。でも、あなたならすぐわかるから。あなたが来てくれてたころに鍵を置いていた場所は覚えてる?」

「覚えてます」

「その反対側にある三つ並んだ植木鉢の、真ん中の下よ」

「ありました」

「入ってきて。まだ寝てはいないの」

かおるの生活は車椅子なので、人が訪ねてきても簡単に鍵を開けることは難しい。だから、万が一のときのために、決まったところに隠している。それとは別に、訪問介護のスタッフには鍵を預けているので、植木鉢の下のことを知っている人は、塔子のほかにはもういなかった。というのも、最後まで訪ねてきてくれていた娘時代の同級生が、とうとう入院してしまったからだ。

憔悴《しょうすい》した塔子は、かおるの枕元までやってきてそばにあった椅子に腰を下ろした。塔子の到来とともに、冷たい夜気が入ってきた。

「かおるさん、わたし、たいへんなことをしてしまったんです」

そう言うと、この年下の女友だちは肩を震わせた。

「まあ、まあ、まあ、どうしたのよ。ねえ、寒いんじゃないの？　ちょっと。少し、これでも、おあがんなさいよ」

かおるは体を起こして背中に枕とクッションを当て、ベッドの縁に腰を掛ける姿勢を取ると、サイドテーブルに備えてある電気湯沸かし器からティーポットに湯を注いだ。

「カモミールのお茶なの。あったかいものを飲めば少し落ち着くんじゃない？」

夜中に体が冷えて眠れないときのために、カフェインの入らないハーブティーを用意しておくのは昔からだった。いつもなら立ち上がって自分で淹《い》れてくれるはずの塔子さんは、かおるが湯呑《ゆの》みをさし出すまで下を向いたまま気づかなかった。

「ほら。飲んでよ」

かおるがうながすと、ハッとして顔を上げ、すみませんとうなずいて両手で湯呑みを受け取った。

それから、塔子さんは話し始めた。少し過呼吸気味に息を吸い込みながら、一気に話した。銭湯と、そのあとで何があったかだけではなくて、それまでにその男がどんなことをしたか、どんな態度で彼女に接してきたか、どれくらいの間、彼女が何を耐え、何に耐えられなくなったのかを、あとからあとから、何かが湧き出るように話した。

最後のほうは、繰り返される話に、これはともかく吐き出させてしまうよりないのだろうとかおるは感じ取って、ベッドに入って横になって聞いた。手を伸ばし、膝《ひざ》に置かれた塔子さんの手の甲の上に置いた。目をつむって、じっと聞いていた。

そうしている間に、あの計画が胸に浮かんだ。

いつも眠りに落ちる時間よりずっと遅くまでかおるは起きていて、塔子さんの話を聞いていたが、ルーティンを守るのが好きなはずなのに、ちっとも気にならなかった。それよりも、計画のことで胸がどきどきしてきて、どちらかといえば目が冴《さ》えてくる。

静かになった塔子さんは泣いていた。言葉のあとに、涙の時間が流れた。

ゆっくりとそれらの時間を取らせたあとで、かおるは塔子さんの手の甲を優しく叩《たた》いた。

「塔子さん、今夜はここに泊まって。この家のことはみんな知ってるでしょう。好きなところで眠って頂戴《ちょうだい》。仏壇のある部屋に布団を敷いてもいいし、面倒ならソファでね。風邪を引かないように暖かくして。おなかは空《す》いてない？　なにか食べられるものが見つかれば、食べてくれていいのよ。シャワーやお風呂が必要なら、使って。もう、何も考えずに眠るのよ、今日は。そして明日《あした》になったら相談しましょう。ねえ、わたし、塔子さんにここにいてもらいたいの。あなたがここにいるなんて、誰も思いつかないわよ。ヘルパーさんが来るときだけ、どこかに隠れてたらいいわ。ここは安全よ。でもって、もっといいことを、わたし、思いついたのよ。でもね、いまはもう寝ましょう。遅いし。疲れてるもの」

塔子さんは腫《は》れぼったい目をしたまま顔を上げ、かおるの目を見て力なくうなずいた。

「塔子さん、わたし、あなたのことを助けたいの。でもね、あなたにも、わたしのことを助けてほしいの。ともかく、明日になったら、話しましょう」

かおるは手を引っ込めて、塔子さんに部屋を出るようにうながした。

彼女が部屋の灯りを消して出ていくと、かおるはベッドの中でカッと目を開いた。

Ⅳ

マリー・ジョイが部屋にやってきて、

「オフロガ、ワキマシタ」

と、自動音声の真似をして報告した。

ベッドの上で物思いにふけっていた新堂かおるは、とつぜん、夢の中から引き戻されたような感覚を持った。

「起きてくださいよー。準備しますよー」

マリー・ジョイが手際よく着替えを用意する脇で、かおるはベッドの上で上体を起こした。そして、彼女が背中を向けた瞬間を見逃さず、首にかけていた紐《ひも》をさっと引いてそれを外し、枕の下に押し込む。

「じゃ、行きますよー」

声をかけられて、はいはいと返事をしたかおるは、マリー・ジョイの手をつかんで立ち上がり、車椅子に着地した。

マリー・ジョイの手を借りて入浴している間、そして、着替えてベッドに戻り、その同じ介護者による丁寧なマッサージを受けている間、かおるは上の空だった。

塔子さんのこと、自分のこと、家を出た日のこと、様々なことが脳裏によみがえってきたからだ。じつは、このあたりのことは、もう何度も反芻《はんすう》している。というよりも、ほかにすることがないので、小説か映画の脚本が書けそうなくらい、何度も具体的に思い返していて、それが、この老婦人の日常なのだ。

あの日、塔子さんが家に駆けこんできた。塔子さんはあきらかに、あの街から逃げ出そうとしていた。だから、彼女を誘ったのだ、この逃亡の旅に。彼女がいなければ実現することはできなかった。車椅子生活の自分が、東京を離れてこの地に来ることなど、人の手を借りなければできないのだから。

塔子さんが、マリー・ジョイを巻き込んだ。車の運転のできる人が必要だったから。それだけではなかったのかもしれない。マリー・ジョイにも事情があるという話だった。ええと、どういう事情だったかしら。それはとりあえず重要ではない。

ともかく、家を出るのはものすごい決断だった。そして、かおるはその結果に、いまのところ満足しているのだった。

陽気なフィリピン娘は、どうでもいいようなことをしきりと話しかけてきたが、かおるは、いつにも増していいかげんな返事をし、マリー・ジョイは気にもしていないようだった。

「おやすみなさい」

マリー・ジョイがすべてのルーティンを終えて、部屋から引き上げていく。ドアを閉めるときに、彼女は部屋の電灯を消した。

足音が遠ざかったのを確認してから、かおるは枕元の小さな灯《あか》りを点《つ》けた。それから枕の下に手を突っ込んで、するすると紐を引き出した。上体を少し起こし、ベッド脇のチェストの引き出しを開け、そこから錠前付きの小箱を取り出すと、紐の先についた鍵でもってそれを開け、中から一通の封書を出す。

そもそもの発端である手紙をこうして読み直すのは、それでも久しぶりのことだった。

「お返事を、なかなか差し上げずにいたことを、どうか許してください。

妹が今朝、天国への橋を渡りました。

ご存じのように、もともと体が弱かったのですが、その割には長いこといっしょにいてくれました。死因は肺炎です。誤嚥性《ごえんせい》のものではないかということでしたが、少し前に風邪を引いていたので、それが治りきっていなかったのかもしれません。

私は一人になりました。

私が何を考えているか、貴女《あなた》ならわかってくださるでしょうか。

もちろん、あまりにばかばかしいとお思いになり、一笑に付してお忘れになるということでしたら、私も貴女の判断に従います。長い時が流れましたから。

妹はいい季節に逝《い》きました。

ご存じのように、毎年、私がお送りしている薔薇《ばら》は、この家で咲くものです。妹と二人で丹精込めて育てていたものが、庭の一角を覆いつくすようになりました。秋と春と、二回、美しく咲いてくれるのですが、妹が旅立った今朝になって、固く閉じていた蕾《つぼみ》がいっせいに開き始めました。まるで、誰かが指揮棒を振って合図したかのようです。

最期は病院だったのですが、もろもろの準備を済ませ、棺《ひつぎ》とともに家に戻ってきたら、花たちがお帰りと言って、歓迎の演奏を始めたのでした。

薔薇はかぐわしく香り、山々は青く、ここは、何も変わりません。

我々は老いた。もう、あのころの情熱は戻ってきません。心も、体も、何度も何度も新陳代謝を繰り返し、それがうまく行かなくなってきて、細胞も老い、記憶も老いました。我々は植物ではありませんが、「枯れた」という表現が適当かもしれません。

しかし、冬に枯れたように見える植物も、春には緑の芽を吹くことがあります。

あのころと同じである必要があるでしょうか。

我々には流れ去った日々を慈しみ、過去の選択の数々を赦《ゆる》し、老いを豊かに生きる時間が残されていると考えてもいいのではないでしょうか。

それをたとえば、「友情」とでも、呼びましょうか。

私は、いつか、貴女が送ってくださった手紙のことが忘れられないのです。

週明けに、こちらでできたほんの少しの友人といっしょに、妹の葬儀を終えたら、また静かな生活に戻ります。これからは一人。私も、一人です。

薔薇の季節はまだしばらく続きます。


中林虹之助」


新堂かおるが、その手紙を受け取ったのは、一年ほど前のことになる。この手紙がなければ、いま自分がこうしてここにいることはないのだと考えると、とても不思議な気がする。あれからずいぶん、いろいろなことがあった。手紙を受け取る前の何十年もの間、何も動かなかったのに。

そう考えてから、いやいやいやいや、と、一人かぶりを振った。

いいえ、これが発端ではない。発端はその前の手紙、虹之助が「貴女が送ってくださった手紙」と書いている、もう一通の手紙だ。

それは、かおる自身が、夫を見送ったときに、虹之助さんに書いて送ったものだった。こちらはもう自分の手元にないので、何を書いたか鮮明には思い出せない。思い出すのが恥ずかしいような気がしているせいもある。夫を亡くした不安定な精神状態で、ふいに揺り戻された激情が書かせたものだったから。

でも、たしかに覚えている一文がある。それは、虹之助さんの手紙に、まったく同じものが再現されていたからだ。

「私は一人になりました。」

かおるは、そう書いて、虹之助さんに送ったのだった。

ふう、と、かおるはため息をつく。


栗田拓海が怪我のためにこの家で暮らさざるを得なくなってから三週間ほどが経過した日の朝、窓の外を何の気なしに眺めた中林虹之助の目に、ほほえましい光景が映った。

家の門を出るとそこには舗装されていない私道があって、その先には柵《さく》の向こうに牧草地が広がっているのだが、狭い私道で拓海とマリー・ジョイが、楽しげにキャッチボールをしているのだった。

拓海は骨折した踵《かかと》のために、少し開けた街の病院に定期的に行かなくてはならない。足の怪我なので選択肢はなく、マリー・ジョイが車で送迎することになる。

マリー・ジョイが拓海の送迎のついでに、街の外れに住む誰かのところに行ってきていることに、虹之助は気づいていたし、それが恋人というような存在ではなく、ある意味では恋人以上の何者かであることにも感づいていた。長く生きている者の勘で、それがどういう関係の人物なのかということにも、察するところはあったのだけれど、相談されたわけでもない身としては、黙って見守るしかないと思っていた。

ふだん明るいマリー・ジョイが、その謎の人物に関しては重い口を開こうとせず、あまり触れられたくない様子なのも気がかりではあったが、キャッチボールをして楽しそうに声を上げている彼女からは、余計な屈託は感じられなかった。

それ以上に、拓海の表情に明るさが戻ってきたのが、怪我の原因を作ってしまった張本人としてはありがたかった。

風変わりなキャッチボールで、拓海は車椅子に乗っている。

かおるさんが部屋にいる隙に、マリー・ジョイが勝手に持ち出して使わせているのかと思ってびっくりしたけれど、あれはどうも違うようだ。古い車椅子には見覚えがある。おそらく、物置に畳んで入れてあった、死んだ妹のものを、引っ張り出してきたに違いない。

ともかく、男のほうは車椅子で、しかも動かないように固定しているらしい。マリー・ジョイは、運動神経もよく、ボールのコントロールもうまいようで、きれいな下手投げは大きく外れることなく、拓海の手の中におさまっていく。拓海のほうも、運動不足解消とばかりに上半身をめいっぱい使って、意外に速い球を投げている。

ときに歓声を上げて投げ合っている二人の手には、軍手かなにかが嵌《は》められている
らしい。と、思って目を凝らしてみると、どうやら彼らが投げているのは、野球のボ
ールではなくて、庭の林檎の実のようだ。
キャッチしそこねたマリー・ジョイが、地面に落ちた林檎を拾おうとして、実が割
れたのに気づき、笑い声を立てる。庭の木々のために引かれている水道で、割れた実
を洗い、今度は二人仲良く、それを食べ始めた。何を話しているのかまではわからな
いが、しょっちゅう、マリー・ジョイののびやかな笑い声が響く。
「あの二人、仲いいですよね」
耳元で誰かがそう言ったので、虹之助は、
「ひゃっ」
と声を上げた。
塔子さんがキッチンから出てきて、皿と布巾《ふきん》を手に持ったまま外を眺めている。
「びっくりしたなあ。猫じゃないんだから、足音くらいさせてくださいよ」
そう、虹之助が文句を言うと、塔子さんはニヤッと笑って、キッチンに引っ込んだ。
仲がいい。たしかに、あの子たちの雰囲気は、何かを思い出させる。
虹之助は少し前から、拓海に仕事を頼もうと考えていた。怪我で役立たずになった
と思い込んでいる彼が、相当、プライドを傷つけられていることを知っていたからだ。

でも、気遣いがあまりにあからさまだと、彼は余計に傷つくかもしれないと思って、機会を狙っていたのだが、そろそろいいころあいかもしれない。ああして、笑顔を見せるようになったのだから。

「塔子さん」

キッチンに戻った彼女を、もう一度居間に呼び寄せた。

「今日、納品のほうをね、あなたにお願いして、わたしは工房でジャムの仕込みをしようと思うんだけど」

「納品を。いいけど、わたしじゃ、車が出せませんよ」

「マリー・ジョイに頼んでください」

「工房は、じゃあ、虹サンにお任せして？」

「うん、あの彼に少し手伝ってもらおうかなと」

「拓海くん？」

「ダメかい？」

「いえ。いいんじゃないですか？　ただ、虹サンがたいへんかなと」

「あなたが来てくれるまでは、一人でやってた仕事だから大丈夫だよ」

「そうですかね。わかりました。じゃあ、納品先を教えといてください」

「後で、メモしたものを渡すよ」

指でＯＫサインを作って、塔子さんはまたキッチンに入っていった。塔子さんは虹之助よりはかなり年下のはずだが、ああいうサインが通用するところを見ると、まだ話の通じる世代だなという安心感がある。

塔子さんが行ってしまうと、虹之助は手元の新聞に目を落とした。農業関係の業界紙で、目を落としているからといって、読んでいるわけでもなかった。ぼんやりと、あれこれ考える朝の時間に、恰好《かっこう》をつけるために手に取っているだけのことである。

不思議な調和が、この家に訪れた。

でも、この家にこんなにおおぜいの人間が住むことになるなんて、あのときはまるで想像していなかった。二人が、一人になって、そうして終わっていくのかもしれないと思っていた時期だってあったのだ。

妹が逝き、一人になったとき、しんと静まり返ったこの家で、手紙を書いた。かおるさんからもらった手紙に、ようやく返事を書いたのだ。何度も書き始めて、何度も反故《ほご》にした手紙だったから、書くのに苦労はしなかった。

かおるさんから来た手紙は、いまも持っている。居間の大きな暖炉の脇のキャビネットには、洋酒が所狭しと並んでいたが、その洋酒の瓶の奥に、そっと差し込まれて眠っている。いつでもそれは取り出して読むことができたが、虹之助以外には場所を知る人もいない。

「虹之助さま
私は一人になりました。

夫が亡くなりまして、人が亡くなりますと、あれこれ忙しいものだということを知りました。お通夜、葬儀、初七日、先日ようやく四十九日と納骨を済ませまして、少しだけぼんやりしております。

それでも、訪ねて来られる方があったり、遺産がどうのこうのと息子が申しましたり、気が休まる暇がありませんでした。息子がいま、仕事先の海外に引き揚げて行きましたので、ほっとした気持ちもあります。

息子は私を施設に入れると申します。いろいろな、相続の話が出ましたが、この家を売って、施設に入るのがいちばんいいということで、資料をたくさん見せられて、この次に来る時までに決めておくようにと言いおいて、息子は帰って行きました。

あんまりいっぺんに言われると、私は混乱してしまいます。混乱すると、うまく言葉が出てきません。

息子にいろいろ言われると、どうしてもうまく話せませんので、息子は、私の頭がぼけたのだと言います。もしかしたら、そうなのかもしれません。

こんなふうに、お手紙差し上げますことを、お許しくださいますよう。

息子に言わせれば、頭がぼけているのですから、少しおかしな行動に出ても、仕方がないのだと、自分自身に言い聞かせて、思い切って筆を執りました。

私は一人になりました。

私が何を書こうとしているのか、もしかして、おわかりになるでしょうか。

書き始めたら、あんまり馬鹿みたいで、自分でも笑ってしまいます。そうです、私、少し、頭がぼけているのね。そうじゃなかったら、こんなことを書けませんものね。

でも、私、ぼけてはいないのね。

少しだけ、お酒の力を借りています。

あれは、約束と呼ぶにはあまりに遠い日の、若かりし頃のたわごとのようなものだと、思っていらっしゃる？

そんなことないと、思っています。

私たち、忘れたことなどなかったのではありませんか？

毎年、春のよい季節に届く薔薇が、私たちにとってどういう意味があるか、忘れたことなどなかったのではありませんか？

これ以上、書きませんでも、わかってくださると信じています。

私は一人になりました。

そのことだけ、お伝えしたく。

かしこ
新堂かおる　」

いったい、誰が本気にするだろう。まだかおるさんが表で遊んでいるマリー・ジョイくらい若く、そして自分がそれよりももっと若かったころに、二人の交わした約束が、何十年もの時を越えて守られたなんてことを。

あれは、自分がまだ独身の信金マンで、かおるさんが結婚したばかりの美しい人妻だったころのことだ。

お互いに、一人になったら、そのときは、いっしょに。

このことは、塔子さんにもマリー・ジョイにも、誰にも話していない。

栗田拓海はその日の午後、虹サンといっしょに工房へ行った。

工房というのは、虹サンがジャムやジュースを作って瓶詰にする、まさしく「工房」で、虹サンが持っている果樹園に隣接している。

隣の果樹園の所有者である、虹サンの友人が運転する軽トラックに乗せてもらって、工房にやってきて、白衣と帽子、マスクを身に着け、ビニールの手袋を嵌めた。インストラクションに従い、四つ割りにした林檎の芯《しん》を切り取り、さくさくと薄切りにして塩水につけていく。器用貧乏ともいえる拓海ではあったが、料理にはあまり縁がなかった。したがって、芯を取ろうとして実をすっぱり切ったりしていたが、

「最後にもっと細かく切るから、気にしないで」

と、虹サンが言うので、ただ無心に林檎を切り続けている。

「か、皮は剝《む》かなくていいんですか？」

こんもりと林檎の薄切りを仕上げたところで、はたと気づいて拓海は動揺する。

「いいの。今日のは、皮ごと煮るから」

「そんなの、ありなんですか？」

「おいしいよ。焼き林檎だって、あれ、皮のところがおいしいじゃない。皮と実の間が甘いからね」

グラニュー糖の量だの、スパイス類だのをチェックしていた虹サンは、拓海の隣に戻ってきて、スライスした林檎をさらにその三分の一ずつに切り分け、大きなボウルに入れ始めた。

ボウルいっぱいになった林檎に、虹サンはたっぷりとグラニュー糖をかけて、搾ったレモン果汁を振り入れ、ざっくりと木製のスプーンで混ぜる。

「少し置いとくと、水分が出てくるから、そうしたら鍋《なべ》に移して煮ようや」

工房にも暖炉があって、火が入っていて暖かく、虹サンは林檎ジュースにスパイス

を入れて温めたアップルサイダーを作ってくれた。

「ちょっとだけ、このスライスを拝借しよう」

ガラスのティーカップのアップルサイダーに、ボウルから林檎のスライスを一枚ずつ取って入れると、皮の赤い部分が映えて、カフェのおススメドリンクのようになった。

「アップルサイダーって、サイダーじゃないんですね」

「サイダーっていうのは、アメリカでは林檎ジュースのことらしいね。だから、アップルサイダーは、いわゆる和製英語だよ。温めて飲むと体が温まるでしょう」

「そうですね。なんか、大人の飲み物という感じが。あ、胡椒《こしょう》が入ってるのか！」

「胡椒じゃないんだね。カルダモンなんだ。スパイスはなかなか栽培できるものがなくて、シナモンもスターアニスも輸入品に頼らざるを得ないんだが、カルダモンはなんとかならないかと思ってね。一度、温室を作ってみたことがある。手間がかかってたいへんなので、結局やめてしまったんだ。でも、そのときに収穫したのがまだ残ってるから、この子はうちで採れた純国産カルダモンですよ」

そんなことを話しながら休憩して、それからまた大きなボウルや鍋と格闘して林檎を煮て、いい匂いの充満した工房で、なぜそんな話になったのだったか。

虹サンはどうも誘導尋問がうまいらしい。気がつくと拓海は、マリー・ジョイのことをあれこれ話し始めていたのだ。

「あの人、なんか突き抜けて明るいじゃないですか。やっぱ、そのへんが、外国人なのかなあって。香港《ホンコン》の人が、モーマンタイとか言うでしょ。大丈夫だ、気にすんな、みたいな。香港とフィリピンじゃ、違うのかもしれないけど、なんか、そういう言葉が似合いそうな、あっけらかんとしたところがあるんですよね」

「大陸的というのとも違うよね。島っぽいというのかな」

「うん。島とか、ぼく、よくわかんないけど、そんな感じかも。ちょっといままで、あんまり会ったことのないような感じの人で」

「ああ、いままでのガールフレンドと比べて？」

「うーん、まあ、そうですかね」

「新鮮？」

「おもしろいって感じかなあ。反応とかが、おもしろいんで。しゃべり方も、おまえ、どっから声出してんの、みたいな。アシが折れちゃったカモネーとか」

ハハハ、と、拓海は思い出し笑いをして続けた。

「それに、ああ見えて、細かいところもあるんですよね。怪我してから、ぼく、かなり落ち込んでてで。で、マリーさんが、慰めるとかじゃないんですけど、立ち入っては来ないんだけど、行こうぜ、やろうぜ、みたいな。なんていうのかな、巻き込み方が絶妙というか」

「いつからつきあってんの？」

「いつからかなあ」

大鍋を混ぜる木のスプーンの手を止めて、拓海は考えるようにあらぬ方を眺めた。それから、ふと我に返り、

「つきあってないですよ」

と言った。

「つきあってないの？　いままでのガールフレンドと違って新鮮だと言ったじゃないか！」

虹サンがうれしそうに混ぜ返す。

「そういう意味じゃないですよ。つきあうって、恋愛ってことでしょ。そういうのは、もう、ぜんぜん、まったく、ないですよ」

「そうなの？　なんだかもったいない話だな」

「何がもったいないんですか、やめてくださいよ、もう。友だちっていうか、そこいらへんですよ。だって、見てて、虹サンだって思うでしょう。きれいですよ、あの人、じっさい。だけど、パン、パン、パーンと、健康的すぎて。言っちゃあれですけど、色気がないっていうか」

「あるよ。何言ってんの。あるよ！」

「ありますかね？」

「あるじゃない。じゅうぶん。ありすぎるくらい、あるよ」

「あ、そうですかね？」

「本気で、ないって思ってんの？」

「なんか、いや」

「ないと思うことにしてるわけだろ」

「いや、そういう感じでもなく」

「あるでしょ。あると思うでしょ。じゃ、いったん、きみの気持ちは脇に置いて、客観的に見てさ。あの人、色気あるよね」

「それはー」

「どうよ」

「まあ、ぼくがどうのこうのというのじゃなければ、どうだろう。ありますかね」

「あるだろう」

「うん、ある」

「ほらみろ、あるんだ」

「ないとは言ってない」

「まあ、このへんにしとこう」

シンプルな材料が入っているだけなのに、大鍋で煮られていく林檎のジャムは甘い香りがして、さっきまで硬かったはずのものがとろりと軟らかくなって、皮のためにきれいなピンクの色がつき、魔法使いが調合する媚薬《びやく》のような表情を見せ始めた。

「虹サンは、結婚されなかったんでしたよね」

その媚薬のような香りにつきうごかされて、うっかりそんなことを聞いてしまう。

虹サンはたいてい、何を聞いても動揺したりしないで答えてくれる。

「うん、そう。脚の悪い妹がいてね。ずっと二人でここで生きてきたから。妹は事故にあって、若いときから車椅子でね。でも、よくこうやって、二人で仕込みなんかもしたよ」

「車椅子かあ。それで、あの家はバリアフリーなんですね。かおるさんのためというわけではなく。あ、ここもか」

拓海は工房を見回し、座ってできる作業スペースが意外に多いことにも気づいた。

「そう。当時はバリアフリーって言葉、使わなかったな。もう四十年も前のことだから」

「虹サン、でも、好きな人とかはいたんでしょ」

「そりゃそうだよ。妹は恋人じゃないもん」

「妹さんのことがあったから、結婚しなかったんですか?」

「まあ、そういうことにもなるけど、それだけじゃないよね。好きになった人が、奥さんだったんだよ」

林檎を混ぜながら、さらりとそんなことを言って、虹サンは小皿に少しジャムを取り、舐《な》めてみて、まだまだ、もうちょっと、などと言う。

「フリン?」

「その言葉は好きじゃないんだ」

「人妻」

「うん、そっちのほうが好きだな」

「長く続いた関係だったんですか?」

「ええ? なんだって?」

さすがに照れたのか聞こえなかったふりをして、虹サンは、こんどは大量の瓶を煮沸消毒する準備に入った。それから、ぽつりぽつりと話し始めた。

「長いっていえば長いよ。ずーっと好きだったんだもん。そりゃ、向こうの旦那《だんな》には知られてないよ。少なくとも、知られて修羅場になったりはしてない。

若かったんだ。まだ、信金に入りたてでね。向こうも結婚して、そんなに経っていないころだった。でも、すでにもう、その結婚にはうんざりしてる様子だった。たまたま、共通の知人の企画したパーティーで知り合ったんだけど、出会って数日後には、結婚したのを後悔してるって、その女性から手紙が届いてね。そういうのは、どう言ったらいいのかな。若いときはさ、もう、それだけで盛り上がるじゃない。こりゃもう、運命だという気がしてさ。旦那さんの目を盗んで逢《あ》うというのも、さんざんやったし、二人でどこかに逃げてしまおうという話もずいぶんした。そんなこんなで、四、五年、いや、もっと続いたかな。そのころに、妹が事故にあってね。下半身不随というのになった。親を早く亡くしたもんだから、兄ひとり妹ひとりで、もうこれは一生、妹の面倒を見ていくんだなあと覚悟したから、そろそろ身を引こうと思ってね。田舎がこっちだったし、サラリーマン生活にも見切りをつけて、帰って来ることにしたんだよ。ちょっと流行《はや》ってたんだ。前にも話したろう。脱サラっていうやつ。それに、人妻相手だと、ゴールが見えないでしょう。苦しいからね、先が見えないってのは」

「虹サンの人生って、ドラマみたいだなあ」

拓海はほんとうに感心してため息をついた。

自分の人生には、まったく立ち現れないタイプのドラマだなと思い、やはり戦後ベビーブーム世代は何につけ熱いのであろうかなどと、思いついたりした。

「じゃあ、それで、その彼女とは？」

「うん、まあ、それっきり――」

下を向いてから、虹サンはおもむろに顔を上げて拓海を覗《のぞ》き込むようにし、

「と、思うだろ！」

と、言った。

「え？　続きがあるんですか？」

「うーん」

虹サンは腕組みをして、やたらうれしそうな顔で唸《うな》っている。

「なに？　あるんだ！　あるんですね、続きが！」

「いや、ないよ」

「あるって顔してますよ」

「いや、ない。ほんとにない」

「虹サン、嘘ついてるでしょ」

「いや、ないよ。そういう意味でのドラマは、ない。やっぱり離れるとね、関係が変わるからね。穏やかな友人関係に移行したってとこかな」

「ふうん」

今度は、拓海が腕組みをする番だった。

「なんか、いい話ですね」

「そうかあ？」

虹サンは、悪戯《いたずら》っ子のような表情を崩さずに、煮沸した瓶を引き上げて並べ、大鍋のジャムの火を落とした。

あいかわらず工房には、甘い、甘い香りが漂っていた。

津田塔子は、マリー・ジョイの運転する車にジャムやジュース、ピクルスなどの瓶を詰め込んで、道の駅や直売所、契約しているペンションなどに届けて回った。

いつもは、野菜や果物の収穫や、工房での作業を手伝うことが多いので、行く先々で、

「中林さん、どうしました？」

と、聞かれることになった。

「どうもしませんよ。お元気ですよ。今日はたまたまわたしが回らせてもらっただけで、いま、工房で仕込みの最中ですよ」

と答えると、みんな安心して笑顔になる。

土地に根付いて何十年もの月日が流れているのだから、とうぜんのことなのだろう。

虹サンがこの土地で長く暮らした人でなかったら、自分たちの突拍子もない行動は、こんな形で実を結ばなかったに違いないと、塔子は思う。

恐怖の一夜をかおるさんの家で過ごし、浅い眠りについて明け方目覚め、介護の人がやってくる前にと、かおるさんの部屋をもう一度訪ねた。あのとき、きっぱりとかおるさんは、東京を出る、行き先は決まっていると、言ったのだった。二人の関係についてては知る由もなかったが、かおるさんが虹サンに手紙を書き送ると、すぐにいくつかの具体的な指示が返信で届いた。あたかも二人の間では、長く計画されていたことのように、それはよく練られたプランだった。

ただ、どうしても、かおるさんを連れ出すのに車が必要だということになり、虹サンは高速で運転する自信がないと言うので、介護タクシーを使うことも検討されたのだけれど、できれば夜中にこっそりと、誰にも見られずに移動したいし、かおるさんがタクシーを使った履歴が残るのにも抵抗があって、レンタカーを借りることにした。

問題は誰が借りるのかということだった。かおるさんも塔子も、運転免許を持っていなかった。そのとき、塔子の頭に浮かんだのは、マリー・ジョイだった。以前勤務していた施設が訪問入浴介護を始めるときに、彼女に運転免許を取得させたのを覚えていたからだ。それからもう一つ、理由があった。

久しぶりにマリー・ジョイと会ったときに、彼女が「どうしても会っておきたい人がいる」と言って見せてくれたローマ字のメモの住所が、かおるさんが「行き先」だと指定した場所に近かったので、マリー・ジョイを誘うのに理由があるような気がしたのだった。

マリー・ジョイは来てくれた。

そして、彼女はいまも、ここにいる。

マリー・ジョイにどんな事情があるのかはわからないけれど、何かある、ということだけは理解している。どういうわけか、虹サンの家は、駆け込み寺みたいに機能した。それぞれが、それぞれに、元居た場所から逃げ出す理由があって、そこには駆け込む場所があったから、そして虹サンは誰にも出て行けと言わなかったから、自然にみんなで暮らすことになった。いつのまにか、役割分担も決まった。

あの春から数えて、もうかれこれ半年以上、七か月かそこらにはなる。

拓海という、あの青年が居ついてしまったのも、怪我という要因はあるけれども、似たようなことではないかと、塔子は想像している。

虹サンの人柄に頼っていることにはなるけれど、ここはとても居心地がいい。適度に一人になれるし、適度に他人の温度が身近にある。こんな場所は、こんな空間は、なかなか得ようと思って得られるものではないと思う。

でも、だからこそ、いつまでも続くはずがないと思ってしまう。

何がきっかけになるかはわからないけれど、そんなに遠くない将来に、この居心地のいい小さなファミリーは、解消することになるに決まっている。

そのきっかけになるのが、もし、自分であるならば、決定的な崩壊をもたらす前に、ここを去らなくてはならない。それだけは、塔子は心に決めていた。

だけど、ほんとうのところ、誰がきっかけになるのだろう。あの青年か、自分か。それとも、マリー・ジョイなのか。

「塔子サン、配達、終わったー？」

道の駅の駐車場に停めてある車に戻ると、マリー・ジョイが無邪気に声をかけてくる。

「うん、終わった。これでおしまい」

「すぐに戻らなければならない？」

「どうして？」

「あれに乗りたい」

マリー・ジョイが指さしたのは、観光用のケーブルカーで、道の駅に隣接したカラフルなそれに乗ると丘の上にたどり着き、そこは公園になっているのだった。

「あれに？」

「乗ったこと、ある？」

「ないけど」

「おもしろいじゃない？」

得意の、語尾の上がる口調でそう言って、マリー・ジョイはさっさと車を降りてしまう。

「ここ、遊ぶとこ、たくさん、あるよー。行ったことないは、モッタナイじゃない？」

もったいない、という言葉をいつだったか教えたら、すっかり気に入ったマリー・ジョイは、いつも一つ「い」を落っことしたように発音する。

「まあ、そうだね。モッタナイかもね」

「そうだよー。行きましょう。マリー・ジョイも上に行ったことないよー」

そう言って、小走りでケーブルカーに向かう若い友人に、塔子も軽く走るようにしてついていく。

きゅるきゅると、金属が擦《こす》れる音をさせて、ケーブルカーが上がって行く。丘の上にたどり着くと、それだけ視界が開け、体感温度も下がる。見下ろすと道の駅が山に挟まれた小さな集落のように見える。人里離れた、という形容詞が頭の中に浮かんだ。

塔子はベンチに腰を下ろし、マリー・ジョイは、はしゃいでソフトクリームを買いに行った。

「拓海は、そろそろリハビリOKでしょ」

なめらかなクリームを載せたコーンカップを両手にして戻ってきたマリー・ジョイは、塔子の隣にすとんと腰を下ろす。

「あ、そう？　病院で、そう言われた？」

「うん。たぶんね。そろそろ大丈夫と思う。それから、かおるサンだけど」

「かおるさん？」

「かおるサン、ほんとうに歩けない？」

「大腿骨《だいたいこつ》骨折をやって、手術をしていないんだって。家族がもう、彼女は手術には耐えられないと判断したらしいよ。正直、頭がしっかりしてる人だから、手術もリハビリも、がんばればできたような気がするんだけどね」

「どっち、骨折は？」

「右、だったかな」

「じゃ、左は使えるじゃん」

「そうだけど、リハビリしてないしねえ」

「いまからすれば？」

「いやあ、もう無理じゃないの？」

「だって、ちゃんと立ててるじゃん。ベッドから車椅子に移るときとか、入浴のときも、ちょっとだけならつかまって立ててるよ」

「まあ、そうだけど」

「リハビリしちゃおうかな」

「マリー・ジョイが？」

「マッサージしてるから、筋肉あるの、わかってるから」

「そうすると、歩けるようになる？」

「上半身も鍛えたら、杖《つえ》、つけるかも」

「クララが立った！　クララが立った立った！」

塔子はハイジのセリフと動作をその場でやってみせたが、マリー・ジョイはうさんくさいものを見るような目で眺め、リアクションに困ったのか、何も言わなかった。

「まあ、やれるなら、お手並み拝見、てとこだけど、あの人、頑固だからなあ」

いちおう、まじめな反応も見せると、こんどは理解の範囲内だったようで、マリー・ジョイはコーンカップを齧《かじ》りながらうなずいた。

少し風が吹いてきて、丘の上はやや寒い。

塔子は傍らのマリー・ジョイの横顔を見る。じつはマリー・ジョイは、そんなに南国系の顔立ちでもない。このあたりに似た、高原のような場所で育ったと以前に聞いたことがあるから、もしかしたらそのせいかもしれない。

「ねえ、あなた、あの人のとこ、訪ねてるんでしょう？」

かおるさんの話題が切れたのを潮に、ふと、そんなことをたずねてしまう。マリー・ジョイはソフトクリームを悠然と舐《な》める。

「拓海くんを乗せて、街の病院に行くじゃない？　そのときに、あの住所の人を訪ねてるんでしょう？」

「あの人？」

「――どうかな」

その、「どうかな」を口にする前に、マリー・ジョイはちょっとだけ笑った。含むような、呟《せ》き込むような、困ったような笑いだった。

やはり、聞くべきではないことを聞いたのかと、塔子は少し後悔した。

「ごめん――」

「行くは、行ってるけどー、会ってないよ」

謝罪にかぶせるようにして、きっぱりした口調でマリー・ジョイは言った。

「会ってないの？」

「うん。会ってないの。だって、いないんだもん」

「あそこの住所に、住んでないってこと？」

「たぶんは、いると思う。ポストボックスに、名前があったから。でも、行くとき、だいたい昼間の時間でしょう？　仕事に行ってるんじゃない？　いないよ」

「あ、そうか」

「だから、会ってない」

「行くって、知らせてないの？」

「知らせるは、ちょっと、メンドクサイでしょう？　やってないよ。もし、知らせて、そして、もし、来ないでと言われるかもしれないでしょう？」

「それは、たしかに、やだよね」

「でしょう？　マリー・ジョイは、そういう勇気、ないから」

「元カレ？」

「じゃ、ないよー。前にも、塔子サン、それを聞いたよー」

「ごめん――。でも、知りたいの。だって、あなたはわたしの秘密を知ってるでしょ？　わたしがなんでここに来たのか、知ってるじゃない。なんか、ちょっとフェアじゃない気がするんだよね。あなただけがわたしの秘密を知ってて、わたしはあなたの――」

「秘密って、ほどでもないよ」

「誰なの？」

　パリパリとコーンカップをかみ砕いて、指先を舐めると、マリー・ジョイはちょっと息を吐いてから、おもむろに言った。

「チチ、だと思うよ」

「チチ？」

「うん。たぶんね」

とてもナチュラルな発音で「たぶん」と言って、マリー・ジョイは立ち上がると、膝からコーンカップのくずを叩き落とした。

V

「もうすぐクリスマスだよね」

そう、マリー・ジョイが言ったので、栗田拓海は目を丸くした。足を怪我したせいで家を出ていないとはいっても、さすがに季節が秋であることくらいはわかっている。

「ハロウィーンの間違いじゃなくて？」

「ハロウィーン？　あれは子どものお祭りでしょ。フィリピンでは九月の終わりくらいからずっとクリスマスだよ」

「九月の終わり？」

「そう。で、年が明けても祝ってるから、四か月か五か月くらい、ずっとクリスマス」

「ほんと？」

「ほんと」

何を驚くことがあるのかと言いたげに、マリー・ジョイは拓海の顔を見る。

踵《かかと》を骨折してから一か月以上経とうとしていて、医師の指示のもと、リハビリと称して少しずつ筋肉を鍛え始めているのだが、優秀な介護士で看護師資格も持つというマリー・ジョイはとても熱心に、踵に負担をかけずに関節を動かす方法を教えてくれた。

午前中に一度、マリー・ジョイは部屋にやってくる。拓海は丸椅子に、彼女はベッドの縁に腰かけて、はだしの足の指をくるくる回す一連の動作をいっしょにすることになる。まずは親指から丁寧に回し、その親指を片手で握ってもう片方の手で、小指から順番に引っ張ったり回したり。それからゆっくり時間をかけて足の甲や足の裏の腱《けん》をほぐしていく。怪我をしている左足が終わったら、右足に移行して同じことを一から。

この一連の動作に加えて、ゴルフボールを足の裏で踏みながら転がして、足の筋肉を刺激するというのもやっている。こちらも、痛みの出ない範囲で左足、それから右足で。

マリー・ジョイは拓海のリハビリを見ながら、必ず横で同じことをしている。そして、なんやかやとおしゃべりをしていく。

「クリスマスだろ?」

もう一度、拓海は念を押すように言った。

「日本は十一月にならないとクリスマス始めないね。デコレーションも、あんまりおもしろくない」

と、フィリピン娘は辛らつである。

今度は反対から回して、とか、親指でしっかり押して、とか、マッサージの仕方をレクチャーする傍ら、マリー・ジョイはひたすら話している。そして、それを聞きながらたわいのない会話を交わすのが、いつのまにか、二人の習慣になった。

「フィリピンではどんなデコレーションするの？」

「どの街か、それによって違うね。コンペティションもあるから、街はナンバー1になりたいから、がんばってるの。パロールって、星の形のライトを、いろんなところにつける。ジングルベルも鳴りっぱなし。近所の人たちも、朝になるとクリスマスソングかけちゃう。それはちょっとうるさいかもね」

「じゃあ、一年でいちばん大きなお祭りってこと？」

「そうね。まあ、ニューイヤーもいっしょになってるから。クリスチャンの国でしょ。だいたいみんなカトリックスクールに行く。学校や教会ではキリストの誕生のドラマする」

「ドラマ？」

「いちばんかわいい子はマザー・メアリーとか、人気のある子はカーペンターのジョゼフ。三人のキングも、わりとみんな好き。でも、トナカイとかロバの子もいる」

「マリーさんは、何をやったの？」

「マザー・メアリーの友だち。ジーザスが生まれて、ワーかわいい、と言うの」

「ジーザス、かわいいんだ?」

「知らないよ、かわいいかもしれないけど、かわいくないかもしれない。わかんないけど、友だちに子ども生まれたら、みんな、かわいいと言うでしょう?」

ハハハ、と拓海は笑い、マリー・ジョイも笑う。

「なんか特別に食べるものってあるの? ほら、ドイツだとシュトレンとか、イタリアだとパネトーネ、フランスではブッシュ・ド・ノエルを食べるよね?」

「何、それ。拓海はいろいろ知ってるね」

拓海のほうが年上のはずだったが、いつのまにか呼び方は「拓海」「マリーさん」に固定していた。

「パン屋でバイトしたことがあるんだよ」

「拓海はいろんな仕事をしてるね」

「自慢になんないんだよ、全部バイトだから。それはいいとして、フィリピンじゃ、何を食べるの?」

「ベタベタ、おもち」

「ベタベタ、おもち?」

「甘い。おもちみたいなコメで、ベタベタくっついて、すっごく、すごく甘い。いろんな色をするけど、全部同じ味。甘いだけ。重たい。おなかがいっぱいになる」

「デザートみたいなもん？」

「そう。デザート。マレーシアではマンゴーといっしょにココナツミルクかけて食べるね」

「ライスプディングみたいなやつ？」

「かもね。それからレチョン」

「レチョン？」

「豚。顔も足もみんな焼きますよ」

「丸焼き？」

「それそれ」

「どうやって作るの？　家ごとに丸焼き用のでかいオーブンとかあるの？」

「ないないない。何を言ってるの、拓海！　買ってくるんだよ！」

「丸焼きを？」

「うん、家族が少ない人は小さいの」

「豚の丸焼きと、甘いおもちかー」

「甘いのは好き。スパゲティも甘い。日本人は好きじゃないと思う。甘いスパゲティ、食べてみたい？」

「ナポリタンより甘いの？」

「ナポリタン？」

「日本人が作った、ナポリじゃ絶対、食ってないってやつ。ケチャップ味」

「たぶん、もっと甘いと思う。ケチャップに、コンデンスミルク入れる」

「コンデンスミルクって、イチゴにかける練乳か？」

「レンニュー？」

「牛乳に砂糖入れて煮詰めたみたいなやつ？」

「たぶんね」

「悪いけど、まずそうだな」

「まずくない。おいしいよ。でも、甘い」

「ナポリタンより甘いスパゲティは無理」

「だから言ったでしょ。日本人は好きじゃないって」

お茶持ってくる、と言って、マリー・ジョイはちょっと部屋を出ていった。足を丁寧にマッサージした後は、血流とリンパの流れがよくなるので、デトックスのために白湯《さゆ》かハーブティーを飲むべきなのだと彼女は言う。

拓海は椅子から片脚で立ち上がり、ベッドに移動して、そこに大の字になり、目を閉じた。

人生は、どんなふうに転ぶかわからない。東京を発《た》ったときは、ここでこんなふうに誰かといっしょにいることになるなんて、まったく想像していなかった。

それどころか――。

それどころか、と考えて、拓海は一人、首を左右に振った。

生きる意欲さえ失いかけていたなんて。

そんなことを言っても、マリー・ジョイはもちろんのこと、この家の誰一人信じようとはしないだろうし、もちろん、言うつもりもない。けれど、そのことで自分を笑おうと思っても、いまだに乾いた笑いしか浮かんでこない。何か決定的に状況が変わったわけではないのだし、この家にいつまでもいられるわけがない。仕事はなく、家もない。宙ぶらりんで、重石《おもし》のない、軽々しい人生。

それでも、ドアを開けてハーブティーとともにマリー・ジョイが現れると、未来を考えることなんかどうでもよくなり、常に自分を責めている自分自身の声が遠ざかる。

「もう一つ、あった、ごちそうの食べ物」

お盆にマグカップを二つ載せて入ってきたマリー・ジョイが、一つを拓海に渡し、一つを自分で取って丸椅子に座り、悪戯《いたずら》を思いついたような顔をする。

「豚の丸焼きと甘いスパゲティとベタベタおもちの他に？」

「そう」

「当ててみよう。激甘カレー!」

「ゲキアマ?」

「超甘いってこと」

「そんなに甘いものばかり食べない」

「じゃ、何?」

「とてもコワイ食べ物」

「コワイ?」

「ピニクピカン」

「ピクニックなんだって?」

「ピクニックじゃない。ピニクピカン」

「なんだそれは」

「チキンの料理なのね。その料理の方法は、マリー・ジョイの街とか、北のほうだけの、特別の方法なのね」

「うまいの?」

「めっちゃ、うまい」

「料理法がどう特別なの?」

「ゆっくり、ゆっくり、殺します」

ちっちゃな悪魔みたいな表情で、にやりとマリー・ジョイは笑う。

「なんだって？」

「コワイでしょ？」

「コワイよ。その顔やめて。なんのために、ゆっくり殺すわけ？」

「たぶん、そのほうがおいしいじゃない？　マリー・ジョイも、ほんとはよくわかんない。でも、小さいときは、棒を一本ずつもらって、チキンを叩《たた》いて、叩いてって、おばあちゃんが言うから、叩いて、みんなで叩いて」

「うわー！　それ以上、聞かせないでくれ！」

「コワイでしょ？」

「コワイよ！」

「チキンの肌には、青い、青い、ブルーズが。ブルーズ、なんと言うかなあ。青い、ぶっと青くなるでしょ」

「あざ？　あざかよ。あざができるの？」

「そう。血が、上に出て、青い、青い」

「やめてー！」

「その血を取ります」

「あ、血も飲んだりするんだ！」

「飲まない。それは捨てるの。そうすると、お肉はソフト」

「やめてー！」

「だいたいは、青いお野菜とスープするの。サヨーテという、味がないけど、スープに入れるとおいしい野菜がある。きゅうりがデブなったみたいな」

「瓜《うり》科の？」

「ウリカ？　うん、たぶん、そんなの。それとスープするとおいしいよ」

「作り方聞いちゃうと、うまいとか思えない」

「かわいそう、拓海。フィリピン来ても、おいしいもの、ないね」

そして二人は屈託なく笑う。

つと、立ち上がったマリー・ジョイは、マグカップを丸椅子に置き、ベッドに近づいてきて、寝転がった拓海の足元に腰かける。そして、笑っていたのとは違う表情で、左足に触れ、押したり、撫《な》でたりする。

「踵、痛い？」

マリー・ジョイがたずねる。

「そうだね。この状態なら痛くないけど、足をつくとまだ少し痛いよ」

「治ってきてると感じる？」

「うん。まあ、感じる」

「早く治るといいね。自転車、乗れるようになるね」

ああ、そうだねと言って、拓海は窓の外を見る。

足の怪我が治ったら、今度こそ、この家を出るのだろうと考え、

「まだ、すこし、いたい」

という自分の発した言葉に、とつぜん、別の意味があるように思えてきて、けれどとりあえず、それ以上のことを考えるのをやめにして、マリー・ジョイに目を戻す。

「ランチの後、また少し、歩きましょ。じゃ、またね。バイバイ」

そう言って、拓海の部屋を出て、マリー・ジョイは自分の部屋に戻った。

早く治るといいね、というのはもちろん心からの言葉だったのだが、一方でどこか、それを望んでいない感覚がある。

(治ったら、拓海がいなくなるかもしれないから)

というのも、一つの理由だったけれど、それ以上に、

(治ったら、拓海を病院に連れて行くという口実がなくなる)

という気持ちがあって、それがマリー・ジョイを混乱させる。

病院のある街の外れには、父が住んでいる。マリー・ジョイの生物学的な父、母の恋人だった日本人が。彼に会おうと思って、ここでの生活を続けているとも言える。

そうでなければ、フィリピンに帰っているべきなのかもしれない。

なんとなく聴きたくなって、スマートフォンに「クリスマスキャロル」をリクエストすると、季節外れの音楽が部屋に響き始めた。

当たり前のことだけれど、どれも暗記していてそらで歌える。日本のいわゆるクリスマスシーズンにデパートでかかりっぱなしのワム！　やマライア・キャリーよりも、伝統的なクリスマスキャロルの静かな雰囲気が好きだった。「飼い葉の桶《おけ》で」とか「天には栄え」とか「牧人ひつじを」とか「ウェンセスラスはよい王様」とか。流れてくる音楽に合わせて口ずさんでいると、いろいろなことが思い出されてくる。

母が亡くなったのは、六年前の秋で、もちろんそのころには街中がクリスマスキャロルを奏でていた。若いときに肝臓を悪くして、あまり丈夫な母ではなかったが、見送るには早すぎる年齢だった。亡くなる間際に母が彼女に渡したのが、筆記体で書かれた名前と住所だった。

母親はきれいな英語と、それに日本語だって話すことができたが、彼女と母親の会話は土地の言葉のイロカノ語だった。

「誰なの？」

マリー・ジョイは母親にたずねた。

「あなたの、お父さん」

母親は答えた。

「なぜ、いまごろ、これをわたしに？」

「調べたの。あなたのお父さんのこと。法的な手続きが取れれば、あなたは日本の国籍を持つことができる。お父さんと連絡を取って」

「日本の国籍？」

「そう。ここに、そのために動いてくれる慈善団体の連絡先もある。あなたのために、少しだけお金を用意した。日本に行って、そこで手続きするのに必要なお金よ。エミリオや、あなたの弟たちは、このことは知らない」

「どうして？」

たずねると、母は、答えずに肩をすくめた。

クリスマスキャロルが聞こえていた。「ひいらぎ飾ろう」とか「もろびとこぞりて」とか。ヘロデ王がすべての子どもを殺せと命じたことを歌った、あの恐ろしい「コヴェントリー・キャロル」さえ。

あのころ、マリー・ジョイはマニラで学生をしていた。奨学金をもらって、看護師になるために勉強していたのだ。

クリスマスにはいつも、バギオに帰った。家族で過ごすために。

でも、母はその年のクリスマス本番まで持ちそうになかった。そうなれば、自分の帰る先は、母の夫であるエミリオと、父親の違う弟たちの家ということになるのだろう。それはたしかに、やや気の重い選択肢だった。

帰っても、母がいないだけではなく、大好きだったおばあちゃんももういない。年老いた伯父《おじ》や伯母《おば》があの街にまだいることはいるけれど、仲の良かったいとこたちはみな、香港、マレーシア、アメリカへと、散り散りに働きに行っていて、バギオに残っているのがいない。クリスマスは、かつてのクリスマスではない。そう、母が死んだあの年には、もうすでにそうなっていたのだった。

母は、母なりにいろいろ考えてくれたのだろう。いずれにしても、看護学校を卒業したら海外に働きに出ると決めていた。フィリピンには働き口が少ないから、スキルを持った人の多くが海を越える。ＯＦＷ（オーバーシーズ・フィリピノ・ワーカーズ）は、故国ではヒーロー／ヒロインだ。お金を持って帰るから。行き先をアメリカにしようかと思っていたけれど、国籍が簡単に取れるなら日本に行ってもいいかもしれないとぼくぜんと考えた。

でも、そのあいまいな夢は、簡単にしぼんだ。

母は知らなかったのだ。父親が認知することで日本国籍が取れるのは、二十歳未満の子どもに限られる。母が死んでから、慈善団体に問い合わせたら、

「二十歳過ぎているあなたにはもう、資格がありません」

と、窓口の女の人がこちらを見ることもなく言った。

それでも、マリー・ジョイは日本に来ることにした。看護学校の卒業免状があれば介護福祉士の就労研修が受けられるというのも一つの理由だったが、日本にいるはずの父親のことは、いつも頭の隅にあった。

スマートフォンは、飽きることなくクリスマスキャロルを流し続ける。「神の御子《みこ》は今宵《こよい》しも」とか「もみの木」とか「ベツレヘムの小さな町で」とか。

クリスマスといって、マリー・ジョイが懐かしく思い出すのは、自分がもっと小さな女の子だったころのことだ。

おばあちゃんがいて、母がいて、いとこたちがたくさんいたものだった、朝からにぎにぎしくクリスマスキャロルが響き渡り、街中が競うようにしてパロールと呼ばれる星をかたどった電飾をつける。

おばあちゃんは、このときとばかりに丸々と太った鶏を選んで、

「さあ、みんなでピニクピカンを作るんだよ！」

と号令をかけたものだった。

いまから考えると、ひどく残酷な調理法で、もう田舎の街でもあんな方法で鶏を始末する人はいないんじゃないかと思う。でもそれも、記憶の中の風景の一つだ。

教会に行けば、小さいときから知っているあの人やこの人、学校の友だちもいたし、

代父さんと代母さんからもクリスマスプレゼントをもらえた。

そしてあのころはたしかに、父親すら存在したのだった。

毎年、父親のクリスマスプレゼントが日本からやってきた。

ほんとうに日本から来たのか、母が日本から来たと偽装していたのか。いまとなっては後者だろうと思う。でも、電話はほんものだった。いつのまにか、小学校の高学年に上がるころにはなくなっていたけれど、小さい頃には、ほんとうに日本から電話がかかっていたのだ。

電話の向こうで、お父さんが、

「マリガヤン・パスコ（メリー・クリスマス）！」

と、日本人訛《なま》りのイントネーションの、タガログ語で言うのだった。お父さんは、イロカノ語をしゃべらなかったし、タガログ語もほとんどしゃべらなかった。英語を話していた記憶もない。お母さんとは日本語で話し、マリー・ジョイにも日本語で話しかけた。

「ゲンキデネ」

とか、

「イイコデネ」

とか言った片言を、マリー・ジョイは小学校に上がる前に覚えた。頭の中で、父親の顔は勝手に木村拓哉《きむらたくや》になった。

けれども、そのうち、父親の電話はかからなくなり、クリスマスプレゼントも来なくなった。それからしばらくして、現れたのがエミリオだった。

嫌いなわけじゃないけど、思春期を過ぎてから、母親の新しい恋人として現れた、自分と十歳しか年の離れていないエミリオとは、いまだに打ち解けることができない。

でも、それは母の選択で、自分の選択ではないから仕方がない。

エミリオはマリー・ジョイの母親と結婚し、弟たちが次々に生まれた。マリー・ジョイは娘というよりベビーシッターに格下げになったような気がした。

こうしてマリー・ジョイは、父親を失った。そう、思っていた。

「どうして、もっと前に教えてくれなかったの？」

病室で、力なくマリー・ジョイの手を握る母親に、もう一度たずねると、

「捜してから知らせようと思った。お父さんのいるところが、どこだかなかなかわからなかったの」

と、弱々しい答えが返ってきた。

マリー・ジョイの母親はとても若いときに、日本に出稼ぎに行った。歌とダンスを特訓して、エンタテイナーとして、海を渡った。そしてもちろん、よく知られているように、日本ではいわゆる芸能界に受け入れられたわけではなくて、飲食業界で働く

ことになった。マリー・ジョイの母が働いたのは、客とお酒を飲んで、歌を歌って、大騒ぎするタイプの店で、それ以上のことを強要されることはなかったが、問題は、彼女が肝臓を壊したことだった。体質的に、酒を大量に受け付けるタイプではなかったのだろう。

マリー・ジョイの母親は、日本で知り合ったその人のことを、生前ぜったいに悪く言わなかった。店の客の一人で、とてもいい人物で、優しかったと話した。肝臓を壊して入院したときも、その人が付き添って病院を探してくれたという。

なぜ二人が結婚に至らなかったのかについて、マリー・ジョイは聞いたことがない。なんとなく察するところもある。ともあれ、母は病気でそれ以上働けなくなり、故郷に帰ることになった。そして帰郷してから、体調不良が肝臓のせいばかりではなく、別の理由があると知ったのだった。

妊娠初期に薬を飲んでいたから、マリー・ジョイが無事に生まれてくるまでは不安だったと、母はよく話した。マリー・ジョイの出産を、母は日本のその人に知らせ、その人からはお祝いが届き、そして写真を送って電話で会話する「父親が存在する時代」を、母娘はそれから何年か送ったのだった。

クリスマスキャロルは、人を感傷的にさせる。

マリー・ジョイは、スマートフォンに音楽を止めるように指示した。

そろそろ本気で、父親に会うのか会わないのか、考えなくちゃいけない。そう思って、マリー・ジョイは、眉間《みけん》にしわを寄せた。

「かおるさん、午後はちょっと、出かけませんか?」

そう、虹之助さんから声をかけられて、かおるは少し戸惑った。

秋晴れの美しい日で比較的気温も安定していて、たしかに一日家で過ごすのはもったいないと思わせるような日よりだった。とはいえ、車椅子の自分が出かけるとなると、いっしょに出る人はそれなりに苦労することになるのではないか。

朝食はかつての定番が崩れて、早めの時間に老人および中年女性、少し遅れてマリー・ジョイと拓海がダイニングを囲むようになっている。拓海が足の怪我以降、ひきこもり気味になったのを、最初のうちは塔子さんがルームサービスしていたのだったが、少ししてリハビリ担当のマリー・ジョイがその役割を代わり、最近では二人して遅めの時間に出てくるようになった。

その早番の朝食を終えて、塔子さんが洗い物のためにキッチンに引っ込んだ矢先のことだった。老人二人はアップルティーを飲みながら静かなときを過ごしていた。

「出かけるって、どこへですの?」

「そうですねえ。久しぶりに、うまい鰻《うなぎ》でも食べませんか。ときどきは外食もしないとね。それにせっかく高原に住んでるんだから、少し見晴らしのいいところにでも行きましょう」

「あら、でも、急にそんなこと」

「塔子さんにはぼくから話しますよ。たまにはいいじゃないですか。マリー・ジョイと男の子は病院に行くはずだし、塔子さんにも今日はゆっくりしてもらいましょう。ねえ、塔子さん」

キッチンからエプロン姿で出てきた塔子さんに、彼は愛想よく笑いかける。

「あら、わたしは畑に行きますよ、どっちにしても。いらっしゃるなら、お二人でいらしてください。お夕食には戻られます？」

「そりゃね。かおるさんを、寒くならないうちに家に帰さなきゃ」

「車はどうします？　マリー・ジョイが使うでしょ？」

「仕事用の軽トラを使うよ。かおるさんがそんなのじゃいやだと言えば別だけどね」

「乗り降りがちょっとたいへんですかねえ」

「かおるさんは軽いからだいじょうぶ。ぼくがお姫様抱っこするから」

あらまあ、と塔子さんがおかしそうに笑う。

かおるはまるで聞こえなかったように、アップルティーを口に運びながら、知らん顔をする。

「車椅子の人の世話は妹で慣れてるから、心配しなくていいよ。塔子さんも、今日はゆっくりして、夕食までは、くつろいだら？」

「畑に行ったほうがくつろげるんです」

「まあ、あなたがそう言うならね」

「それより、お出かけとなると、かおるさんの準備がたいへんじゃないんですか？」

「そうなの？」

「かおるさん、お出かけするんですって。何を着られます？」

「どうしようかしら。出かけるとなると、シャワーも浴びたいわね。塔子さん、すみませんが、手伝ってくださる？」

「ね」

と言って、塔子さんは、得意げな顔をした。

「男の人じゃないから、すぐには出られませんよ。ちょっと支度に時間かかりますよ」

「そうなの？　はい、それじゃ、ぼくは部屋でのんびり待つことにしますよ」

虹之助さんはそう言いおいて、ダイニングを出る。

かおるは塔子さんを伴って自室に戻り、クローゼットからいくつかの服を取り出して、鏡の前で首から下に当ててみる。

「お出かけ用というと、ちゃんとしたのしかないのよ」

「ちゃんとしたのって、なんですか？　スーツとか？」

「そう。でも、このあたりじゃ、誰も着ないわよね」

「虹サンはどうせチェックのネルシャツにジーンズですよ」

「ジーンズなんて、持ってないもの」

「虹サンとおんなじもの着なくたっていいでしょう」

「歩き回るわけじゃないからスカートでいいわよね」

「見晴らしのいいとこに行くってことは、高いところで、冷えるってことでしょう、だいじなのはその対策ですよ」

「やれやれ、ワンピースがあった。これなら、わりと」

「いいんじゃないですか。かわいいじゃないですか。高原っぽい」

「こっちのワンピースに少し厚めのカーディガンでどうかしら」

「いいと思いますよ。あったかい下着、持ってます？」

「持ってる。そのあたりに、マリー・ジョイが入れてたはず」

「あった！　じゃ、お風呂《ふろ》行きましょうか」

「髪の毛洗ってくれる？」

「虹サン、何時に出るつもりなんですかね」

「いいわよ。待っててくれるわよ。仕事じゃないんだから」

「そうですね。じゃ、髪の毛洗いましょ」

少し、はしゃいだように聞こえないこともない会話を交わし、かおるは塔子さんといっしょに支度を始めた。

シャワーを浴び、髪を洗って乾かし、暖かい下着を身に着け、モスグリーンに小花を散らしたウールのワンピースを着る。それからアラン模様の生成りのカーディガンを羽織り、タイツと厚手の靴下を穿《は》いた。軽く化粧をして、仕上げに口紅を塗ると、かわいらしいお婆さんが鏡に現れた。

かつてはかなり自信のあった美貌《びぼう》も、そう、もう何十年も経ったから、いくらがんばっても、お婆さんだ。

支度を整えて、リビングに行くと、少し前から待っていたらしい虹之助さんが、ソファから立ち上がった。

「あら」

「まあ」

塔子さんとかおるは、同時に声を上げた。

「どうかしましたか？」

「いえ、ネルシャツとジーンズじゃないから」

「そうですよ。今日は、かおるさんとデートなんだから」

「とても、ダンディでいらして」

「ネルシャツしか持ってないわけじゃないんだ」

ジーンズはジーンズだったが、彼が着ていたのは質の良さそうなキャメルのタートルネックセーターと、同じような色の柔らかい素材のジャケットだった。

「あら、わたしもジャケットのほうがいいかしら」

「いいえ。とてもよくお似合いですよ。シニアモデルみたい」

塔子さんが玄関にある大きな鏡を指さした。

すっかり年を取った二人は、たしかにそれでも「お似合い」であるような気がした。

トラックの助手席に乗るときには、さすがに「お姫様抱っこ」はなかったが、かおるは虹之助さんの腕や肩にしがみついて乗せてもらった。

よく考えてみると、こうして二人で出かけることなど、ほとんどなかったことに気がついた。お互いに「一人になった」ことを理由に、いっしょに暮らすことにしたはずだけれど、何しろ様々な事情があって、かおるはいつも塔子さんなり、マリー・ジョイといっしょだったのだ。

軽トラックが砂利道を動き出した。

「久しぶりだわ」

そんな言葉が、思わず口をついて出る。

「ほんとに、久しぶりですね」

前を向いたまま、そう答える人が、青年だったころのことを思い浮かべてみるけれど、しわを刻み、髪を白くした、いまここにある横顔に、昔のイメージはかき消される。

「二人で外出するなんて、何十年ぶりだもの」

「ぼくは、この前の外出が、何十何年前の何月何日だったかまで覚えてるけどね」

人を食ったような口ぶりが、若いときと変わらないのを確認しながら、かおるはシートにもたれかかった。

牧草地からは枯草のいい匂いが漂ってきて、紅葉した白樺《しらかば》の木の枝を子栗鼠《こりす》が走るのが見えた。車は八ヶ岳を望む大橋を渡り、山の錦《にしき》が目に映えた。

連れて行かれた店は、人気店だということだった。塔子さんの手料理は野菜が豊富でおいしいけれど、たしかに鰻なんていうものは久しぶりに口にするので、それだけでも気持ちがアップする。遅い時間に予約を入れたこともあって、人が少なくなっていたのも幸いしたのか、迷惑がられることもなく、車椅子のまま通されて、玄関に近い席に案内された。

古い日本家屋を改築したらしく、立派な梁《はり》のある広い空間には民芸調の家具が感じよくしつらえられていて、真ん中には炉が切ってあり、炭が暖かく燃えていた。

突き出しにうざくが出て、虹之助さんはう巻も頼みそうになったが、前菜でおなかがいっぱいになってはお重までたどり着けないと断ると、余ったらお土産にしてもらえばいいと言うのを、もったいないからと繰り返しなだめて食べ始め、赤だしの味噌《みそ》汁《しる》と奈良《なら》漬《づ》けとごはんだけでもほんとうにおいしくておなかも胸もいっぱいになり、舌の上でほろりととろけるような蒲焼《かばや》きも懐かしくて、それでも結局、食べきれずに、半分ほど小さな折に詰めてもらった。

「腹ごなしに散歩でもしましょう」

と、虹之助さんは言い、

「食べたら少し重くなったよね」

軽口を叩《たた》きながら、かおるをまた軽トラの助手席に乗せて走り出した。

行き先はスキー場だと、彼は言った。

「スキー場？」

「覚えてない？　あなたが旦那《だんな》さんと息子さんと遊びに来て、初めてスキーをしたところだよ」

「場所は覚えてないけど、さんざんだったのを覚えてる。わたし、運動神経が鈍いんだもの。あんなにたいへんだって知ってたら、行かなかった」

「いまもスキー場なんだけど、雪のない季節はなかなかいい遊興施設になっててね。

見晴らし台もあるし、カフェもあるし、とにかく一度連れて行きたかったんですよ」

「見晴らし台なんて、どうやって行くの?」

「リフト」

「車椅子はどうするの?」

「車椅子で乗れるリフトなんだ」

「そんなのがあるの?」

「いまどき、なんでもあるんだよ」

なるほどそこには、車椅子ごと持ち上げてくれるリフトがあり、それに運ばれていった先の広々とした芝の上で、二人は雲が近く感じられるような空中散歩を楽しんだ。

「ほんとにここに来たことがあるの、わたし?」

「ありますよ」

「ここじゃないわよね。数十年前のここは、ここと言えないわよね」

「そうなの? まあ、そりゃそうだ。でも見て。富士山《ふじさん》、南アルプス、野辺山《のべやま》高原。この景色は何十年経とうと変わんない」

展望テラスで、虹之助さんは自慢げに指さす。

かおるはその横顔を見ながら考える。何かが違ったら、この人との数十年が、まったく違うふうに流れたということがあるのだろうか。

「さあ、かおるさん、コーヒーでも飲みましょう。さすがに冷えてきた」

車椅子が音もなく動き出す。

二人は高台に突き出したカフェの、景色を見られるように設計されているカウンター席に並んで座った。

「不思議ね」

と、かおるは思わず口に出した。

「何が?」

虹之助さんがコーヒーを差し出す。

「こんなふうになるって、一年前は思わなかったもの」

「まあね」

「ほんとうになるって、どこかで信じてなかったし、それに、頭の中で思い描いてたのと、ちょっと違うでしょう? 塔子さんとか、マリー・ジョイとか、最近じゃ、あの男の子とか」

「戸惑ってる?」

おいしそうにコーヒーをすすり、正面を向いたまま虹之助さんがたずねる。

「どうなのかしらね。まだ、夢の中にいるみたいに感じるときもあるの。でも、塔子さんたちがいるから、これが現実だって感じられるのね。それにじっさいには、塔子さんやマリー・ジョイがいて助かってるもの。わたし、一人じゃ何もできないんだから」

「いまでは、ぼくだって、彼女たちなしの毎日はちょっと想像できないな」

「でも、最初の計画では、塔子さんはともかく、マリー・ジョイがずっとここにいるとは考えてなかった。あの子は運転手で、わたしたちをここに運ぶだけだと思ってたの」

「ああ、彼女には、別の事情があるんだよ」

「誰か、知り合いがこちらにいるんじゃないの？」

「マリー・ジョイから聞いてる？」

「聞いてないけど、なんとなく察したの」

「うん、それもあるけどね。それだけじゃないようだよ」

「それだけじゃない？」

うなずくと、虹之助さんはちょっと口ごもってから話し出した。

「働いていた介護施設で問題があったらしい。経営が怪しくなって、経営者が変わってからはまた別の事情で」

「別の事情って？」

「セクハラ、いや、パワハラってやつかな。最近の人たちの言葉を借りると」

「ハラ？」

「うん。塔子さんが体験したのとは、また違う性質の。いや、違うとも言えないのかな。似たようなこともあったんだろう」

ああ、と、かおるはため息交じりの相槌《あいづち》を打った。時代が変わった、変わったと言っても、女たちを取り巻く世界は、いつもそんなことがつきまとう。

「マリー・ジョイは外国人だけに、違う複雑さがあるみたいだったよ」

「虹之助さんには話したのね？」

「あまり詳しい話を聞いたわけじゃないんだけど、自分もここに居られないだろうかと相談されてね」

「知らなかった。あの子、いつも陽気だし、わたしには何考えてるか、教えてくれたことがないし」

「あんまり話したくはないようだったよ。ぼくにも必要最低限のことしか言うつもりはなさそうだった」

「みんなそれぞれ抱えてる事情があるのよね」

かおるはカップにコーヒーシュガーを入れて、くるくると匙《さじ》でかき回した。運ばれてきて少し時間が経ってしまったせいで、なかなか溶けないザラメのような大きな砂糖を転がしていると、背中に人の手が置かれるのを感じた。

虹之助さんの左手は、かおるの背中を優しく撫でると、肩に回ってきて、ぽんぽんと二回ほど叩いて引っ込む。

「それで？」

と、彼はこちらを向いた。

「かおるさんにはどんな事情が？」

かおるは少し驚いて口を半開きにし、カップをかき回していた匙を止める。

「どんなって？」

「何か、心配事がある？」

「どうしてわかるの？」

「そりゃまあ、半世紀のつきあいだから」

かおるは半開きの口のまま、正面を向いた。

富士山、南アルプス、野辺山高原。

晴天に見えるその山並みは絶景と言ってよかった。

だから、そんな雄大な景色と、ちっぽけなことにとらわれている自分とのギャップがあさましい気がして、それから、抱えている動揺をいつのまにか見抜かれているのも癪《しゃく》な気がして、目も口も開いたまま、かおるは何も言わない。

「まだ、話すタイミングではなかった？」

虹之助さんは、また正面に向きなおる。

「言っていいのかどうか」

かおるも正面を向いたまま、とうとうそう口に出す。

「言っていいと思うけど」

「そう？」

「うん」

「もやもやしてるだけなんだけど」

「何に、もやもやしてるの？」

「胸騒ぎというのかしら」

「それは、おだやかじゃない感じがするね」

「あきちゃんが」

「あきちゃんって誰だっけ？」

「スガコの娘」

「スガコって？」

「親友で、家の鍵《かぎ》の場所を知ってて、事情も話してある唯一の友だちなんだけど、スガコはもう動けないでしょ。だから、あきちゃんに頼んでくれたわけなの」

「何を？」

「あきちゃんが、二週間に一回、うちを見に行って郵便物を取っておいてくれてるの。郵便物ったって、くだらない広告みたいなのが多いんだけど」

「それで、あきちゃんが？」

「まとめて送ってくれた手紙の中に、息子の嫁からのカードが入ってたの」

「アメリカだっけ？　駐在は？」

「そう。オレゴン」

「なんて言ってきた？」

「敬老の日おめでとうございます」

「なるほど」

「それだけ。花の模様のカード」

「それのどこに胸騒ぎするの？」

「いままで一度ももらったことがない」

「なるほど」

「それに、『敬老の日おめでとう』って、なんかおかしくない？」

「文面が？」

「『お義母《かあ》さん、いつまでも元気でいてくださって、ありがとうございます』とかじゃない？　敬老ってことは、嫁が長寿のわたしを敬い感謝するわけでしょ？　『おめでとう』には敬う気持ちも感謝する気持ちも入ってないじゃない。『敬老の日おめでとう』って言われると、なんか腹が立ってくるの」

「もやもやどころじゃなくなってきたな」

「『敬老の日おめでとう』というのは、つまり『あんた、長生きしてんだって？　ふん、そりゃよかったな』って感じじゃない？」

「そう言われれば」

「ああ、もやもやする」

「それが胸騒ぎの正体なの？」

少し、あきれ気味に虹之助さんは言って、かおるのコーヒーカップをソーサーごと手繰り寄せ、下のほうに沈んでいる砂糖を細かくかき混ぜてから、元の位置に戻した。

「違う。そうじゃないの」

「じゃ、どうしたの？」

「いままで一度もカードなんかもらったことがない」

「なるほどね。さっきも言ったね」

「なんか意味があるのよ。意図があるの」

「どういう意図が？」

「それがわかんないから、もやもやするの」

かおるは難しい顔をして、コーヒーをぐびっと飲んだ。

「あの子、帰ってくるんじゃないかしら」

「え？　だって、お父さんの葬儀や相続関係以外では帰ってきたことがほとんどないんだろ？」

「そう。でも、いままでは、手紙だってよこさなかった」

「それがカードを送ってきたと」

「気味が悪い。何かある」

ふいに空の様子が変わり、南アルプスの後ろから、影が射してきた。

「あれ？　急に曇ったね。雨が来るのかな」

と、虹之助さんが言った。

VI

かおるさんと虹サンは、久々のデートから帰ってきて、しばらく二人でなにやら相談することが多くなった。

何ごとだろうと思っていたら、数週間して、老人チームの朝食の時間に、塔子にも打ち明けられた。

かおるさんの息子が帰って来る日のことを、準備しておかなくてはいけないというのだ。

虹サンの家に移って来るにあたって、かおるさんは息子に何も知らせなかった。それればかりか、ずっと世話をしてくれていたヘルパーさんやケアマネジャーには、「急にオレゴンの息子のところに行くことになった」と、適当極まりない嘘をついたのだ。いつバレるのかと思いつつ、もうずいぶん経過している。

帰って来ると言ったって、どうせ一時帰国なのだろうから、帰国している間だけかおるさんは東京の家に戻ればいいし、その間は塔子が専属ヘルパーのふりをすればいいのではないかということになった。息子がかおるさんの家に泊まるとすれば、問題は、その間、塔子がどこに住むかだったが、おそらくウィークリーマンションでも借りるしかないだろう。かおるさんの息子がケアマネジャーと話したがったらどうしようかというような心配もあったけれど、一週間程度の日本滞在なら、なんとかごまかせるのではないかと、虹サンは楽観的なことを言う。

いまのところ、かおるさんの息子から具体的な連絡はなく、ひょっとしたら杞憂《きゆう》に終わる可能性もあったので、それ以上、三人がその話をすることはなかった。

一方、マリー・ジョイの「チチ」も、気になる問題ではあった。

詳しくは聞かなかったが、マリー・ジョイの母親の恋人だった人物、つまり、彼女の父親であるらしい人物が、病院のある街にいて、その人に会うかどうかが、彼女にとっては重大問題である、ということを、塔子は知っていた。

親子ほど、やっかいなものはない。

朝食を終えて、キッチンを片づけると、塔子は二階の自分の部屋に上がり、小さな窓から外を眺めた。この高原の家に来て、春、夏が過ぎ、秋も深まろうとしていた。いつまでここにいられるのか、いていいのか、塔子にはまったくわからなかった。

塔子は、タンスのいちばん上の引き出しから契約を解除して使いものにならなくなった古い携帯電話端末を取り出した。ほんとうは、取り出してみたくなったのは、端末じたいではなく、そのケースのポケットに入れている小さな紙だった。

それは、折りたたまれたバレエ公演のチラシで、表には男女のプリンシパルが抱擁するようにポーズを決めている写真があり、裏返すと、証明写真のような小さな顔写真がいくつも並んでいる。

何度も見ているので、折り目の端が少し破れてきていた。塔子は小さく舌打ちをした。ほんとうなら、ラミネート加工か何かをするべきなのだ。しわを指で丁寧に伸ばし、この紙を破損から守れるようなものはないかとまわりを見回した。キッチンに戻れば、厚めのビニール袋かなにか、見つかるかもしれない。ランチの準備の前に、ちょっと探してみよう。

そんなことを考えながら、塔子は改めて、いくつも並んだ顔写真の一つの、息子の写真に見入った。

（カンパニーに所属して初めて、役がつきました。日本には戻りません。公演などで行く機会があったら、いいね。そういうときは、連絡します）

チラシの隅に、あまりきれいではない字で書かれていて、矢印が、顔写真のところまで伸びている。この公演チラシを、塔子はずっと、お守りのように持っている。

あの銭湯での事件があって、かおるさんの家に身を寄せ、それから虹サンのところへと逃げてきた間に、ほとんどの人と連絡を絶ってしまった。もともと、たいして人付き合いのいいほうではなかったし、恐怖で頭が混乱していたこともあって、職場にはメール連絡をしただけという非常識な辞め方をしている。

でも、息子にだけは、手紙を書いて、いちいち居場所を知らせた。万が一、「公演などで日本に来る機会」があったら、忘れずに知らせてほしいと。こちらに来てからは、緊急で連絡を取りたいときにあったほうがいいからと、虹サンが自分の名義で契約して貸してくれたので、新しい携帯電話のアドレスからも、息子にだけ、メールを送った。

「アドレスを変えました」

それだけの内容のメールに返事がないので、三回も送ってしまった。

「OK！」

という、そっけない返事がようやくやってくるまでは、息子とのつながりが絶たれてしまったような気がした。古い携帯にだって、メールがくることなんかめったになかったのに。それに、息子の返事はいつのまにか日本語ではなくなってしまった。といっても、塔子に英語が理解できるわけではないので、「OK」とか「NP（ノープロブレム）」みたいなことが、アルファベットで書いてあったり、絵文字ばかりが並んでいたりしたこともあった。

久しぶりに取り出した古い携帯を電源につないで、息子のメールを見ていると、温かい、切ない気持ちになって、静かな笑いがこみ上げてくる。

メールを閉じて、写真データを開く。整理の仕方がわからないから、日付順に膨大なデータが入っている。その中から、息子を見つけ出す。留学先から送ってくれたもの。送り出すときの記念写真。誕生日。発表会――。

親子ほど、やっかいなものはない。

息子の父親とは、彼が三歳のときに離婚した。塔子の夫が年下の恋人を作ったのだ。こじれて、すったもんだがあり、別れた。親権は塔子が持ち、小さい息子を育てた。あれは自分の人生の中で、いちばん楽しかった時間だった。幼い息子と自分が、100%の愛情をお互いに注ぎあっていた日々だった。

保育園の年長さんだったころ、帰宅後に息子が泣きだした。

なにかと思えば、バレエを習わせてくれと言う。

園の近くにあるバレエ教室で、毎日、お散歩のときにレッスンを見ている。あれがやりたい、どうしてもやりたい、自分も踊りたいと言って、泣いた。

泣く理由は、かわいそうだった。母親に金がないのを知っていたから、希望がかなえられないだろうと思うと泣けてくるらしかった。しばらくあいまいに答えを保留しておけばあきらめるだろうと思ったが、仕事のない日に二人で出かけ、バレエ教室の前でぴたりと足を止めて動かなくなった息子を見て、塔子のほうが根負けした。

仕方なく別れた夫に連絡を取り、養育費の値上げ交渉をした。元夫は、夫としては不実だったが、悪人ではなかったし、息子に愛情もあったので、バレエレッスン代を出すことを了承した。ただ、レッスン代だけではなくて、衣装代や、ことに発表会にはお金がかかったので、元夫を頼らざるを得ない機会は増えた。塔子としては、元夫の新しい家庭に息子をあまりなじませたくないという思いがあったのだけれど、元夫が息子と会う機会も、以前より増えていった。金を出してもらっている以上、断る選択肢はなく、発表会には元夫が、年下の妻を連れて現れるようになった。

息子には才能があった。

日を追って、頭角をあらわし、発表会でも重要なパートを踊るようになった。会場から割れるような拍手をもらって、すっかり頰を紅潮させた息子が、興奮して駆け寄って抱き着くときの、温かさと柔らかさを思い出す。そして息子はとうぜんのように、母親に挨拶《あいさつ》をした後には父親のところに駆けていき、その妻にも興奮と感激を分け与えた。

元夫の新しい妻は、育ちのいいお嬢さんで、クラシックバレエのクの字も知らない無教養な塔子よりも、ずっといろいろなことを知っていた。父親との面会の日に、息子はバレエやオペラのDVDを観て帰ってくるようになった。

塔子が心の底から嫉妬《しっと》したのは、面会日に当の父親ではなく、彼の若い妻と息子が二人で東京文化会館のバレエ公演を観に行ったと知った日のことだった。

「パパが来られなくなって、代わりに来たんだよ」

無邪気に息子は言ったが、彼の「パパ」はもともとバレエに興味などないし、妻が行ってくれるなら渡りに舟という気持ちだっただろう。

塔子はスカイツリーからバンジージャンプをするような気持ちで、海外から招聘《しょうへい》された有名なバレエ団の日本公演のチケットを手に入れた。信じがたいほど高価だった。誕生祝だと言って、そのチケットを見せると、感激屋の息子は泣き出した。このプリンシパルは誰で、こっちのプリンシパルは誰で、この演目は前にやったときは、誰と誰が何をやって、演出が誰でと、どうやって知ったのか、いつのまにか身につけた知識を披露してくれたが、塔子には何が何やらさっぱりわからなかった。

その公演を、二人で観に行った。隣で半分口を開けたまま、のめり込むようにして観ている息子を目にして、塔子の腹の底には黒々した妬《ねた》ましさが渦を巻いていたので、いまや公演の演目すら思い出せない。あの人の隣でもこんなふうに喜んでみせたのか。あの若い人は、夫の次は息子まで奪うつもりなのか。

中学生になったとき、お父さんの家に住みたい、と言い出した。

そのほうが通っているバレエ教室にも近いし、土日は個人的に心酔している別の先生の個人レッスンを受けたいと思っているので、お父さんの家からのほうが便利だという。そんなことは無理だと説得しても、お父さんはいいと言っていると譲らない。

聞けば、その「別の先生」の評判を聞きつけて、息子に教えたのも元夫の妻だそうで、息子の才能に惚《ほ》れ込んだ彼女は、「全面的な協力を惜しまない」と言い出したのだそうだ。

そんなことは許せなかったから、息子のために教室の近くに引っ越した。元夫と、駅のあっちとこっちに住むことになったが、息子を取り上げられるよりましだと思った。

元夫の妻は、塔子から息子を奪おうと思っていたわけではなく、とても寛容で、芸術に理解があり、親切だっただけなのかもしれない。そう考えてから、そんなわけないわよと、塔子は毒づく。

彼女の父親は健康食品だか化粧品だかの輸入の仕事をしていて、彼女自身もその会社で働いていた。そして、塔子と会うといつも困ったような顔をした。夫を奪ったうしろめたさからというよりも、違う世界から来たエイリアンにどう接したらいいかわからないというような。困るのはお互いさまだった。塔子にとっても、彼女はエイリアンだった。

中学一年生までは子どもだった息子が、中二になって変わったのを覚えている。

母親が別れた夫の新しい家族に対して持っている屈託を理解して、あまり彼らの話をしなくなったのだ。街のあちら側に住んでいるのだから、会うのは以前より簡単なはずだったけれど、面会日に訪ねることもしなくなった。

でも、それは母親に対しても同じで、バレエ以外のことに関心を示さない息子は、母親ともほとんど会話をしなくなってしまった。中二の夏に、父親に自分で交渉して金を出してもらって、初めて海外のサマースクールに出かけて行った。その次の年には、もう、卒業したら外国に行くと決めていた。

父親が安定した仕事に就いていて、その若い配偶者も仕事をしていて、余裕とまでは言わなくても、息子の留学を支援できる経済力があったことは、息子にとっては幸せなことだったと言えるだろう。

でも、金銭的な支援をすることのできなかった母親には、ひどい挫折《ざせつ》感が残った。バレエ。息子を奪ったバレエ。

レッスン、発表会、DVD鑑賞などなど、触れる機会に満ちていたのに、自分にまったくバレエ的教養が育たなかったのは、恨みがましい感情があったからかもしれない。

息子はクリスマスにカードを送ってくれる。最初のころは、いろいろあって帰国はできないと書いてあったが、そのうち、それも書かなくなった。カードの中に、公演のチラシが入っていたりする。母親は息子の誕生日や年末に、貯めていたへそくりを送金する。父親は、もっと出しているのだろうかと、余計な嫉妬に悩まされながら送る。金が届くと、メールで簡単に報告があるから、それをもらいたさに、ときどき送る。

この高原に逃げてきて、何か月か過ぎた夏、塔子とマリー・ジョイはかおるさんと一緒に、虹サンから野外バレエ鑑賞のお誘いを受けた。

それは、毎年、真夏の夜に開催されるこの街の風物詩で、星空の下で優美なバレエが繰り広げられる名物アトラクションなのだった。

三十年も前の第一回から、欠かさず出かけているという虹サンは、この野外バレエの熱烈なファンで、みんなすることもないんだから行こうよと、相談もなしにチケットを四枚とってしまった。

「ねえ、ほら、行きましょう。これだよ」

そう言って、虹サンが朝食の席でチラシを見せた。

「オネーギン」

大書されている演目の下に、カイゼルヒゲを生やした男と黒い髪の女のダンサーの写真があった。塔子は記憶を刺激され、部屋に戻ってから息子の送ってくれたチラシを取り出してまじまじと見た。

(カンパニーに所属して初めて、役がつきました)

そう書いてきたチラシの表にも、ヒゲの男性と黒髪の女性の写真があった。息子はこの作品でどの役を演じたのだろうと考え、息子が手元を離れてしまってから初めて、バレエを観る気持ちになった。

「昼間は暖かくてもね、夜は冷えますからね」

そう言って、虹サンはみんなに暖かい恰好《かっこう》をさせ、フルーツと砂糖で甘くしたホットワインを水筒に入れて持参、ひざ掛けも用意するという念の入れようだったが、たしかに日が落ちると屋外は冷えてきて、でも、そのぶん、冴《さ》え渡った、降るような星空が、青白い照明に包まれた舞台を幻想的に演出し、いっとき、塔子は現実を忘れた。

一幕のフィナーレでコサックダンスを踊る村の青年の一団の中に、我が息子はいたのだろうかと、夢中で舞台を目で追いながら考えた。タチヤーナの幼い恋、オネーギンの退廃と退屈、いいなずけをからかうつもりだった無邪気なオリガと、挑発に乗って命を落としてしまうレンスキー、オネーギンの孤独。

意外にも、出番の少ないグレーミン公爵が、塔子の胸に深い印象を残した。遠縁の娘タチヤーナに恋をして、たいして思われもせず、でも、彼女を娶《めと》ることにも、彼女と添い遂げることにも成功する年老いた公爵。

セリフもない、音楽とダンスだけの舞台で、エッセンスだけを残して磨いたようなシンプルな悲恋が、胸に刺さった。思春期を迎えると同時に手を離れ、外国に行ってしまった息子は、どこかで誰かと恋をしているんだろうか。

割れるような拍手が聞こえて、ふとまわりを見ると、虹サンとマリー・ジョイは立ち上がっていて、スタンディングオベーションを送っていた。あわてて立ち上がろうとしてひざ掛けを落とし、拾おうとかがみこむと涙の粒が落ちた。

親子ほどやっかいなものはない。

敬老の日に、嫁からカードをもらった新堂かおるは、それからずっと胸騒ぎとともに日々を過ごしていたのだが、秋が深まると、その予感は的中し、

「クリスマスには帰ります」

という、まったくうれしくない手紙を息子からもらうに至った。

なんのために、帰るのか！

もやもやして、もやもやして、ものすごくもやもやして、息子が帰るのならば、むしろ自分がアメリカへでもどこへでも移住したいような気がしてくるのだった。

朝食の後、お天気がよかったので、塔子さんに車椅子を押してもらって庭に出た。

秋咲きの薔薇《ばら》が美しく咲いている。虹之助さんと妹さんがだいじに育てた薔薇は、いまや、この屋敷を薔薇屋敷と呼びたいくらいに覆っている。

「少し、ここにいることにする」

そう言うと、塔子さんは少し驚いたように目を瞠《みは》り、

「おひとりで？」

と、念を押したので、ぐいとうなずいた。

ひとりでは、何もできないわけではないのだ。いや、けっこう何もできないのだが、ひとりでできることもあるのだと、ちょっといこじな気持ちになる。

「じゃあ、ちょっと羽織るものを取ってきますね。まあ、ここ、日当たりよくて、あったかいですけど、念のために」

そう言って、塔子さんが家に引っ込む。

息子のせいで心が穏やかでないと、まわりの人に対しても剣呑《けんのん》な表情を見せているような気がして落ち込む。

虹之助さんや塔子さんに対しては、息子や嫁のことで思い切り毒づいているので、ひょっとしたら威勢のいい母親だと思われているかもしれないけれども、実態は、息子と面と向かうと、うまく言葉が出てこないし、なんだか馬鹿のようにふるまってしまう。

息子と夫は相似形だ。威圧して、うまく話せなくなったかおるを、馬鹿で能力の足りない人間として扱い続けてきた。大腿骨《だいたいこつ》を骨折したときだって、もしかしたら、ちゃんと手術をしてリハビリをすれば、車椅子生活になんかならなかったかもしれないのに、夫はものすごく反対して、この馬鹿には無理だと医者に言ったのだった。「馬鹿に」とは言わなかったかもしれないが、内容的にはそういうことだった。

「彼女にはそれに耐えられる能力も気力もありません。あとで苦労するのは家族ですから、もうこのままで結構です」

そう言われたら、そうかもしれないと思うではないか。おまえには無理だと、あんなに何度も言われたら、無理だと思うしかないじゃないか。

ときどき、塔子さんが羨《うらや》ましくなる。外国で勉強している息子のことが自慢で、ぽろぽろとしゃべらずにいられなくなるのが、妬ましい。

「うちの息子も海外なんですよ」

うれしそうに、塔子さんは言うが、彼女のうちと、自分のうちとは雲泥の差だ。

外国でスターダンサーを目指している美貌の青年なんて、ドラマみたいな世界ではないか。うちのは薬の会社の仕事をしていて、内容は聞いていないから、なんだかよくわからないけれども、もう何年も行ったきりで、ほとんど家には帰らない。帰らないのは、べつに構わない。会っても、話すこともないし、あの嫁がまた威圧的だし。

若いときからずっと、自分の幸福は空想の中にあって、目の前の現実にはなかった。きっと自分のようなもののことを、世の人は「毒親」と言うのかもしれない。一人息子なのに、愛情をじゅうぶん注いだとは言い難い。だから、彼が母親を愛さないのも仕方がない。

そこまで考えて、かおるは、ちょっと待って、と、自分の思考にストップをかける。

若いときからずっと、自分の幸福は空想の中にあった。それは事実だ。現実を変えようという努力をしなかったのも、事実だ。

でも、息子が生まれたときはうれしかったし、小さい頃はだいじにしてた。人並みの愛情を注がなかったとまでは、思わない。ただ、成長するにつれて、息子が父親そっくりにふるまうようになっていき、それを止められなかったから、いつのまにか息子にも夫と同じように、空想の外の、幸福の外の人になってもらったのだ。

それが自分という人間の、弱さと冷たさと醜さの正体だと、息子に会えば突きつけられるような気がして、それも怖い。

会いたくない、会いたくない、会いたくない。

薔薇に囲まれて、頭をぶんぶん振り回していたら、とつぜんふわりと毛糸のショールが肩にかけられて、

「どうかしたの？」

という声がした。

見上げると、そこに虹之助さんが立っているけれど、いまだに、こんなのは間違いなんじゃないか、夢でも見てるんじゃないか、空想の中のできごとなんじゃないか、と思う気持ちがどこかにある。

「怖い顔して」

虹之助さんがからかうように言う。

「わたし、東京に帰りたくない」

「帰らなくてもいいんじゃない？」

「でも、息子が帰ってきたら、会わなきゃなんない」

「一時帰国でしょう。一週間か、長くても二週間じゃないの？　その間をなんとかごまかせばいいってことになったんじゃなかった？」

「二週間も、耐えられない」

「じゃあ、昔みたいに、家族連れで、ここに来れば？　マリー・ジョイと塔子さんには従業員のふりしてもらってさ。ぼくがオーナーで。ペンション『ムーンライト・イン』の再開だ。拓海くんは泊まり客ってことにして。二階の部屋を片づければ、息子さんたちも」

「そんなこと、できるわけないでしょう。ここに、息子夫婦が来るなんてこと」

珍しく、大きな声が出てしまったので、虹之助さんは戸惑ったようだった。

「もちろん、嫌ならそんなことはしない。まだ、クリスマスまでは少し、時間があるから考えよう。ちょっと動かない？　見せたいものがあるんだよ」

そう言って、虹之助さんは車椅子をゆっくり動かした。

薔薇の茂みを抜けると、背の低い花々のガーデンがあって、コスモスやチェリーセージ、千日紅《さるすべり》といった、色鮮やかな花たちが咲いていた。

「あらまあ、ケイトウまで咲いている」

「うん。咲くのが少し遅くてね、今年はまだケイトウもきれいだね」

「ここはなんだか、夢の世界みたい」

「そんなことないよ」

「お花が咲いてて、優しいひとばっかりいて、わたしは何もしなくてよくて安心で。夢みたいで、こんなこと長く続くわけないって思ってしまう」

「夢みたいなんて言ってもらえるとうれしいな。だけど、まあ、夢じゃないよ。庭造りはそれなりにたいへんだからね。うどんこ病と闘ったり」

「うどんこ病？」

「そう。重曹を使ったり、木酢液使ったりして、それなりに気を遣う。——あ、笑ったね」

かおるが口の端をゆがめたのを見逃さずに、虹之助さんはうれしそうにした。

「わたしも何かできないかな」

かおるは、自分の口からぽろりと出てきた言葉に、自分自身でびっくりした。

「何か？」

「うどんこ病と闘うとか、何か」

「かおるさんに、庭の世話はちょっと難しいでしょう」

「でも、何かあるんじゃないかしら。ここにいるのは、夢みたいで楽しいけど、働いているのはマリー・ジョイやら塔子さんやらで。あの男の子だって、怪我するまではずいぶん仕事してたでしょう。あら、わたし、あの男の子がしょんぼりしてたわけがわかったわ」

「なに？」

「役に立たないと思って落ち込んでたのよ」

「ああ、そうか。そうだね」

「何かできないかな。でもねえ。この年で、新しいことはもう頭に入らない。昔は料理だってそれなりにできたけど、いまはねえ」

「あ」

虹之助さんは、何か思いついたのか、虚空に向かってぽかんと口を開けた。

「何？」

「あるかも」

「わたしにできること？」

「うん。ちょっと待ってて。考えてみるから」

「何？」

「うん。かおるさん、編み物得意だったよね」

息子に対する恨みがましい気持ちでスタートした朝のもやもやが、いったいどこに行くのだろうと不思議に思って、かおるもぼんやり口を開けた。


「いっつも、どこ行ってるんだよ?」

栗田拓海が単刀直入にマリー・ジョイにたずねたのは、もう通院しなくてもだいじょうぶだから、痛みが出たり、何か問題があったりしたときだけ、予約を取って来てくださいと、医師に言われた日のことだった。

拓海とマリー・ジョイは、ちょっとした快気祝い的な気分もあって、まっすぐ家には戻らずに景色のいい場所をドライブし、観光施設に付設したカフェのテラス席で、それぞれハーブティーとコーヒーを飲んだ。

平日のことで、観光施設そのものはたいした人出がなく、時折老人のグループと外国人のカップルが散歩するのが見られるくらいだったが、古いメリーゴーランドは律義に時間が来るとくるくる回り、遠くの山並みは雪をいただいて青く、時折吹く風にのって、色とりどりの落ち葉が舞う、ぜいたくな午後を堪能した。

「いっつもって?」

ハーブティーのぽってりしたカップを片手で持って、マリー・ジョイは時間を稼ぐように笑った。

「おれが病院で診察してもらってるとき、いっつもいなくなるじゃん。それで迎えに戻って来るじゃん。なんとなく、わかるんだよ。気晴らしにどっかにドライブしてるとか、そういう感じじゃないって。考え事してるじゃん」

「考え事？」

「おれさあ、たしかに鈍い方だけど、でも、さすがに気になるよ。なんか、ひとりで抱えてることでもあるのかなって」

「おれって言った」

「ん？」

「拓海、おれって言った」

「おれが？」

「そう」

「それがどうかした？」

「日本人は、おれって言うときは、ちょっと違うとき」

「なにが？」

「前は、ぼくって言ってた」

「ぼくが？」

「そう」

「ぼく、ぼくって言うよ」

「でも、いま、おれって言った」

「おれが？」

「そう」

「おれ、おれって言った？」

「言ってる」

「いや、おれ、あんまり、意識してなかった。両方使うんだよ。どっちがどうってこともないんだよな」

「ううん、ある。どっちがどうとか、ある。日本人、仲良くなると、おれって言う」

「そう？」

「おれおれな人は、最初からおれって言うけど、ぼくって言う人が、おれって言うときは、仲良くなったとき」

「あ、まあ、そうか。そうね」

「虹サンや塔子さんやかおるさんに、おれって言わないでしょう」

「言わない」

「でも、マリー・ジョイにおれって言ったでしょう」

「言ったね」

「言ったね」

そう言うと、マリー・ジョイはにこにこして拓海のほうを見た。

するととつぜん、拓海の頭からは、彼女がこの街の外れに何をしに行っているのか知りたいという当初の思いはどこかに飛んで行ってしまった。どちらかといえばむしろ、早く車に戻って二人きりになりたいということが、頭に浮かぶ。

ここでおれ、何してるんだろ。

という疑問が浮かばなくはなかったが、拓海は隣に座っているマリー・ジョイの、カップを持っていないほうの手に、そっと自分の手を重ねてみた。かさこそと音を立てながら、足元の枯れ葉が転がる。マリー・ジョイはカップを置いて、首に巻いたスカーフに手をやるが、拓海の手を振り払おうとはしないで、目は遠くの山だか空だかを見ている。

拓海は親指を除いた四本の指で、マリー・ジョイの手の甲を撫《な》でてみる。しばらくすると、マリー・ジョイの親指が、くるっとひっかけるようにして拓海の小指を捕まえた。小指は、マリー・ジョイの人差し指と親指に挟まれた恰好になった。次に薬指が、そして中指が、最後に人差し指が、それぞれマリー・ジョイの指の間にするりと挟まれていき、二人の手が絡まるような形になった。

そして、お互いの自由な親指が、ときどき相手の小指の側面を撫でてやり、そのたわいない好意のやりとりが続く中で、マリー・ジョイは遠くに目を向けたまま、語りだした。

彼女には日本人の父親がいること。子どものころ、クリスマスにかかってきた電話のこと。母親が日本で働いていたこと。体を悪くして帰国したこと。母の結婚。弟たち。母の病気と逝去。そのときに渡された住所のメモ。

「じゃあ、お父さんがそこにいるんだね？」

「うん。でも、会ってない」

「見かけたことはあるの？　声をかけてなくてもさ」

「見てない」

「じゃあ、お父さん、そこに住んでるかどうか、わかんないの？」

「わかる。名前がある」

「そうか。表札は見に行ったんだね？」

「ヒョーサッツ？」

「名前書いてあるやつ。玄関にある」

「メールボックスに書いてあった」

「手紙書いたら？」

「手紙は、あんまり。うまくに書けないから」

「手伝うよ」

「そうだね」

「会いたいんでしょう？」

「わかんない」

「会いたくなきゃ、そんなに何度も行かないだろう」

「奥さんがいた。娘も」

「ああ、そういうことかよ」

マリー・ジョイは絡めていた左手をゆっくり抜き取り、ハーブティーのカップを両手で挟んだ。手持無沙汰《てもちぶさた》になった右手で、拓海もコーヒーカップをつかむ。

「マリー・ジョイは、バギオに帰ると思ってた」

唐突に、彼女は言った。

拓海は真意を測りかねて、彼女のほうに向きなおった。

「日本に来て、介護福祉士になると思ってたけど、試験はとても難しい。国家試験。受からなくて、とても悲しかった」

明るいマリー・ジョイが悲しいという言葉を口にしたことに、拓海は少なからず衝撃を受けていた。

「でも、もう一年、がんばってみると思ったの。もう一年、仕事しながら、勉強して試験を受けると決めた。そのときは、お父さんのことを、あまり考えてなかったのね。だけど、そのとき、マリー・ジョイが働いてたケアホームのオーナーが替わっちゃって、ケアホームのみんなの、なんという？　ケアホームがとても変わっちゃって」

「ああ、雰囲気ってことかな？　職場の空気？　環境？」

「そう。それが変わっちゃって。ちょっと、トラブルになった」

「マリー・ジョイとオーナーが？」

「うん。オーナーとか、ほかの人」

マリー・ジョイは手の平を上にあげてひらひらさせた。

「上司？　偉い人？」

「そう。マネジャーとかね。とても、いやな人だった。ウチノコとか、言うでしょ。マリー・ジョイとか、ほかのインドネシアの研修生とかのこと」

「ウチノコ？」

「日本語、すごくわからなくても、その、さっきの、なんだっけ、フインチ？」

「雰囲気？」

「それでわかる。ウチノコ、キレイドコ、ソロエマシテーとか、ウチノコ、ミンナ、アッチカラキテルカラ、サバケッテーとか」

「ソロエマシテー？　サバケッテー？」

「そういう日本語ある？　サバケッテーは、たぶん、気にしないよ、という意味」

「さばけてる、かな」

「たぶんね」

「気にしないって、なにを気にしないんだよ？」

「わかんない？」

「え？」

マリー・ジョイは、ふんっと鼻から息を吹きだしてから、拓海の右手をつかんで、自分の左胸に押し当てた。

「まじかよ！」

「そうだよー。そんなの、いっぱい、マリー・ジョイ、知ってるよ。日本人のオヤジ、みんなエロオヤジだよ！」

「そ、それは――。すみません」

「拓海が謝ることじゃないよ。インドネシアから来た、若い、おとなしい研修生がいて、とてもいやなこといっぱいあって、すごくかわいそうでしょう？　だから、マリー・ジョイは怒ったのね」

「マネジャーに？」

「そう。すごく怒ったのね。そしたら、ああ、もう、思い出したくないっ！」

腹立たし気に、マリー・ジョイは足元の枯れ葉を小石といっしょに蹴飛《けと》ばした。赤と黄色と茶色の葉が、ふわっと舞い上がって転がっていく。

「でも、試験もあるからがんばろうと思って、いやなことばっかりばっかりあったけど、話したくないことばっかりばっかりあるけど、がんばってたのね」

「偉いぞ、マリーさん。マリーさんは、ほんとに偉いよ」

「だろ」

「うん。偉いと思う」

「だけど、ケアホームがつぶれっちゃったんだよー！」

「なんだって？」

「もともと、マネジメントは、悪いでしょう。だから、オーナー替わったよ。でも、替わっても、マネジメントは悪くて、そして、つぶれっちゃった」

「わー、なんだよ、それ」

「それで、もう、フィリピンに帰ると思ったけど、帰る前に、会おうと思った」

「お父さんに？」

「うん」

「そういうことかよ」

拓海はカフェの入り口に植えられた楓《かえで》の木に、雲間から射した光が当たるのを見て目を細めた。この季節の紅葉は、日光が当たると神々しくさえ見える。マリー・ジョイの話の内容はけっして明るくなかったが、高原の空気はいつに変わらず清々《すがすが》しかった。その明るい光に向かって顔を上げて、マリー・ジョイは心なしか笑っているように見えた。

「拓海は、なんで塔子さんがここに来たか、知ってる?」

「ああ、ちょっとだけ聞いてる。そうだ、やっぱりセクハラみたいなことがあったんだって、そう言ってたよ」

「そう。それで、マリー・ジョイも来ることにした。ちょっともう、仕事であったいやなことは忘れて、ここにちょっといようと思った。ここ、きれいでしょ」

「お父さんに会うっていうだけじゃなくて?」

「わかんない。いろんなこと考えるのいやになっちゃって、かおるさんと塔子さんがいるから、ここに来た」

「いっしょに来たんでしょう?」

「一度目は、かおるさんと塔子さんのために、ドライブして、来た。そのあと、ひとりで東京に戻ったけど、もう無理だと思って、ここに来た」

「そうだったんだ」

「そう。拓海と同じ。ムーンライト・フリットが、続いているだけ」

ムーンライト・フリットが「夜逃げ」という意味だと、拓海はネット辞書で調べて知った。

自分とは正反対の、明るい人だ、きっと南国の人だからなんだろうなんて、根拠のない、偏見にも近いような決めつけをしていたマリー・ジョイの笑顔の奥の、初めて見えた何かに触れた気がした。

「寒くない?」

ほかに、かける言葉が見つからなくて、テラス席を悪者にしてみる。マリー・ジョイはスカーフを掻《か》き寄せて、

「ちょっと」

と、笑った。

「帰ろうか」

そう声をかけると彼女はうなずいて立ち上がった。

マリー・ジョイがコートの襟を立てて、小走りに車に向かうのを目で追いながら支払いを済ませる。

踵《かかと》の痛みはもうあまり感じないけれど、長いこと使わなかったせいで筋肉が落ち、足首が硬くなったせいで、歩き方がぎこちない。少し引きずるようにして追いつくと、

パーキングでは、マリー・ジョイが、車のボディに背を持たせかけて拓海を待っていた。

コートのポケットから鍵を取り出してちゃらちゃら鳴らし、

「ねえ、どっちが運転する？」

と、たずねる。

拓海は質問には答えずに、そのまま近づいてマリー・ジョイの小柄な体に覆いかぶさるようにして、抱きすくめ、彼女のぽってりしたくちびるに自分の乾いたくちびるを重ねた。マリー・ジョイはなにか考えるように目をつぶった。

お互いの心音だけが聞こえる十秒かそこらが過ぎて、

「おれ」

と言って、拓海が彼女の手から鍵を取ったとき、マリー・ジョイは決意したみたいな表情で、きっぱり言った。

「手紙書くの手伝ってくれる？」

拓海はマリー・ジョイの丸い目を覗《のぞ》き込む。

この人は、父親に会ったら故国に帰ってしまうんだろうか。

おれらの関係は、始まるんだろうか、終わるんだろうか。

うまく言葉にならない疑問を脳裏に回転させながら、運転席に座った拓海は、それ

でも、二回ほどしっかりうなずいてから、

「いいよ」

と、答えた。

Ⅶ

マリー・ジョイの部屋で朝を迎え、シャワーを浴びるためにそこを出るとき、栗田拓海はガールフレンドの家で一夜を明かした高校生のように緊張した。

幸いなことに、奥の部屋のかおるさんは一人で出てくることができなかったし、虹サンと塔子さんは二階にいるので、見られるリスクはほとんどなかった。そもそも三十過ぎのおっさんが誰かに「見られる」ことを心配してきょろきょろするというのもおかしな話だったが、それでも居候の身としては、挙動不審にならざるを得ない。

しかし、そんなことが気になったのも、最初の何日かで、そのうち慣れてきてしまい、そうするとべつに宣言したわけでもないのに、そういうことなのだという空気が共有されていき、拓海とマリー・ジョイは、「ムーンライト・イン」におけるカップル第二号として認知されるにいたった。

そのかわり、というのも妙な話だが、冬が近づいているのを理由に、拓海は薪割《まきわ》りに精を出し、林檎《りんご》の収穫につきあい、熱心にジャムづくりを手伝いさえした。怪我をして、ここにとどまる以外に選択肢がないと知ったときに、虹サンに宿代を払うことを申し出たのだが、

「いまは考えなくていい。とりあえずは、体を治しなさい」

と言われてしまったし、じっさいのところ、払える額ではないくらい滞在期間が延びてしまったので、できるだけ早く労働奉仕で恩返ししたいという気持ちもある。

頭の中では、いつここを出ていくべきかという難題と、出ていくとしたら仕事を探さなければとか、住所がないと職探しができないとか、出ていったらマリー・ジョイとの関係はどうなるのだろうかとか、考えなければならないことがひしめいていたが、マリー・ジョイが父親との問題に決着をつけるまでは、近くにいて見届けるというのが、勝手に決めた区切りになった。

そんなことを知ってか知らずか、虹サンは何も言わなかったし、塔子さんは拓海に工房の仕事を任せて、畑の世話と家事に自分の守備範囲をシフトしたようだった。

そして、もう一つの仕事は、マリー・ジョイの父への手紙の代筆だった。

「手伝って」

と言った彼女は、自分で書く気がまるでなく、拓海がやるものと決めてかかっているようだった。そのくせ、催促もしないので、どうしたらいいかわからなかった。手紙を出して、どんなものであれ返事が来れば、マリー・ジョイとしては次の動きに移らないわけにいかないのだし、そうしてことが進めば、最終的には彼女は日本にとどまらないのかもしれない。それを考えると悶々《もんもん》として、手紙の代筆という慣れないことをするのがどんどん億劫《おっくう》になった。

「お父さん」

工房でジャムを煮ている時間などに、スマートフォンのメモ機能を使って下書きに挑戦してみているのだが、そもそも「お父さん」などという呼びかけが適当なのかどうかもわからないし、当事者でもない自分が何を書くべきなのか、さっぱりわからない。何をどう書こうかと相談しても、マリー・ジョイはつるつるとはぐらかす。

「ぼくは、マリー・ジョイ・バウティスタの友人です。友人よりも、親しい関係だと思っています」

親指が動いて、こう打ち込んだのを見て、拓海は自分でも驚いた。

そうなのか！

しげしげ手元の文章を見つめ、「友人よりも、親しい関係」というのを見てたじろいだ。

マリー・ジョイと日本人の父親がどういう関係なのかさっぱりわからないながらに、自分はガールフレンドの父親に手紙を書こうとしているのかと、うろたえたのだ。そんな、考えるだけでもおそろしいことは、やったことがない！

しかし、マリー・ジョイに成り代わって何かを書くよりは、自分自身の気持ちで書く方が書きやすくはあったので、とりあえず、このまま少しずつ進めることにした。

最終的には、こんなものは全部反故《ほご》にしてもかまわないのだ、というつもりで。

「ぼくは、マリー・ジョイ・バウティスタの友人です。友人よりも、親しい関係だと思っています。

先日、ぼくは彼女から、あなたのことを打ち明けられました。

あなたには、二十七年前に当時の恋人との間に生まれた、娘がいるのですよね。

マリー・ジョイは、あなたと、ジャスミン・バウティスタの娘です。

彼女のお母さんは、病気のために亡くなられていて、亡くなる直前に、あなたの名前と住所を知らせたのだそうです。それは、あなたと連絡を取ることで、日本の国籍を取ることができるのではないかという理由からだったようですが、彼女はそれが法的に可能な年齢を過ぎているので、もう、そのこと（認知について）は、考えていないと言っていました。

彼女が日本に来た理由は、あなたに会いたいということもあったけれど、日本で介護士資格を取ることでした。

すごく優しくて、熱心で、人の世話をするのが天職のような彼女は、いっしょうけんめい働きながら資格試験の準備をしていたんだと思います。じっさい、ぼくなんか、外国で、その国の言葉を勉強して国家試験に受かろうなんて、そんなハードル高いこと、考えつきもしません。でも、彼女はやってたんで、すごいなと思って、本人にはなかなか言えないけど、ぼくは彼女のことをすごく尊敬しています。

でも、国家試験には受からなくて。彼女のせいじゃなくて、難しいからです。日本人だって、おんなじ試験を受けるんです。落ちる人だって、とうぜんたくさんいます。それでも、もう一年がんばろうって。根性のある人なんだなと。

見た目、明るくて、悩みとかなんにもないような感じに見えるから、そういう人だってわかったのは、最近なんですけど、毎朝走ってて、それもストイックっていうか、考えてみたら、彼女らしいなと。

勤務先の施設の経営が立ち行かなくなって、結局、彼女はいま、やってた勉強をやめてしまったというか、やめざるをえなくなったというか。ほんとうのことを書くと、やる気はあったんだと思う。だけど、それを阻んだのは、とても、ぼく自身、認めるのがつらいんですけど、ぼくとか、あなたも含めた、日本の男の身勝手で偏見に満ちた態度だったんです。ぼくは、恥ずかしいです。

ほんとうのことを言えば、こうやって書いてても、マリー・ジョイのくやしさとか、つらさとか、せつなさとか、ぼくごときがわかっているとは思っていません。ぼくは彼女から、手紙を代わりに書いてくれと頼まれたけど、自分が適任とはまったく思えないです。

子どものころ、クリスマスにあなたの電話を受けながらなにを思ってたか、想像力のないぼくにはわからないし、セクハラやパワハラのせいで国家試験をあきらめたときの口惜《くや》しさも、ぼくなんかには到底、ひどく浅くしか理解できていないと思ってます。

あなたに会いたいという気持ちも、どういう思いなのか、なにを話してみたいのか、あなたになにを期待して、あるいは期待していないのか、ぼくにはわかりません。本人に、聞いてからこの手紙を書こうと思ったけど、ぼくには話してくれていません。ただ、あなたに会うことが、彼女にとってだいじなことなのだというのは、ぼくにもわかっています。何度も自分で書こうと思って、書き出せなかった手紙が、彼女の胸のうちに何枚も何枚もあるんだろうなということは、わかります。

だから、お願いします。彼女と会ってください。

こんなことを書くのは失礼だとわかっていますが、ぼくには、あなたの逃げ出したい気持ちがわかります。ぼくだったら、逃げるかもしれません。少なくとも、マリー・ジョイと会う前のぼくだったら逃げるような気がします。ぼくはその点、最低の男です。

でも、いまは、これ以上、彼女を傷つけたくないです。

彼女に会ってください。そして、彼女を傷つけないでください。悲しませないでください。お願いします。彼女はぼくにとって、ものすごくたいせつな人なんです。だから」

ここまで書いてから、拓海はなんだかちょっと方向がずれたみたいだぞ、と感じた。書くということを、あまりやったことはないが、これは少しおそろしいことかもしれないな、とも思った。正直な気持ちが、出過ぎる。必要以上にエモーショナルになる。「ぼくはその点、最低の男」とか、「彼女はぼくにとって、ものすごくたいせつな人」とか。彼女の父親にとっては、まるまるいらない情報だろう。

慣れないことをするのは、疲れるよ、ほんとに。

そう思って、またしばらく何もせずに放っておいたのだが、さすがに気になるのか、マリー・ジョイの部屋で二人で温かいアップルサイダーをすすっていたら、

「手紙、書いた？」

と、聞かれてしまった。

「え？　うん。下書きはした」

何もしていないと答えると、役立たずと思われそうだったし、じっさい何もしていないわけでもなかったので、そのように答えると、マリー・ジョイは屈託なく、

「見せて」

と言った。

「見せるの？」

「そうだよ。当たり前だろ。マリー・ジョイの手紙なんでしょ」

「そうだね」

「見せて」

うん、と答えて、スマホのメモ機能を開き、ざっと目を通した拓海は、

「待って」

と言って、「だから、お願いします。彼女と会ってください。」の先を、つつつーと削った。

マリー・ジョイはちらっと見てから、あきらめたようにこぼした。

「わかんない。マリー・ジョイ、日本語読むのは、時間がかかるから、LINEで送って。後で読む」

「ああ、いいよ、わかった。これ、下書きだからさ。読んで、変えてほしいところがあったら言ってよ。それで、最終版を印刷して送ろう」

「サイシュウバン？　印刷？」

「うん。マリー・ジョイが見て、直したほうがいいところを直してさ、コンビニに行けばプリントアウトできるから、プリントしたものを郵送しよう」

「そうね」

あまり興味なさそうにマリー・ジョイは言い、拓海はその場でデータを送信した。

ところがマリー・ジョイときたら、感想をちっともよこさないのだった。とうぜんLINEには既読がついていたけれど、それについてはうんともすんとも言って来ず、何か送ってきたかと思えば、彼女の友だちが妙な変装をして踊っている動画とか、気に入っているユーチューバーの新作だとかで、肝心の手紙のことは、まるで無視している。

やはり、送る決心がつかないのかとか、ぜんぜん気に入らなかったのではとか、しばらく悶々としたあげくに、

「ねえ、マリーさん。手紙さあ、こないだの。どうだった？」

とたずねてみると、あっさり次のような答えが返ってきた。

「ありがと。送っちゃったよ」

ちょうど、前庭の芝生の上で、日課のストレッチを仲良くやっていたところで、マリー・ジョイはきれいに開脚して左手で左の足首をつかみ、右腕と右脇をぐーっと伸ばして右手を左足首に近づけながら、あっけらかんと、そう言った。

「送った？」

同じポーズをとろうとして、拓海のほうは左足が攣《つ》りそうになった。それは左足の

硬さのせいでもあり、驚きのせいでもあった。

「うん、もう、送っちゃったよ」

「だって、あれは下書きだって、言ったじゃんかよ」

「コンビニでプリントアウトして郵送するって、拓海は言ったよ」

「だから、書き直したらいっしょにやろうって、言ったじゃん」

「書き直さないよ。あれでいいもん」

「読んだのかよ、ちゃんと」

「だいたいね」

「だいたいって、なんだよ、それ」

「朝、走ってるから、マリー・ジョイ、いつもコンビニ行くでしょ。コンビニのお兄さん、やさしいよ。これです、言ったら、やってくれた」

「まじか！」

「そう。そして、封筒入れて、住所書いて、切手もありますよーってお兄さん、言ったから、そこで切手も買えた。便利だろ」

「差出人の住所と名前はどうしたの」

「サシダシニン？」

「マリー・ジョイの名前で出したの？」

「拓海の名前で出したよ」

「まじか！」

「だって、手紙に『ぼくは』って書いてあったでしょ。それに、マリー・ジョイの名前書いたら、びっくりして読まないかもしれないでしょ」

「マリーさん！」

そうか。自分の名前で手紙を出したら、父親が読まないかもしれないと心配してたのか。

そう気づいたら、拓海の胸には、急にせつない思いがこみ上げてきたが、マリー・ジョイはまたもや屈託なく、

「拓海、やっぱりコカンセツもちょっと硬くなっちゃってるよな」

と、言った。

新堂かおるは日当たりのいいリビングルームのロッキングチェアに腰かけて、編み物をしている。

暖炉の脇に置かれた大きな鏡に映るその姿をちらりと確認して、

「あらまあ、わたしったら、絵本の中のやさしいおばあちゃんみたいだわ」

と、かおるは思った。

けれども、やさしいおばあちゃんの姿にうっとりしている時間はなかったし、八十年以上生きてきて、こんな充実感を味わったことはかつてなかったというほどに、かおるはいま、労働の喜びに浸っている。

「売れてるんだって」

虹之助さんが、そう、耳元でささやいたとき、経験したことのない電撃のようなものが体を走るのを感じた。

「色の鮮やかさが、エキゾチックなんだそうだ。卸してみた雑貨店では、店に来る若い子が買って行くらしい」

「あら。若い子？」

かおるはちょっと頬を赤らめた。

虹之助さんが、編み物ができるだろうと言って、押し入れから亡くなった妹さんのかぎ針編みの道具を出してきたときは、懐かしいけれど、ずいぶん長いことやっていないから、できるのかできないのかわからなかったが、とりあえずそこにあった糸で丸いコースターや鍋《なべ》敷《し》きを作ってみたら、案外、楽しくてのめりこんでしまったのだった。

あれが売れてるの。ふうん。

自分の作ったものが、商品として誰かの手に届くということを、想像したことがな

かった。でも、何日かして、虹之助さんが、

「これ、ほら、売り上げだって。かおるさんへの報酬だよ」

と言って、封筒に入ったお金を差し出したときは、心臓が飛び出しそうなくらい興奮した。

「センスがいいって、ほめられちゃったよ。それに、若い夫婦のやってる雑貨店さんから、特別注文が来ちゃってね。籠《かご》にかぶせるカバーみたいなものなんだけど」

「籠のカバー？」

「うん、その、夫婦の友だちが、メキシコ料理店をやってるんだけど、トルティーヤ・ウォーマーにメキシカンっぽいカラフルなカバーをかぶせたいんだって」

「そんなにカタカナがいっぱいじゃ、わたし、わからないわ」

急になんだか怖くなってきて、かおるは自分の中に閉じこもりたくなる。

「そう言うと思って、一つ借りてきたんだ。ぼくも、なんのことだか、よくわからなくてさ。写真も見せるよ。トルティーヤっていうのは、メキシコ料理についてくるパンみたいなものだね。丸くて、具のないお好み焼きみたいな感じかな」

そう言って、虹之助さんは店で撮影したらしい写真を見せた。トルティーヤと呼ばれているものは、たしかに大きな「おやき」とか、小さめのクレープみたいな感じだった。

「これこれ」

と、虹之助さんが紙袋から取り出したのは、丸い形をした麦わら編みのケースで、真ん中に把手《とって》のついた蓋《ふた》が、ベレー帽のように見えた。蓋を開けると、内側には木綿の布が縫い付けられていた。

「これがね、温かいトルティーヤを保温しておくためのものなんだって。セラミックのものやら、シリコン製のものやら、いろいろあるそうなんだけど、そのレストランでは、メキシコ旅行をしたときに見つけた、この麦わらで編んだ籠を使ってるんだそうだ。で、そのレストランのオーナーが、かおるさんの編んだコースターが気に入ってね。自宅用にいくつか買って行ったんだけど、この人にトルティーヤ・ウォーマーの蓋にかぶせるカバーを編んでもらえないかって、そういう話になったらしいよ」

「わたしに？」

「そう。かおるさんに」

かおるはしげしげと、そのトルティーヤ・ウォーマーなるものを見つめた。

「この把手のところが外に出るように、真ん中を空けて、そして取れやすいと困るので、ほんものの帽子みたいにスポッと蓋を包むようにしてほしいんだって。多少、ズレたりしても手作り感があっていいって先方は言ってるらしいんだけど、デザインのイラストがあるんだ。できそうかどうか、見てくれる？」

見せられたイラストの丸い蓋カバーは、とてもカラフルな糸が二色、三色と使われたものになっており、華やかな印象だったが、編むことじたいはシンプルなものを想定しているようだった。サイズはしっかり測ってあり、かわいらしい動物のイラストつきで、

「よろしくおねがいします」

と、書いてあった。

「できるかしらねえ、わたしに。糸はどうしよう」

「キッチンで使うものだから、濡《ぬ》れてもいいものがいいんだって、糸もつけてきたよ、とりあえず」

虹之助さんは、パイン材のテーブルの上に色とりどりの毛糸を置いた。

「あら、まあ、用意がいいわね」

手に取ってみると、色がとてもきれいだったし、これで編み物をしたら楽しいだろうなという気持ちにもなってきた。

「まず、一つだけ作ってみてくれる？　それで、やれそうだったら受けるし、あんまり手間がかかってたいへんなら断ろう」

あまり気乗りのしないような、中途半端な様子を見せつつ、かおるの内心はふつふつと燃え滾《たぎ》っていたのであった。

わたしの作るものが、お金になるの？　ねえ、そうなの？

そんなことは、この年になるまで一度も考えたことがなかった。手芸は好きで、子どもの服はずいぶん手作りしたし、一時期は刺繡《ししゅう》にも凝ったことがある。けれど、それが収入につながるなど、夢にも思ったことがなかった。

といって、コースターや鍋敷きを売った金額は、コースターや鍋敷きを売った程度のものだったわけだが、新堂かおるにとっては、重要なのは金額ではなかった。それに編み物というのがまた、やり始めてみると時を忘れるほど楽しい。

目は疲れるし肩も凝るので、休む前にマリー・ジョイに特別マッサージをしてもらわなければならなくなったが、疲れるせいか、寝つきもよくなった気がする。

そういうわけで、かおるはとても生き生きとしてきて、しばらくの間、息子たちが帰国することを忘却した。

リビングのロッキングチェアに座って、無心に編み目を進めながら、

「わたしは、ただのやさしいおばあちゃんではない。働く、編み物作家の、おばあちゃんなんですから」

と、鏡の中の自分に念押しして、それからまたかぎ針に目を落とした。

ほとんど誰にも気づかれない中、津田塔子はひそかに動揺していた。

かおるさんの息子がいつ帰国するのかはまだわからなかったが、おそらくは年末年始の休みのころになるのだろう。

そうなったら、帰国に合わせた一、二週間だけ、東京に戻るという計画が進んでいるけれど、塔子はできるなら戻りたくなかった。

ほかの人たちがどのような理由で、この高原に逃げてきて、この家にとどまり続けているのか、塔子はその表面的なところしか知らないけれど、どのみち、自分よりも深刻なケースはないと思っている。

かおるさんは、息子の支配から逃れて長年あこがれていた田舎暮らしをやってみたかったのだと言っているが、様子を見ていれば、虹サンとの関係が特別なものだということもわかる。マリー・ジョイも、いろいろ抱えていることがあるらしい。仕事のことも、父親のこともあるだろう。あの、自転車でやってきた青年が、何を思っているのかは想像がつかないけれど、いつのまにかマリー・ジョイとは離れがたい関係になっているようだ。

こちらに来て、生活はそれなりに忙しかったし、あまりに環境が違うから、考えないでいられたのは、ありがたかった。でも、例の東京行きの話が持ち上がってからは、どうしても思い出してしまうのだ。

夜、ひとりで部屋にいるときに、玄関に転がった男の姿を思い出して叫びそうになることがある。もうずいぶん時間が経ったので、じっさいに目にしたものよりも、映画やテレビドラマのシーンのように、男の頭の脇からじわっと血が流れて表面張力で丸みを帯びた形に広がっていくのが脳裏に浮かんできて、心臓が締め付けられる気がする。

みんながその場にいないときに、こっそりと、リビングのパソコンを起動して、事件のあった地域や銭湯の名前や男の名前を、あるいはもっと胸を抉《えぐ》るような、考えつく限りの検索ワードを打ち込んでみる。決定的なものが出てこないから、安心するなんてことは、これっぽっちもない。むしろ、画面上に浮かぶ「関連ワード」だけで、首を絞められているような気持ちになる。あまりにおそろしいので、これだけはぜったいに夜にはできない。昼間の光があって、外に出れば薔薇《ばら》の花や白樺《しらかば》の樹や、遠くでのんびり草を食《は》む羊たちの姿が見られる時間帯にしかやらない。

検索ワードと履歴を削除して、電源を落とせば、すべてのおそろしいことはパソコンの中に閉じ込められると思っているわけではないのだが、ひたすら高原野菜や果物や、庭の木を相手に体を動かしていると、少しずつ気持ちが落ち着いてくることはたしかだ。

でも、もう、限界かもしれない。

とにかく東京には行きたくない。このままでは、行きたくない。

しばらく前から、塔子は一枚の名刺を出したり引っ込めたりしている。

その名刺は、息子の写真を入れてある、契約切れのスマートフォンのケースに挟んでいるものだ。かつての仕事仲間で、優秀で、いまはケアマネジャーの仕事をしている。あのいまわしい事件が起こる前に、ケアマネの試験に受かって、新しい仕事を始めたからと、名刺をくれたのだった。

いまむらともえ
と、ひらがなで書いてあるその名刺の角が、頻繁に出し入れするせいでよれてきている。

「自首」という単語も、頭の中をちらつくのだが、あれがとくに事件にもなっていないのだったら、と考えると、警察に行く勇気なんて、とてもじゃないけれど出てこない。だから、まずは、ともえさんに連絡して事情を話し、あの銭湯の日の悪夢がどういう帰結に至ったのかを、確認してもらうほうがいいんじゃないだろうか。

だけどそれはやっぱり、怖い。怖すぎる。

名刺を取り出しては、旧友に連絡する可能性について思いめぐらし、「怖い」と思って、元の所にしまう。その繰り返し。

ともかく東京行きは、やめてもらいたい。

それじたいは、そんなに難しいことではないかもしれない。自分は気が向かないから、あるいは怖くて行けないのだと正直に断って、マリー・ジョイに行ってもらえばいい。自転車の男の子は不満だろうけれど、そんなことを考慮する必要はない。

でも、いずれにしても、あの事件をそのままにしておくのは、そろそろ限界だ。

そんなことばかり考えているのは不健康だけれど、やめられない。

「Ｔｏ：ともえさん　ごぶさたしてます。お元気ですか？　携帯を替えたので、メールアドレスが変わりました。変更をお願いします。塔子」

手元の、虹サンが契約してくれた携帯電話でこの文章を打って、「下書き」トレイに入れっぱなしにしている。それを開いて、しげしげと眺め、また「キャンセル」を押して「下書き」トレイに戻そうとして、うっかり手がすべって「送信」を押してしまい、塔子は、

「きゃっ！」

と声を上げる。

二階の隅の部屋で叫び声を上げても、誰にも聞こえない。

さらなる動揺が、塔子のみぞおちあたりからゆっくり全身に広がっていく。

なにをやっちゃったんだ。なにをやっちゃったんだ。なにを――。

中林虹之助は、そのとき自室にいて、メンデルスゾーンのヴァイオリン協奏曲を聴いていた。

日曜日だったので、朝昼兼用のブランチをとり、それぞれが気ままに過ごす時間帯で、庭に出て薔薇の世話をしたってよかったのだけれど、風も冷たくなってきていたし、外に出る気がしなかったのだ。

ときどき、波のようにメンデルスゾーンが聴きたくなることがあって、冬が近づくとその波がやってくることが多い。ヘッドフォンをつけて、大音量で、その情緒的な音楽を聴きながら体を揺らしていた彼が、自室のドアがノックされたのに気づいたのは、その遠慮がちなノックの音によってではなくて、ドアに下げてあるウィンドチャイムがゆらゆら揺れたからだった。

ボリュームを絞り、ヘッドフォンを外してドアを開けると、栗田拓海が立っていた。

「おう、どうした？」

虹之助は眼鏡をかけなおした。

「ちょっと、お話あるんですけど、いいですか」

遠慮がちなわりには有無を言わさない雰囲気で、その青年は後ろ手にドアを閉める。

「いいよ。紅茶でも飲む？」

お茶好きの虹之助の部屋には、友人の送ってくれた数種類のティーバッグが電気ポットの横にきれいにストックされている。セイロンブレンドのティーバッグのパッケージを外し、棚に飾るように収納されたマグカップを二つ取ってあたため、ティーバッグを一つずつ入れて、お湯を注ぐと、

「砂糖はいらないかな」

とたずねながら、拓海に手渡した。

少し、緊張した顔をしていたこの青年は、マグカップを手に取ると部屋の隅の一人掛けソファに腰を下ろした。虹之助はデスクの横のアームチェアに座り、アーム部分に取り付けたトレイに自分用のカップを置いた。

「ここ、いいですよね」

話があると言ったわりにはのんびりした口調で、拓海は口を開く。

「ここ？　この部屋？」

「うん、この部屋もいいし、この家はすごく居心地がいいですよ」

「ありがとう」

「だんだん、寒くなってくると、暖炉がどんなにいいものか、気づかされますよ」

「そう？　そうだね。じつは、ぼくのいちばん好きな季節は冬だな。この土地の冬は最高だよ。人の流れは少なくなるけどね。冬野菜を収穫して戻ってきて、暖炉に火を入れて、煮込み料理やら、白菜の鍋なんかを作ってると、しーんとした季節がほんと

うに暖かく感じられるんだよ。寒くないと、暖かさはわからないでしょう」

「寒くないと、暖かさはわからないって、なんだかちょっと、奥深いですよね」

「そんなに奥深くはないよ。ただの実感だよ」

「お願いがあるんです」

拓海は肘《ひじ》を両ひざの上に置き、お祈りでもするように手を組んだ姿勢で、上目遣いに顔を上げた。

「一時的なもので、ぜったいにご迷惑はかけないので、ここに住民票を移させてもらえませんか？」

一気に口にすると、ほーっと大きく息をついた。

「住民票？」

「ぼく、じつは住所不定なんです」

「住所、不定？」

「東京を出るときに、アパートをキープしとく金はなかったんで、契約を解除して出てきたんです。いろいろ、気分的に投げやりになってたんで、先のことは考えてなくて」

「ふうん」

聞き流しながら、虹之助はこの青年がこの家にやってきたばかりのころのことを、なんとなく思い出した。すっとぼけていて明るいわりには、何かから、逃亡しているような印象があって、ときどき内側にひきこもってしまうようなところから、目が離せない感じがした。その、人とのかかわりをあまり持ちたがらずに引っ込んでしまうような雰囲気が、最近はずいぶんなくなったなあと思っていた。もちろん、あの元気のいいマリー・ジョイに引きずられてのことだろうとは想像がつくけれど、それにしてもどこか変わったと感じるようになったのは、ここ最近のことだった。

「でも、こちらにお世話になるのも、いつまでもってわけにはいかないし、そろそろ、ほんとに、どうにかしなきゃと思って」

「足が治ったら、旅に出るのかと思ってたけど」

「気が変わったというよりも、もうすでにじゅうぶん旅したみたいな気持ちです。どっちにしても、旅先で住み込みのバイトでもしようかと思ってたんで」

「給料ないけど、住み込みで働いてるもんなあ」

「あ、そういう意味じゃなくて。ぼくはほんとに、虹サンとみなさんに感謝してるんです」

「ありがとう」

「だけど、そろそろ本気で職探ししようかと思い始めたんです」

「なるほど」

相槌《あいづち》を打ちながら、これは、昼じゃなかったら、一杯飲みながらやる話だな、と虹之助は考えた。

「ちゃんとした職を探そうと思ったら、ちゃんとした住所がないとアウトなんで。あ、ぼくなんかが、ちゃんとした職に就けるかどうかは、ほとんど、まあ、無理ですけど、まともなバイトも、住所ないと無理なんで、それで」

「いいよ、もちろん。就職は、どこでするつもりなの」

「それはまだ、決めてない」

「決めて、ない？」

「ええ、そのぅ、はっきり、どことは。つまり、なんというか、職があるかどうかっていうこともだいじで、ぼくはその」

「ああ、そうか。仕事があれば、それがどこであれ、行くということ？」

「はあ、そうです」

どことなく頼りない返事のような気がしたが、ともあれ、意を決した彼の要望は受け入れることにした。

「いいよ。ともかく、住民票はここに移したらいい」

「すみません。ありがとうございます」

「なにか、きっかけがあったの？」

「え？」

「本腰入れて、職探しをしようと思う、きっかけがあったのかい？」

「きっかけ、ですか」


きっかけは、手紙に決まっている。

マリー・ジョイの父親から返事が来たのだ。

虹サンの部屋を、あいまいに言葉を濁して後にしてから、そそくさと階段を下り、自分の部屋に拓海は戻った。外で運動しようとマリー・ジョイに誘われても、やることがあると嘘をついてひとりになった。

手紙のあて名は栗田拓海だったし、毎日何度も郵便ポストを覗《のぞ》きに行っていたから、ほかの人には気づかれずに手元に置くことができた。まっさきに、マリー・ジョイに報告しなければならないことはわかっているけれど、書いてあることを確認して消化しないうちは、彼女には見せられない気がした。

封を切って、中身を見た。便箋《びんせん》は二枚で、二枚目は白紙で、一枚目に簡単な文章があるきりだった。

「ご連絡ありがとうございました。お会いしたいです。下記のいずれかの日時で、ご都合のつくものがあるでしょうか。ご連絡ください。メールでも、電話でもかまいません。私の連絡先は――」

末尾にはマリー・ジョイの父親の名前が記されていた。

父親に会ったら、彼女はどうするのだろう。会って、なにがしか自分を納得させることができたら、フィリピンに帰って行くんだろうか。

自己中心的だとは思いながらも、拓海にとってはそればっかりが心配で、彼女を引き留めておくためなら、手紙を隠して捨ててしまいたいような気さえしてくるのだった。もちろん、手紙はどうなったのだと問い詰められて、うん、返事はなかったよなんて、そんな嘘をつきとおすほど肝が据わってはいないから、今日、明日中にはこれを彼女に見せるだろう。そして父親に連絡を取り、おそらくいっしょに会いに行くことにはなるだろう。

彼女に、フィリピンに行かないでくれと言わなければならない。帰らないでくれと、言わなければならない。それなのに、自分は彼女を引き留めるに足る、どんな資格も持っていないのだ。人を引き留めるのに資格がいるのかどうか知らないが、家も職も金もない男に引き留められても、そんなのは、考慮すべきなにものでもないに違いない。

じっさいのところ、拓海の頭の中はかなりこんがらかっていて、何がどうなるのか理性的に考え抜いているわけではなかった。ただ、この宙に浮いたような居候生活のままで、何かを前に進めることはできなかったし、そしてマリー・ジョイは勝手にひとりで前に進んで行ってしまっている。だから、彼女を引き留めたいならば、自分もどこかへ進み出なければならない。それだけは、自明のことに思えた。

転出届をダウンロードしてコンビニで印刷し、書き入れて投函《とうかん》した。一週間程度で転出証明書が届くだろう。そうしたらここの役所に行って、転入届を出せば、住民登録ができる。その先のことは、まったくわからなかった。

夕食を終えて、みんながそれぞれの居室に引き揚げたあとで、拓海はマリー・ジョイを誘い出してリビングに戻った。消したばかりの暖炉に、もう一度火を入れる。

「どうしたの？」

バスローブをひっかけて、マリー・ジョイがやってくる。寒くないようにと、大判のニットストールを肩にかけてやる。

「マシュマロ焼いて食べない？」

「マシュマロ？　いまから？」

いいから、と言って、拓海は虹サンに伝授された方法で、串《くし》に刺したマシュマロを焼く。砂糖の焦げる甘い匂いが部屋に漂った。

「お父さんから手紙来たよ」

あぶったマシュマロの硬くなった表面だけを指でつまんで抜き取り、口に入れる。

隣でマリー・ジョイが同じ動作をする。

「あーん。なんだって？」

「見なよ」

「見るけど。――短いね」

「いつ会うことにするの？」

マリー・ジョイは、ちろちろと燃える火にマシュマロを当てたまま、ちょっと黙る。

「煙出てるから、食ったほうがいいよ。焦げちゃうから」

「そうだね」

マリー・ジョイはゆっくりと味わうようにマシュマロを口の中で転がしていて、なかなか答えを出さない。

「メールアドレスも書いてあるし、どうする？　自分で返事する？」

「しない。拓海がする」

「あ、そうですか。じゃ、おれ、やります。そんで」

「いつでもいいけど、今週はやだな」

「今週、いやですか」

「やだ。今週は、塔子さんとかおるさんといっしょにメキシカンのお店に行くことにしたから」

「そうなの？」

「そう。女子会ランチ」

「知らなかったよ。じゃあ、来週末ですか」

「そうね。じゃあ、そうして」

「じゃあ、おれ、返事するね」

「短いね、これ」

マリー・ジョイは口を尖《とが》らせて続けた。

「ご連絡ありがとうございましたって、仕事みたいだよね、これじゃ」

Ⅷ

メキシカンレストランは、背の高い木々の続く高原を突っ切る広い道路から、舗装もされていない脇道に逸《そ》れてしばらく行ったところにあった。もうかなり寒い季節に入っていたから、観光客の多い時期ではなかったし、なによりかなり辺鄙《へんぴ》なところにあって、車でなければ行きつけない立地だったのに、ランチタイムに予約して出かけると、二組の先客がいたから、小さいけれども人気のあるレストランなんだろうと、新堂かおるは考えた。

店内はウッディな雰囲気で、自然の木目や樹形を生かした角のないテーブルが並び、天井からは観葉植物が吊《つ》り下げられていた。白い壁に、とても鮮やかな民族調のタペストリーがかかっていて、エキゾチックな音楽が流れていた。スペイン語だろうか。聞きなれない言葉だったけれど、音に合わせて体を揺らしているとなんとなく明るい気分になってきた。店主は三十代の男性で、妻と二人で切り盛りしていた。かおるがマリー・ジョイに押されて車椅子で入っていくと、すぐに気づいて厨房《ちゅうぼう》から出てきて挨拶《あいさつ》してくれた。

「ゆっくりしてってくださいね」

頭にお団子を作り、刺繡《ししゅう》のある木綿のシャツを着た妻のほうが言い、夫はにこにこして頭を下げた。テーブルに、カラフルなメニューが置かれた。

「何を食べればいいかわからないのよ」

かおるは、はしゃいだ声で言った。

メキシコ料理を食べるのはほんとうにはじめてで、何をどう注文したらいいかわからなかったのだ。

それなのに、ふだんなら積極的に世話を焼いてくれる塔子さんが、なぜだかぼんやりしているし、外食好きのマリー・ジョイもいまひとつ覇気がない。

「ねえったら。何を食べればいいかわからないの。選んでちょうだいよ!」

注意を引くために少し語尾を強めると、木綿シャツの妻が気づいて近づいてきた。

「もし、メキシコ料理を召し上がるのがはじめてでしたら、こちらの、スープと三種類のタコスのランチセットがいいかと思います。スープは、キドニービーンズというお豆のスープなんですけれど、素朴でやさしい味なので日本人の口にも合うんです。タコスは、チキンと海老《えび》とスパイシーポークになります。もし、タコスよりお米料理のほうが召し上がりやすければ、三人いらっしゃるので、魚介のパエリアをみなさんでというのもお勧めします。ちょっとお時間いただきますけれど。タコスは一種類だけお持ちして」

「どうする？　ねえ、どうする？」

かおるは、二人の顔を交互に見て意見表明を促したが、ほんとうに二人とも生気のない顔をしていて、おそろしく反応が鈍かった。年を取って若干気が短くなっているかおるは、少しつむじを曲げつつ、言った。

「それじゃ、わたし、決めます。スープと、そのお米料理と、タコスというの？　それを一種類のほうでお願いします」

「タコスは、みなさん、お好きなのをお選びになりますか？」

「ええと、そうね、どうかしら」

かおるはもう一度二人の反応を見たが、とても話についてきているようには見えなかったので、

「チキンにしてください。みんなチキン」

と、決断した。

オーダーを厨房に伝えに行ったあと、木綿シャツの妻は、サービスだと言って、藁《わら》編《あ》みのケースを持って戻ってきた。蓋を開けると、真ん中に小さなガラス容器に入った自家製サルサ、そのまわりにトルティーヤチップスが入っていた。

「すごく人気なんですよ、これ。このケースは、少し高さがあるもので、こんなふうに器みたいに使ってるんですけど、トルティーヤ・ウォーマーはもう少し背が低くて、

中に布が貼ってあります。あ、ごらんになってますよね？　でも、蓋の大きさと形はいっしょなので、こちらにも、新堂さんのお帽子、使わせていただいてます」

新堂さんのお帽子、というのは、蓋にかぶせたカバーのことで、色とりどりの糸でかおるが編んだものだった。

「あら、うれしい」

かおるはたちまち機嫌を直した。

「今日召し上がっていただくランチのタコスは、こちらで具材も載せて持ってきてしまうので、トルティーヤ・ウォーマーはお席にお持ちしないんです。だから、かわりにこれを。これも、トルティーヤ・ウォーマーも、新堂さんのお帽子をかぶったのはとても評判がよくて、雑貨コーナーにも置いてるんですけど、すぐ売り切れてしまうんですよ」

雑貨コーナーは、店の一角にあって、オーナー夫妻がメキシコから買いつけるお土産品のようなものが置かれているのだった。かおるはますます気をよくして、

「これはどうやっていただくんですの？　この、サルサというものは」

などと質問しては、大げさに感心してみせたりした。

オーナーの妻が別の客席にオーダーを取りに行ってしまうと、テーブルはまた静かになった。

「おいしいわねえ、これ。おいしいわねえ」

と、ひとりでチップスをパリパリ食べていたかおるも、さすがに妙に思って、隣の席の塔子さんを肘でつつくと、びくんと体を震わせて、

「え？　なんですって？」

と、このいつも行き届いた世話をしてくれる年下の女性が、ひどく驚いた。

「なんてことはないわよ。おいしいって言っただけよ。どうかしたの、塔子さん。なんだか上の空よ」

サルサ&チップスを食べた口元を上品にナプキンで拭《ふ》きながら、かおるは質問した。

「いえ。その。わたし、ちょっとこのごろ、ずっと、考えてたんですけれどもね」

塔子さんは、どこか焦点の合わないような目で話し始めた。

「ほら、あの、かおるさんの息子さんが東京に戻って来るっていう話がありましたでしょう。そのときに、みんなで東京に行って、一芝居打つみたいな、そういう話だったじゃないですか。あれのことなんですけど、わたし、ちょっと、東京には、ごいっしょできないんじゃないかなって思っていて、できれば、マリー・ジョイに」

黙っていたかと思ったら、塔子さんは溜《た》め込んでいた言葉を吐き出すかのようにしゃべりはじめた。ところが、マリー・ジョイという名前が出たとたんに、こんどはフィリピン娘が眉間《みけん》にしわを寄せた。

「あー、もしかしたら、マリー・ジョイは、そのころもう、いないかもしれないから」

「いない？」

「フィリピンに帰っちゃうかもね」

「え？　あなた、フィリピンに帰るの？」

「そう。言ってなかった？」

マリー・ジョイは、当然ではないか、という表情で、両手を広げてみせた。

「フィリピンでなにかあるの？」

「なにかって？」

「さあ。友だちの結婚式に出るとか、親戚《しんせき》のお葬式に出るとか」

「出るとか出るとかは、ない。ビザが切れるから」

「ビザ？」

二人の日本人女性が、要領を得ない顔をしたので、マリー・ジョイはちょっとうんざりしたようにくちびるを突き出した。

「ビザがないとここにはいられない。帰るしかない」

「戻っては来るんでしょ」

「わからない。知らない。戻れるかどうかわからない」

「それ、ちょっとたいへんなことじゃないの？」

塔子さんの目の焦点は、ここに来てようやく合って、二人の日本人女性の目は、まっすぐマリー・ジョイに注がれた。

「たいへんかな」

マリー・ジョイは、あまり考えたくなさそうに、唐突にサルサ&チップスに注意を向け、

「あ、ほんと。おいしいね。すごく好き、これ」

と言った。

「あなた、それ、拓海くんとは話し合ってるの？」

「拓海？　わっかんない。知ってるんじゃないかな」

「ないかなって、どうするの、拓海くんとは」

「拓海くんとはって？」

「おつきあいしてらっしゃるでしょう。そのことよ」

決まってるではないかという目を、かおるもマリー・ジョイに向けた。

「知らない。あんまり考えたくない」

若い方のおつきあいに関して、あまりどうのこうの言いたくはないが、考えたくないとはどういうことよ。

ちょっと混乱したかおるの前に、湯気を立てたスープが運ばれてきた。

「ソパ・デ・フリホーレスをお持ちしました。熱いのでお気をつけください」

木綿シャツの妻が、にっこり笑った。

舌を噛《か》みそうな名前のスープを口に入れて、かおるはほんとうに舌を噛んだ。

熱い。

それから、やわらかいチキンとトマトやアボカドの載ったコーントルティーヤのタコスが運ばれてきて、これはまた、行儀よく食べるのがたいへん難しい食べ物であるなと、かおるは思いながらも完食した。

最後に届けられたパエリアも、やはり正式名は舌を噛みそうであったが、スパイスがスペイン料理のものとは違うらしく、これもなかなかみごとな料理だった。

ただ、二人がなんとも神妙な顔で食べているので、かおるも考えないことにしていた息子の帰国のことが頭をよぎり、だんだん寡黙になっていった。

あれから息子も息子の嫁も、何も知らせて来ていなかったが、事前に丁寧な知らせをくれるような人たちではない。夫が亡くなったときは、あれこれあったので家に滞在したが、その前に来たときは、ホテルのほうが寝やすいとか、仕事があるから都心に近い方がいいとか、いろいろと理由をつけて泊まりには来なかった。あのころは夫が健在だったから、居心地が悪かったのかもしれないけれど。たしか、知らせてきたのは成田《なりた》に着く前の日かなにかで、とつぜん電話が来て驚いた覚えがある。

今回もホテルに泊まってくれるということはあるだろうか。

いずれにしても、家には来るだろうから、あそこに住んでいるふりをしないわけにはいかないだろう。それなのに、塔子さんもマリー・ジョイも助けてくれないなんて、そんな理不尽な話があるだろうか。だいいち――。

「お口に合いましたでしょうか？」

こちらもサービスだといって、キャラメル味の濃厚なプリンのようなものを持ってきてくれた木綿シャツの妻が、おそるおそるたずねるのを聞いて、三人は、はっと顔を上げ、全員が口をそろえて、

「おいしい」

「おいしいです」

「おいしかった」

と断言した。

塔子の動揺はたいへんなことになっていた。

昔の同僚の今村《いまむら》ともえからは、毎日、メールが届いていて、しかもだんだん脅迫じみてきていた。

「塔子さん　いったいどこにいるの？　いま何をしているの？　業界仲間から噂が伝

わってきて、こちらではいろいろと憶測が飛んでいますが、あなたの声を聞きたいです」

「塔子さん　心配なのよ？　メールください。ていうか、電話番号教えて」

「塔子さん　これ、届いてますか？　わたしは味方だから」

「塔子さん　会って話がしたいの」

「塔子さん　いまどこにいるの？　メールじゃ、らちが明かない。会いましょう」

「塔子さん　あなたが思ってるのとは違うことをわたしは思ってると思う」

「塔子さん　みんな、表立っては言わないの。だけどわかってるから」

「塔子さん　いまどちらに？」

「塔子さん　心配なの。どうしてるの？　一度は連絡くれたんじゃないの。話しましょうよ。会って話さない？」

「塔子さん　わたし、ひとりでこの秘密を持っていられるかどうか自信がない」

「塔子さん　返事くれないなら、わたし」

「塔子さん　塔子さんってば！」

ともえさんって、こんなしつこい人だっただろうか。

「ひとりで持っている秘密」ってなに？　わたしの連絡先のこと？　「憶測」って？

「あなたが思ってるのとは違うことをわたしは思ってる」って何ですか？

塔子の知っているともえさんは、冷静でおっとりしていて、頭のいい仕事のできる女性だった。なんだか、別の人にメールしてしまったような気がした。

もしかしたら、あの男が死んで、犯人は塔子だということがわかって、もうすでに指名手配かなにかになっていて、ともえさんは自分の携帯を警察に渡しているのかもしれない。眼光鋭い警視庁捜査一課のデカ（というのがどういう立場の人なのか、いまひとつわかっていなかったが、テレビドラマ的知識によれば、殺人事件を捜査するのはそういう部署のそういう人であるらしいと塔子は思っていた）が、ともえさんになりすましてメールを打っているのかもしれない。

そんなことばかり考えて悶々《もんもん》としてしまい、週末のメキシカンランチを楽しめなかったばかりか、週が明けると具合が悪くなり、この空気のいい高原に来てからはじめて、体調不良を訴えて自室にひきこもることになってしまった。

オイルヒーターをオンにして、ベッドにもぐりこみ、本も携帯も手に取る気にならず、じっと壁ばかり見ている。

携帯が振動して、メールの着信を知らせてきた。

塔子は渇ききった口からため息を漏らし、目をつぶって毛布をかぶった。

ストレスと緊張が頂点に達したせいか、部屋が暖かくなったせいか、ふいに睡魔が襲ってきて、そのまま塔子は寝てしまった。寝てしまって、眼鏡の奥の眼光が鋭いガタイのいい中年のがに股《また》の声の大きい威勢のいい警視庁捜査一課のデカに尋問される夢を見た。

映画やテレビでよく見る取調室に、塔子はそのデカと二人で机を挟んで座っていた。奥のほうに、記録を取る警察官もご丁寧にセリフなしで参加していた。

「ここに猿、という字を書いてくださいよ」

と、そのデカは塔子に迫っていた。

「それはわたしにはできません」

塔子は青ざめて震えていた。

「猿って書くだけなんだよ」

デカは言った。

「それだけなんだよ」

そう言うと、何を思ったかその大きなデカは、取調室でぽおんとバック転をしてみせた。

「猿って書くだけなんだよ」

と言っては、ぽおん。「猿」。ぽおん。

あまりに何度もバック転をするので、もう自白するしかないのではないかと、塔子はぎりぎりまで追い詰められていた。

意味不明の夢から目覚めると、首の右側が痛かった。どうも寝違えたらしい。バック転をしたのは、塔子ではなかったのに。

起き上がって、水をもらいに一階に下りてみると、そこには誰もいなくて、どうやらマリー・ジョイがかおるさんを散歩に連れ出し、虹サンと男の子が仕事に行っている時間のようだった。

広い家で一人きりだとわかって、塔子は湯を沸かし、自分のためにドリップでコーヒーを淹《い》れた。

どのみち、こんなふうにびくびくしながら生きているなんてことは、いつまでもできることじゃないのよ。

ネルのフィルターからコーヒーがぽとぽと落ちていくのを眺めながら塔子は考えた。

自分などは独り身で、たとえ捕まっても誰に迷惑をかけるわけでもない。息子はもう、あちらで生きていくと決めたのだろう。母親が罪を犯したと知れば苦しむかもしれないけれど、あのときはああするしかなかったと言えば、わかってくれるかもしれない。正当防衛とか、過失致死とか、死体遺棄とか、よくは知らないけれど、聞きかじっている四文字の言葉が頭の中でくるくる回った。

刑務所、というところに入るのだろうかと考えると、恐怖で身が縮まる。ここは、この高原は、天国みたいな場所だ。だけど天国には、いていい人間と、いてはいけない人間があるはずだ。自分は、どう考えても、後者だ。

マグカップに入ったコーヒーを手に、リビングに行って暖炉の前に腰かけた。どうにも寒いので、暖炉に火を入れたが、暖炉脇のキャビネットに洋酒の瓶が並んでいるのを見ると、いまの気分はコーヒーではないのでは、という気がしてきた。下戸で、酒の種類もあまりよくわからないので、ビールや発泡酒くらいしか自分では買わないし、キッチンの奥のパントリーにあるワインセラーから、虹サンに頼まれたワインを出すことはあっても、このキャビネットを開いたことはなかったのだが、たしか、ベイリーズという甘いお酒があったはずだと思いついて、アイリッシュクリームの瓶を探した。奥のほうに入っていたのを引っ張り出し、中身が入っているのを確かめ、コーヒーに入れてからまたキャビネットに戻そうとして、ふと酒瓶の奥のほうに何かが挟まっているのに気づいた。

気になって取り出して見ると、虹サン宛ての手紙だった。和紙の、品のいい封筒で、うっすらと香のような匂いがした。なぜこんなものがあるのだろうと、あまり考えもせずに裏を返すと、そこにはかおるさんの名前がある。

アイリッシュクリームを入れたコーヒーは甘く、口当たりがよく、現実を忘れたい塔子の頭を、ほどなくしびれさせてここちよくした。いったんは、元の場所に戻したその手紙を、まだ誰も戻ってこないだろうと気が大きくなって、大胆にももう一度取り出して中を開いた。

それは紛れもなく、かおるさんから虹サンに宛てた恋文だった。

「虹之助さま
私は一人になりました。」

そう、手紙は始まっていた。

「あれは、約束と呼ぶにはあまりに遠い日の、若かりし頃のたわごとのようなものだと、思っていらっしゃる？」

「私たち、忘れたことなどなかったのではありませんか？」

「これ以上、書きませんでも、わかってくださると信じています。」

「私は一人になりました。」

「そのことだけ、お伝えしたく。」

アルコールに弱い塔子は、一口二口ベイリーズ入りのコーヒーを飲んだだけで頭がポーッとしていたが、それにしてもたいへんなものを読んだと思った。

大急ぎで封筒を元の場所に戻し、コーヒーカップを持ったまま、その場をうろうろした。まず、自分がベイリーズを飲んだことを虹サンに知られてはならないという気がしたので、キッチンに戻ってコーヒーを淹れ直し、今度は温めた牛乳を入れて、二階に持って上がった。ベッド脇のテーブルの引き出しから、ハイチオールCを出して、カフェオレで胃に流し込み、時計を睨《にら》むと、まだ二時過ぎだった。マリー・ジョイとかおるさんが散歩から戻るのにも三十分くらいはかかるだろうし、二人が二階に上って来る心配はおそらくない。虹サンが帰るのは五時を回るだろうから、さすがにそれまでには酔いもさめるだろうと思いつつ、また横になった。

そうか。かおるさんと虹サンは、「若かりし頃」に「約束」した仲だったのか。

塔子は、また壁を見つめた。

ただならぬ仲の良さだとは思っていたが、いずれにしろ枯れ切った老人二人だし、深く考えてみたことはなかったのだ。

あの日、思い余ってかおるさんの家を訪ねた。翌日になって、ヘルパーの来る時間より前に、時間を見計らってかおるさんの部屋に戻ると、かおるさんは笑顔で迎えてくれた。なんだか生き生きとしていて、若返ったみたいにすら見えた。

「ねえ、塔子さん。わたし、いいことを思いついたのよ。東京を離れましょうよ。いいところを知ってるの。友だちがかくまってくれるわよ。今日からわたしたち、その計画を立てましょうよ。まず、友だちに知らせるところからだわ。わたし、手紙を書いたの。切手を貼って、投函《とうかん》してきてくださる？　心配しないで。余計なことは書いてないわ。前々から、静養に来たらいいと言ってくれてた友だちなの。ただ、わたし、ほら、ひとりでは何もできないじゃないの。だから、無理じゃないかと思ってたのね。

でも、塔子さんがいれば、できるわよ。ひとりじゃないもの。あなたが助けてくださるなら、わたしも、あなたのことを助けられるんじゃないかと思うの」

目をきらきらさせて、「計画」を打ち明けるかおるさんは、童女のように楽し気だった。

あのときは、自分が逃げ出すことでいっぱいいっぱいだったから、かおるさんの指示に従って動き、途中からは虹サンの計画を実行し、マリー・ジョイに声をかけ、取るものも取りあえず、こちらに移ってきたのだった。

定期的に郵便物をチェックすることだけは、かおるさんが友人にいっしょに頼んでくれるというので任せているけれど、部屋はそのままにしてきてしまった。家賃も水道光熱費の基本料金も自動的に引き落とされているので、貯金を取り崩すのも限界に近い。

なるほど、ここは天国みたいな場所じゃなくて、ほんとに天国なんだわ。

そう思った塔子の頰に、少し疲れた笑みが浮かんだ。

かおるさんと虹サンの天国で、ここにかおるさんを運ぶために、自分は手を貸したということなのだ。どのみち、自分のための天国ではないし、間借り期間がちょっと長かったけど、もうほんとうにおしまいにすべきなのだ。畑仕事や加工品づくりは、いままで虹サンがひとりでやっていたことを、虹サンの厚意でやらせてもらっているにすぎないのだし、かおるさんのお世話だって、誰かをきちんと雇いさえすればすむことだ。あるいは、少しは負担かもしれないけれど、虹サンはずっと脚の悪い妹さんと暮らしてきたのだから、虹サンが世話をすればいいのかもしれない。

この天国に、自分がこれ以上、いていいとは思えない。

ともえさんが何を言ってきているのかわからないけれど、もう悪あがきはやめて、彼女に会ってみるしかないのではと思えてきた。

もしかしたら、「猿」って書くだけのことなのかもしれない。「猿って書くだけ」って、なんのことだかわからないけども。それで自分の人生が、変わってしまうにしても。

塔子は深呼吸をして、携帯を開いた。

心臓がひっくり返ったような気がした。

メールは、予想外のところから来ていた。

「ママ　元気?　いま、ぼくはとてもハッピーなので、それを知らせたくて。彼といっしょに暮らし始めた。名前はナイジェル。同じカンパニーで、裏方の仕事をしてる。結婚するかどうかは、しばらく同棲《どうせい》してから決めるけど、たぶんすると思う。パパにも伝えたんだけど、あの人はダメだね。あんな偏見の塊だとは思わなかったよ。びっくりした。最後になんて書いてきたと思う?　ママが女手一つで甘やかして育てたせいで道を外れただって。誰のせいでママがひとりになったたって言うんだよ！　道を外れるって、それは誰のやったことだよ！　ともかく、ぼくは幸せだから。そのことをママに知らせるべきだって、ナイジェルが隣で言ってる。ママは祝福してくれる？してくれるよね？　万が一、祝福してくれなかったとしても、ぼくはママを愛しているよ。知ってる？　それも知らせるべきだってナイジェルが横で言ってる。そういうことをあまり直接言って来なかったけど、それはいいことじゃないって、ナイジェルが言う。離れていると不安になるものだから、きちんと言葉で伝えるべきだって。ナイジェル、ほんとにいい奴でしょう？　じゃあね。ぼくはそんなにしょっちゅうメールしないけど、（横でナイジェルはそれじゃだめだと言ってる）でも、伝えたからね。また連絡する。じゃあね。ＬＯＶＥ」

塔子は、メールの文面を何度も何度も読んだ。そしてナイジェル、という人の写真を眺めた。白っぽい金髪の男性が笑っていた。年は息子よりかなり上のように見える。いっぺんに入って来る情報が多すぎて、処理能力を超え、過呼吸気味になってきた。ともかくすべてがきちんと頭に入って来るまでに、十数回は読んだだろうか。

気持ちを落ち着けるためにマグカップを口にすると、冷めきったカフェオレが喉《のど》を伝っていった。

たったいままで考えていた「猿って書くだけ」のことが、ぐわんと背景に遠のいていき、小さかった息子のこと、海外留学に送り出した日のこと、夫の不実が発覚したときのこと、ありとあらゆることが脳内を駆け巡り、目の奥でなにかがスパークするような感覚を経て、やっとのことで塔子は返信を送った。

「ありがとう。愛してる。祝福する。ほんとよ。ナイジェルによろしく。ママ」


マリー・ジョイはいつものように朝早く走って、野外教会に行った。人気《ひとけ》はなく、枯れ葉の中に埋もれるようにして、その場所はあり、マリー・ジョイは木のベンチに腰かけて両手を組んだ。

拓海の前では口に出さなかったが、父親から来た手紙を読んで、静かな感動がこみ上げた。「お会いしたいです」と、父は書いていた。

「お会いしたいです」

マリー・ジョイはその言葉を小さくつぶやいてみた。目から涙がこぼれてきた。

母が亡くなったあと、慈善団体を訪ねたときに、父親に会える可能性はほとんどないと聞かされた。マリー・ジョイの場合は、日本国籍が取れる年齢を過ぎていたから、法的な手続きを取ることはなかったが、国籍を取る可能性のある子どもたちの中には、会ったこともない父親と裁判で争う羽目になる子もいると聞いた。「歓迎しない父親が多いので」と、係の女性は淡々と言った。

何度も会いたいと連絡して、何度も拒絶される子どももいるという。自分はそこまで強くない、と、マリー・ジョイは常々思っていた。だから、拒絶される恐怖と向き合いたくなくて、もう四年も無駄にしてしまった。もしかして、日本に来たときに、まっさきに父親に連絡を取っていたら、四年前に、

「お会いしたいです」

と言ってくれていたかもしれない。

父親に会って、話ができたら、会えなかった時間を埋めることができるとは思わない。けれど、それは無理でも、母のことを話し、若かった母の話を聞いて、いっしょに笑ったりできるだろうか。もう自分の胸の内でしか偲《しの》ぶことができなくなってしまった母を、父と分かちあうことができるだろうか。父の知っている母は、エミリオと出会う前の、マリー・ジョイだけの母だったはずだから。その母をいっしょに思い出せるのは、もう、この、電話の声しか知らない父だけのはずだから。

もし、この四年の月日に、父という存在があったとしたら、どうだっただろう。しょっちゅう会ったりはしないだろうけれど、たまに顔を見たり、メールを送ったり、声を聞いたりすることができたなら、自分の身に起こったあれこれのことは、もう少し耐えやすいものだったのではないだろうか。四年の間に、ぎこちない関係も変わっていたのではないだろうか。

もしかしたら無駄にしてしまったかもしれない四年を、それでも、後悔する気にはならなかった。返事は来たのだ。「会いたい」と書いてあった。「会いたくない」では毛頭なく、「会わなければならない」でもなく、「会いたい」と書いてあった。

手紙を抱きしめていると、あとからあとから、涙が流れた。

マリー・ジョイと父親が会うと決めた日にちは、メキシカンランチの翌週の、日曜日の昼すぎだった。

そんなに遠くない街に住んでいる父親が、高原列車に乗って最寄り駅まで来るということになった。話のできる店を見繕って知らせておいてほしいという話だったが、駅前はおそろしいほどさびれている。

「車でピックアップして、景色のいいところにでも行けばいいんじゃないか」

拓海は言ったけれど、マリー・ジョイは駅前の店を選んだ。

ちょっと離れれば気の利いた場所はいくらでもあるけれど、駅前はみごとにゴーストタウン化しているので、会って話のできるのは、なぜだか蕎麦《そば》屋や定食屋と兼業のぱっとしない喫茶店だけだった。

「いいよ、べつに。おしゃれな場所で会わなくても」

と、マリー・ジョイはそっけなかった。

考えてみれば、そんな場所も、二十七年間、顔も見たことのない父親と会うには、似つかわしいのかもしれない。たしかに二十七年前から営業していそうな店でもあった。「コスモス」という、どこにでもある名前の、ざるそばとミックスサンドとコーヒーとレモンスカッシュを出す、夜にはスナックになる店だった。日にちと場所を決めてから、マリー・ジョイは愛想がなくなった。

彼女が父親と会うのだ、という話は、拓海が虹サンに伝えた。虹サンは、それなりに何かを知っていたらしく、そう、と言ったきりだったが、あとの女性二人にも事情を伝えたようで、なんとなくみんなではれ物に触るような雰囲気になった。

ふだん、他人にはあまり関心のないようなかおるさんまでが、庭仕事中のところへ、車椅子を転がして寄ってきて、

「あなた、いっしょに行ってあげるのでしょう?」

と聞きに来たのには、拓海は少し驚いた。

「いっしょに、というのは、例の」

「お父さんよ。決まってるでしょう」

「はあ。まだ、ちゃんと話してないけど、たぶん」

「たぶん、じゃないわ。頼りないわねえ。だって、はじめて会うお父さんなんでしょう? なんて言われるかもわかんないわけでしょう。ひとりではちょっとねえ。あな

た、いっしょに行ってあげなさい」

「はあ。はい」

「向こうも、罪悪感があるでしょうから、どんなふうに出るかわからないけど、やさしくしてくれるといいわねえ」

「はあ」

「はあはあはあはあ、息吐いてるだけじゃないの。しっかりしなさいよ。まったく」

かおるさんはあきれたように言い放つと、塔子さんを呼んで家の中に戻っていった。

そこで、拓海は二人になったときに、マリー・ジョイにいっしょに行くことを提案してみたのだが、ひどくあっさり、断られた。

「いいよ。ひとりで会う」

「え？　あ、そうなの？」

「うん。どうして？」

「いや、ひとりで、だいじょうぶなの？」

「当たり前だろ。平気だよ」

「うん。うん、まあ、そうだよな。おれが立ち会うのも、変だよな。邪魔くさいというか」

「邪魔ってことはないけど、なんか、恥ずかしいじゃん、横に拓海がいたら」

「あ、そう?」

「ひとりでいいよ」

「そう? そうだな。あのさ」

「なに?」

「外で待っててもいいかな。店には入らないから」

「なんで?」

「なんでって、なんとなく。気になるっていうか」

「いいよ。じゃ、外で待っててくれる?」

「うん、そうする」

そのように合意が成り立って、かおるさんの指示には反していたけれど、何もしないわけではないという中途半端なかかわり方をすることになり、拓海はマリー・ジョイを車で駅前まで送っていった。

駅前には無料駐車場があったから、車はそこに停めて、

「じゃあね」

と、マリー・ジョイは手を振って、「コスモス」に入っていった。ちりんちりんと、ドアについたベルが鳴る音がした。表に「スナック・コスモス」と書いた照明が出ていて、まだ昼だったので無用の長物のようにそこにあった。

高原列車はこの時間、一時間に一本しか来ない。マリー・ジョイが店に入ってしばらくしてやってきて、カップルが一組と鉄道おたくっぽい男性が一人、中年女性が一人降りた。鉄道おたくが「コスモス」に入っていけば、それがマリー・ジョイの「父」ということになりそうだったが、年齢が拓海と変わらないように見えたので、その可能性は薄かったし、案の定、別の方向に行ってしまった。

次の列車まで時間があったので、拓海は意味もなく駅前をぶらぶら歩き、そういえば、嵐の夜にこのあたりをさまよって、なんだか不気味なところだと思ったものだと、思い出したりした。その間にも、「コスモス」が見えるところからは離れないようにして、店に人の出入りがあるかどうかに目を光らせた。

マリー・ジョイは出てこなかった。一人で待っているのだろうかと思うと、胸が締め付けられるような気がした。でも、マリー・ジョイが店に入る前に、父親が先にその店にいて、会えたのかもしれないとも想像した。マリー・ジョイの性格からいって、父親が現れないのに辛抱強く店で待っているだろうか。一人ではないのだ、父親と会っているのだと考える方が、妥当だろうと、拓海は考えた。だとすると、二人はどんな話をしたんだろう。

マリー・ジョイが「コスモス」に入ってから、一時間半ほど経っていた。扉が開き、女性が一人出てきた。その女性は、「コスモス」からまっすぐ駅に向かってきた。

列車が駅に入ってきて、乗り込んだ女性を連れ去ると、入れ違うようにして、病院のある方角から別の列車が来て停まった。念のために、マリー・ジョイの父親らしき人がいるか探したけれど、降りてきたのは、外国人らしい女性の四人組だけだった。

マリー・ジョイはまだ出てこない。

手持無沙汰《てもちぶさた》に、缶コーヒーでも買おうかと思ってポケットの中の小銭を取り出しながら駅構内の自動販売機に向かおうとして、胸騒ぎが走った。

たったいま、列車に乗って行った中年女性は、マリー・ジョイが「コスモス」に入ってしばらくして駅から出てきた女性だったのを、思い出したのだ。あの女性は、何者なんだろう。あの人は、電車を降りて、まっすぐ「コスモス」に入り、「コスモス」を出てすぐに電車に乗ったことになる。拓海が「コスモス」に入ったところを見ていなかったのは、同じ列車を降りた鉄道おたくのほうに気を取られていたからに違いない。

いったいこの世に何人の人間が、「コスモス」に行くためだけに一時間に一本の高原列車に乗り、「コスモス」を出てまっすぐまた高原列車に乗って帰って行く必要があるのか。しかも、特定された日の、特定された時間に。一見すると開店休業と見分けがつかないような、ざるそばとコーヒーを出す、うらぶれたスナックに、この時間に。

拓海は「コスモス」の年季の入った扉を凝視した。

出しかけた小銭をポケットに戻し、店まで走った。

ドアを開けた。ちりんちりんと、ドアについたベルが鳴った。

奥の席に、マリー・ジョイが顔面を蒼白《そうはく》にして座っていた。店には彼女以外客がいなかった。思わずカウンターの中の店主に目をやると、意図せず二人の会話を聞いてしまったらしい店主は拓海のほうを見て、ひどい渋面を作り、頭を左右に、二回ずつ振った。

IX

マリー・ジョイが緊張して座っていると、女性が一人店に入ってきた。

店にはマリー・ジョイしか客がいなかったから、女性は躊躇《ちゅうちょ》なく近づいてきて、自分はある男の妻であると名乗った。

「うちのが今朝、体調を崩してどうしても行かれないと言うものですから、わたしが代わりに参りました」

と、その女性は言った。

「どういうことなのか、わたしも今日まで聞いていなかったので、ほんとうにびっくりしたんですけれど、夫にかつてつきあっていた女性がいて、その女性に子どもがいたというのは、ほんとうのことだと言われました」

細面の、色白の中年女性で、下を向いて、ほとんど目を合わせずに話した。彼女がコーヒーを注文し、出てくるのを待つ間に気まずい沈黙が流れた。

「結論から言いますと」

目の前に置かれたコーヒーに砂糖を入れてくるくるかき混ぜ、一口、口にしたあとで、彼女はもう一度話し出した。

「たしかに、夫には交際していた外国の女性がいました。その人が故郷に帰ってから、妊娠していた、子どもができたと聞かされたそうです。あなたの子だと。夫はやさしい性格なので、お金を送ったり、カードを送ったりしたそうです。でも、正直なところ、自分の子どもかどうかは、わからないと言っていました」

また、長い沈黙が流れた。

こんなはずじゃなかったのに、なぜ自分の目の前には、知らない女の人がいるんだろう、とマリー・ジョイは考えていた。自分は、この知らない女の人と、何を話しているんだろう。

「わたしは二度目の妻です」

ちょっといらいらしたように、女性は続けた。

「結婚したのは十年前です。前の奥さんのことはよく知りませんけど、外国の女性とつきあっていたころと、最初の結婚は重なっていると思います。だから、交際していたのは事実かもしれないけど、奥さんがいるから、気をつけてたんじゃないかなと思うんです」

「気をつけるって、何を?」

思わず、問い返している自分の声に、マリー・ジョイは少し驚いた。

「その、なんというか、妊娠させないようにというか」

あいかわらず下を向いたまま、女性はそう答えた。

何を言っているが、この人、わかってんのかな、とマリー・ジョイは考えた。もしマリー・ジョイがこの人の夫の子どもだとしても、それは避妊の失敗とか、不用意の結果だとか、そんなことが言いたいんだろうか。

「夫ではない可能性だってあるんじゃないかと思っています」

来たよ、とマリー・ジョイは思った。今度は、うちのママを嘘つきにする気だよ。

「親子関係を証明するには、DNA検査をすればいいのだと思いますが」

マリー・ジョイがそう口にすると、いら立ちを抑えられないのだと言いたげな女性は、語尾にかぶせるようにして言った。

「でも、それで傷つくのは、あなたかもしれないです」

そう言ったとき、女性ははじめて上目遣いのようにして対面に座っているマリー・ジョイの顔を見、そしてまた目を逸《そ》らした。

「傷つく？」

「DNA検査の結果が、あなたが思っているのと違ったら、傷つくのはあなたではないでしょうか。それと、DNA検査をして親子関係が証明されても、あなたの年齢では、日本の法律上、認知しても国籍取得はできないということなので、鑑定する意味はないと思います」

それから女は長々と、自分と夫の出会いについて話し始めた。聞かされていなかった過去があって、自分がどんなに戸惑っているか、しかしそれを乗り越えて、夫婦で力を合わせようと語り合ったこと、などなど。

沈黙が怖いのか、女はぼそぼそした声でしゃべり続けた。夫の前の妻はどんな人だと聞いているとか、自分の夫は誰にでもやさしくてそれが欠点だとか、そんな話だった。すべてが、マリー・ジョイにとっては降り注ぐ石礫《いしつぶて》のように苦痛だったけれど、女は話をやめなかった。とうとう話し疲れて深いため息をつき、椅子に深く腰かけて脚を組み替え、ぬるくなったに違いないコーヒーを口に運んだ。マリー・ジョイは店内の古ぼけた壁掛け時計を眺めた。

「あなたはここに、何をしに来たの？」

マリー・ジョイは聞きたかったことを聞いた。

「夫の具合が悪くなってしまったので、わたしが代わりに」

女性は下を向き、また少しだけ沈黙が続いたが、やがて、とてもひどい目に遭わされたというような顔をして女性が口を開いた。

「うちには娘がいます。これ以上、つきまとわないでください。あなたが家の近くまで車で来ていたのを知っているんです。娘は怖がっています」

マリー・ジョイは、女性の眉間から目を逸らさずに応じた。

「わたし、今日、あなたに会う予定じゃなかった。あなたはわたしの時間を無駄にした。帰ってください。いますぐ。帰って」

女性はギョッとした表情で周囲を見回し、立ち上がった。バッグをつかんで立ち去ろうとする背中にマリー・ジョイは言い放った。

「自分の飲んだの、払いなよ。食い逃げ？」

栗田拓海は店に飛び込むなり、マリー・ジョイの隣に座り込んだが、何が起こったかを聞き出すにはかなり時間がかかった。

「話したくない。なんにも話したくない」

そう言ったきり、黙って壁を睨《にら》みつけているマリー・ジョイを、根気よく説得していきさつを聞き出したときには、小一時間以上、時間が流れていた。

「殴ろう」

と、拓海は言った。

「殴りに行こう。仮病使って家にいるようなやつは、呼び出して殴ってやる」

拓海には、ほかにどうやったらマリー・ジョイの傷心を慰めることができるのかわからなかった。殴れば慰められると思ったわけでもなかったが。

「殴ろう。ついでにそのババアも殴ろう」

「もう、いい。どうでもいい。クソみたいな一日だったよ。マリー・ジョイの人生はクソみたいだよ」

「とにかく殴ろう。おれにはそれくらいしか思いつかないけど、マリー・ジョイの人生はクソなんかじゃない。ただ、その男と女は間違いなくクソだ。殴ろう」

「どうでもいい。この国はクソみたい。この国の人間は一人残らずクソだよ」

「待てよ、マリーさん。一人残らずってことは、おれも入っちゃうじゃないか。とにかく、わかった。おれはいま猛烈に腹を立ててる。いますぐ殴りたい。クソ野郎を殴りたい」

「もう、どうでもいいよ。クソなんか殴ってもしょうがないよ。マリー・ジョイはもう嫌になった。こんなクソみたいな国とはグッバイする。クソ野郎の血がマリー・ジョイに流れてるかどうかなんて、知らなくていい」

「マリーさん、グッバイするっていうのはどういうこと？　ねえ、ちょっと落ち着こう」

「うるさいよ、拓海。もう話したくない」

グラスを磨きながら、この間のやりとりをずっと聞いていた店主は、ほかに客も来ないし、思うところあったのかカウンターから出てきて、隣の卓の拓海側の椅子に横向きに腰かけ、二人の会話に闖入《ちんにゅう》した。

「まったく弁護の余地なしだとは思うんですが、あの女性の言葉をそのまま信じるのも、どうかな、とわたしは思うんです」

拓海は誰かを殴りたいという表情のまま、隣に顔を向けた。

「たとえば、出がけに行き先を聞かれて、詰め寄られて白状したら、あの女性が逆上して、会うなんて許さない、あたしが行くわよーとか言って、ものすごい剣幕で、男は抵抗できず、女を止められなかった、というようなことも」

「無理でしょう。逆上されても、本人が来るべきでしょう」

拓海は誰かを殴りたい気持ちを抑えつつ、反論した。

「そうなんです。だからね、まったく弁護の余地なしだと思うわけです。ただ、自分の子じゃないとか、DNA鑑定もするだけ無駄みたいなことをね、男が言ったかどうかは、ここはまた、わたしは真実かどうかわからないと思ったわけですね」

「あなたがどう思うかじゃなくて、マリーさんがどう思うかが問題だよ」

「そうなんです。だからね、わたし、男の弁護をしてるわけじゃないんです。最低だということは、議論の余地なしですからね。ただ、あの女の人の言ってたことは、あくまであの女の人の方向から解釈した世界だからね、あの女あの人に都合がいいようにバイアスがかかってるはずで、男のほうがなんと言ったかは、本人から聞かないとわからないと思ったんです。もちろん、わたしが思っただけです。ちょっと、ココアでも淹《い》れてきます」

そう言うと店主は立ち上がり、カウンターの奥に戻った。

泡立てたクリームの載ったココアが運ばれてくるまで、マリー・ジョイと拓海は無言で過ごした。

「ありがとう」

力なく、マリー・ジョイは言った。

拓海は自分の無力さに打ちひしがれていたので、せめてココアを注文するというのを思いついたのが自分であればよかったのにと、意味のない方向に自虐の刃《やいば》を向けていた。

一口すすってはあらぬ方に目をやるマリー・ジョイにかける言葉もなく、拓海もココアを飲むことでなにがしか口に仕事を与えてやれることに感謝の念が湧いた。

「帰る」

マリー・ジョイがとうとう言った。

「何も話したくない。誰とも会いたくない。帰って寝る」

うんうんと、顎《あご》を何度も振るようにして、拓海は立ち上がり、レシートを握ってレジに向かった。

「あのう」

「ココアはサービスですよ、勝手に淹れたので」

「でも、おれ、何も注文してないし」

「いいですよ。気にしないで。よかったらまた来てください」

拓海は、マリー・ジョイが注文したコーヒー一杯分の値段だけを支払った。マリー・ジョイは何も言わずに立って、放心したような様子で出口に向かった。

大急ぎで拓海は駆けつけてドアを開け、マリー・ジョイの肩に手をかけたが、宙に浮いたような眼をした彼女に振り払われた。二人は車の停めてある駐車場まで小走りで向かった。マリー・ジョイが急いでいたので、拓海も早足にならざるを得なかったのだ。多少、まだ脚を引きずってはいたのだが。

駅の前は小さな公園のような造りになっていて、しかも小高い所にある駅から、段々になった公園が、バスの通る目抜き通りまで続いていて、その通りの手前には、古いバス車両が観光用に置かれている。バスとしては機能していないけれど、その中に入って写真を撮ったりできる、遊具的な存在の車両だ。

マリー・ジョイを追いかけるようにして駐車場を目指していた拓海は、ふと、何かに気づいた感覚を抱いて、歩きながらそのバス車両を見やった。後ろに立つ大人に手をあずけて、幼児がステップを一段、一段、降りてくるのが見えた。

幼児は慎重に地面に足をつけると、得意げに顔を上げ、その目が拓海の目と合った。

た。


「トッチャン！」

と、幼児が声を上げた。

拓海は立ち止まって口をあんぐり開け、先を急いでいたマリー・ジョイも振り返った。

幼児に手を引かれるようにして、女が一人、バスから降りてきた。

「やーだ、拓ちゃん、すんごい簡単に見つけちゃった！　まさか駅前で会っちゃうとはね。探偵ごっこ、早くも終了でーす！」

そう、女は言って、破顔した。

「なにしてんだよ、こんなとこで」

拓海は頭の中が整理できずに、ただうろたえてその場に立ち尽くす。

「捜しに来たんだよーん」

屈託なく女は続け、急に丁寧に頭を下げた。

「栗田です。はじめまして。拓海がお世話になってます！」

ハッとしたのは、拓海がうろたえている間に、先を歩いていたマリー・ジョイが戻ってきていたことで、あきらかに女はマリー・ジョイに向かって頭を下げていた。拓海は混乱したまま、でくの坊のように立っていた。そして、尻《しり》のポケットから、車の鍵《かぎ》が抜き取られても、すぐには反応できずにいた。

「なんで、こんなとこにいるんだよ」

「拓ちゃんのインスタ見てたら、知ってる場所が出てきちゃって。ほら、あそこのでっかいコーヒーポットとかさあ。わー、学生のときに行ったよ、ここ！　とか思ったら懐かしくて、もしかして会えるかなと思って来ちゃった。一発で会えるなんて、あたし、探偵の才能あるかも」

慌てて振り向くと、マリー・ジョイはいなくて、それから車の音がした。

運転席のマリー・ジョイが駐車場を出て、駅前公園の古いバスの前を通過して右に折れ、走り去っていくのが見えた。

ありえない。こんな間の悪さはありえない。

「ふざけんな！」

そう、女に向かって叫ぶと、拓海は車を追いかけた。

とにかく走った。走る以外にできることがない。

バス通りを駆け下り、大通りを右に折れ、人のいない高原の街を、ただただ走った。もしかしたらまた脚をどうにかしてしまうかもしれないと思いながら走った。片脚を引きずりながら走った。

ゾンビにでも追いかけられたらかくや、と思うほどの速さで、「ムーンライト・イン」に到着したが、マリー・ジョイの車はそこには戻っていなかった。

拓海は繫《つな》いでおいた自転車の鍵を外してまたがり、大急ぎで家を出た。


「もし、わたしが帰ってこなくても、心配しないでください。

気持ちを整理して、過去と向き合うことにしました。こんな置き手紙をすると、自殺でもしやしないかと思われそうですが、そんなことはしません。約束します。

冷凍庫にいくつか作り置きを置いて行きます。

ご相談の上で出かけることができたらよかったのですが、ちょっと勇気がありませんでした。いろいろなことが落ち着いたらご報告します。

津田塔子　」

塔子は、きちんと整えたベッドの上に、封筒に入れた手紙を置いた。

それから一階に下りて、こんどはダイニングテーブルの上にメモを載せた。こちらには、

「冷蔵庫に羊のカレーが鍋《なべ》ごと入っています。ラム肉はお向かいさんからのいただきものです。夏に作っておいた野菜のピクルスなどもありますので、お好きなものを添えて召し上がってください。友人と会ってきます。塔子」

と、書いた。そして、少しの着替えを入れたバッグを提げて家を出た。

マリー・ジョイと拓海は出かけていたし、虹サンはかおるさんをまたどこかに連れ出していた。だからゆっくり煮込み料理を仕込むこともできたし、部屋の片づけをする余裕もあった。

もしかしたら、もうここには戻らないのかもしれないと考えても、それが現実のようには思えなかったが、だからといって、これまでと同じような日常を続けられないことも、塔子にはよくわかっていた。

あれから、今村ともえにメールを送り、自分がいまどこで何をしているかを知らせた。かなり驚いたようだったが、ともえは会いたいと言ってきた。日曜と月曜に休みを取るから、そちらに行くわ、とメールに返信があった。自分は独り身で身が軽いし、あなたに東京に出てきてもらうのは気が引ける、そんなに遠くではないし、会ってゆっくり話したいと書いてあった。

塔子は歩いて駅まで行った。「ムーンライト・イン」から高原列車の駅までは、徒歩でも十五分ほどの距離なのだ。少し前の時間帯に、栗田拓海とマリー・ジョイの間で修羅場が繰り広げられたことなどまったく知らずに、塔子も高原列車が到着するのを、コートの襟をかきあわせながら待った。きちんと時間を見て来なかったので、駅で三十分近くも待たなければならなかった。

たった二両の小さな列車が滑り込んできて、ウールのコートに毛糸の帽子をかぶった女性が降りてきた。塔子は右手を肩のあたりまであげた。

「塔子さん」

帽子の女性は、ほっとしたような声を出した。

「悪いわね、わざわざこんなところまで」

と、塔子は言った。

帽子の女性は、何度も何度も頭を左右に振ってみせた。

「どうしよう。今日はどこかに泊まることにしてるの?」

「そう。三つ向こうの駅から、送迎バスが出てるホテルを予約してるから、ゆっくりできるわよ。とりあえず、ちょっと座りたいわ」

「じつは、この駅前ってなんにもないのよ。昔は賑《にぎ》やかだったんだろうけど、いまはねえ。こんなことだったら、あなたの泊まるホテルのある駅まで、わたしが行けばよかった」

「座って話ができればどこだっていいわよ。観光しに来たんじゃないもの」

「それにしてもないのよ。このへんの店、一度も入ったことない」

「あそこは?」

「開いてるのかしら。電気ついてないじゃない」

「まだついてないだけじゃないの? 陽が落ちたらつくのよ。喫茶とも書いてあるわよ。ちょっと来て。開いてる、開いてる」

このようにして、はからずも「スナック・コスモス」では、本日二度目の衝撃的事実が語られそうになったが、入り口で躊躇した塔子の行動によって、それは幻となった。

「ごめんなさい、ともえさん、わたし、人のいないところがいいわ」

寒さから逃れようと、いまにもドアを開けようとしていたともえは、自分の性急な態度を恥じるように手を引っ込めた。

「そうね。じゃあ、どうしよう。外で話す？」

塔子は踏切が単調な音を出すのを耳に留めた。

「列車が来るわ。どうせ誰も乗ってないのよ」

そこで、中年女性二人はやってきた高原列車に乗った。塔子が言ったように、ほかに客はほとんどいなくて、二人は一つの車両を借り切るような形になった。

「誰も降りろとは言わないもの。ここなら話もできるでしょう」

「残念、缶コーヒーでも買ってくればよかったわね」

「終点の駅で買えばいいわよ。でもって、また乗ればいいじゃない」

女たちは七人掛けの横並びの席を一つずつ占領して笑った。

「久しぶりね」

「久しぶりね。ほんとに心配したのよ」

「ありがとう」

「ねえ、何があったの？」

ともえがとてもストレートにたずねるので、塔子は混乱する。

何がって、何からしゃべればいいんだろう。

「ううん。わたしから話す。あなた、聞いた方がいいよ。わたしから話す。そのために来たんだもの」

ともえは笑って深呼吸をした。

この人がいつもとても面倒見のいい同僚だったことを、塔子は思い出した。

「あなたがいなくなった日に、あの人がステーションにきたんだって」

塔子は思わずバッグを取り落とした。

「あの人って」

「あの問題児。問題じいさんよ。そして言ったの。こことはもう縁切りだ。ほかの介護サービスを探すから、金輪際オレにかかわるなって」

「どうして——。どういうこと？」

「知らない。わたしが直接聞いたんじゃないもの」

「あの人、生きてたの？」

「なに？　どういうこと？」

塔子は何をどう話したらいいかわからず、ただ首を左右に振った。

「それでね」

ともえはつづけた。

「津田塔子を二度とオレに近づけるなって、言ったんだって。そして、あの日からあなた、いなくなっちゃったでしょう？　何があったの？　わたしが知ってるのは、これだけよ」

紅葉の盛りはすぎたものの、赤や茶色のグラデーションを作る木々や、白い雪を載せた山の連なり、伸びたすすきの穂などを車窓に映し出して、列車は走っていた。手すりに縋《すが》りつくようにして塔子は自分の体を支え、瞬《まばた》きを忘れてその過ぎ去る風景を見るともなしに追っていた。

あの人、生きてたの？

ともえは続けて何か話しているようだったが、ほんとうに、音声が頭の中からぱったり消えた。音のない世界を、葉を落とした木々が通り過ぎて行った。

「ちょっと、一回降りましょうよ。で、コーヒーでも買って来よう」

ともえが腕を取ったので、この世に引き戻されるような感覚を持った。引きずられるようにして、塔子は列車を降りた。

ともえはしばらくうろうろして、自動販売機を見つけた。

「あった、あった。あなた、何にする？」

屈託なく笑うともえの顔をぼんやり見ていた塔子だったが、もう一度、その疑問を声に出してみた。

「ともえさん、あの人、生きてたの？」

ともえは、頭の中でパズルを解くような表情をして、財布から出しかけたコインをいったんしまった。

「あの人って、釘谷《くぎたに》さんのことだったら、生きてると思うけど。どうしてもほかの介護サービスにするってきかないから、ケアマネの藤代《ふじしろ》さんが骨を折って別のところに頼んだけど、あいかわらず問題じいさんで、ひどいのを押しつけられたって藤代さん、かなり責められたみたい。でも、なんだか、わたしたちがケアしてたころよりはましみたいにも聞こえるんだけどね。ぎゃあぎゃあ文句言うくらいで。とにかく、生きてるし元気みたいよ。あんなじいさん、殺したって死なないわよ」

そう、ともえは言った。

そうだった。そういう名前だった。釘谷というの。ほんとだ。殺しても死なない。

「ともえさん、あなた、泊まる予定のホテルってここから送迎バス出てるの？」

「そう。うん、そうよ。ここからバスで十分くらいなのかな」

「チェックイン、まだ？」

「うん、まだ。あなたと会ってからと思ってたから」

「いまからいっしょに行ってチェックインしない？　ロビーにお茶飲むところ、あるでしょう？」

「だって、あなた、人のいないところで話したいって」

ふうう、と、塔子は大きく息を吐いた。

「そうだったんだけど、事情が変わったの。ロビーラウンジならきっと、ゆったりしたソファかなんかがあるんじゃない？」

「そうね。なんなら、部屋に来てもらってもいいしね。どうして思いつかなかったんだろう。そうしましょう」

気のいいともえはとくに考えることもなく、塔子の提案を受け入れた。二人は送迎バスに乗って、予約したホテルに行った。ともえがチェックインを済ませる間、塔子はロビーのソファに腰かけて待った。

あのとき、男は、うつぶせの姿で玄関に倒れた。顔はちょっと横を向く形で、頭の脇から血が浸《し》み出して、表面張力で少し膨らんだみたいに見える液体が、次第に広がっていくのを見たような気がしているのは、勘違いなんだろうか。

あれは三月のとても寒い日だった。もうひどく前のことなので、だんだん記憶があいまいになってきて、雪がちらついていたような気がすることもあるけれど、傘を持っていた覚えはない。なにしろ自転車に乗っていたんだから、雪の日ではなかったはずだ。だけど、風がとても冷たくて、自転車で走ると顔が痛いような冷たさの日だったことを思い出す。手袋をしていた。それは強烈な記憶だ。あの日はその手袋に、救われたとすら思ったんだから。

あの男の家の玄関に入ったとたんに抱きつかれた。そして押し倒されるような感じで、塔子のほうが先に転がった。のしかかられるのが怖くて、あの男の脚を蹴《け》った。男が倒れて、そして何も言わなくなった。

考えてみたら、玄関には電気すらついていなかったのだ。頼りになる灯《あか》りといえば、あのときオンにしていたスマートフォンの懐中電灯だけだ。あれがどれほどの明るさのものなのか確かめようとして、バッグから携帯電話を取り出してみるけれど、それはあのとき持っていたスマートフォンではなくて、虹サンが契約してくれた小さなガラケーと呼ばれるもので、懐中電灯の機能があるのかどうか、塔子は知らない。

あの男は死んでない。

でも、そうだとしたら、なぜ大騒ぎしなかったんだろう。

あのクレイマー老人なら、塔子に殺されかけたと言って怒鳴り込んできてもおかしくないはずなのに。

ともえがチェックインを終えて、こちらを見た。

「ここで待ってるから、お部屋に荷物を置いてきて」

そう声をかけると、ふっくらした笑顔でともえがうなずき、エレベーターのほうへ向かっていった。

死んでなかったんだ。

皮膚の上に張り出して何かから塔子自身をガードしていた神経のセンサー一本一本が、風にすすきの穂がなぎ倒されるようにすべて押し伏せられたような、経験したことのない疲労が襲ってきた。あるいは、気温や気圧に応じて調節されるべき毛穴が、必要もないのに一気に開いてしまったような、無防備な緩みからくる疲労。

ともえが近づいてきた。

ほんとうならここで、このソファに倒れ込んでしまいたいところだけれど、薄気味の悪い興奮のようなものも続いていて、いまベッドにいたとしても眠れないだろうということだけは確実だった。もう少し、気力を振り絞って、この元同僚との会話を続けなくてはならないだろう。

「あなた、大丈夫？」

ケアの仕事が長い友人は、ただごとではない表情を見て取ってそう声をかけてくる。

「大丈夫。ちょっといろいろ、驚いたことが重なったから」

自分の声が、遠くから聞こえるような感覚がある。

「温かいものでも飲みましょうよ。やっぱりこっちは気温がぐっと下がるわね」

ともえはさっきからそれを我慢していたのだと、塔子も気がついた。

二人はロビーラウンジに席を見つけて、それぞれハーブティーとコーヒーを注文した。カモミールのハーブティーが特別飲みたいわけでもなかったけれど、いま、カフェイン入りの飲み物を口にしたら頭がおかしくなりそうな気がした。

「釘谷さんとの間に、何があったの？」

ともえが口を開いた。

塔子はふうっとため息をついた。


拓海は思いつくかぎりの場所を自転車で捜してまわった。

まずは、朝のマラソンコースを走り、かなりの確率でいるのではないかと期待した屋外教会に行ってみたが、人が来た気配はなかった。

コースの途中にあるコンビニエンスストアにも寄り、彼女が顔なじみだと話していた店員にたずねてみたけれど、今日は来ていないとそっけない返事があった。

それから、彼女がそこからの景色が好きだと言っていた、渓谷にかかる鉄筋の大橋にも自転車を走らせた。奥に聳《そび》える山は白く雪化粧し、渓谷の木々は葉を落としていたが、いつもながらそこからの眺めは圧巻で、雄大な自然の中にぽつんと立つ拓海は、清々《すがすが》しくも冷たい空気を吸い込みながら、マリー・ジョイの刺すような孤独について考えた。

底なしのように深い、渓谷を見下ろしていると、とてもとても悪い予感が胸の底から湧きかけたが、山の空気でそれを払うように、拓海は深呼吸をした。マリー・ジョイは強い人だから、自分のように弱い人間とは違うから、どこかで一人きりになって、思いっきり強烈な悪態をついているに違いないと思うことにした。あるいは、誰も見ていないところでなら、泣いているのかもしれない。泣くというのも、強い人じゃないとできないことだと、拓海は思った。

もう、どこといって、彼女が立ち寄りそうな場所は思いつかなかった。絶対に出ないだろうと思いながら電話をかけてみたが、案の定、電源が切られていた。ひどく咽《のど》が渇いていた。

ウォーターボトルに入っていた、飲み残しのハイポトニック飲料を口にした。

それから、また自転車にまたがり、こんどはあてもなく走り始めた。大きな道路を高原列車の駅のほうまで戻り、念のために「ムーンライト・イン」に寄って、帰っていないことを確認してまた走り出した。

そして小一時間ほど、ぐるぐると走り回って、ようやっと、オフシーズンの観光地の駐車場に置かれている車を発見した。

中には誰もいなかった。彼女はここに車を置いて、矢印の書かれた看板の先にあるらしい、滝を観に行っているのだと思われた。

そこは、このあたりの観光地の目玉の一つで、拓海も来たばかりのころに自転車でやってきた覚えがあった。まだ足も怪我していないころだ。ここに、こんなに長くいるなんてまったく予想もしていなかった、それどころか、どこかに長く留《とど》まることを、やめてしまおうとすら思っていたころのことだ。

それなのに。たった二か月かそこらのことなのに、その間に自分の毎日はどんなに変化したことか、と拓海は思った。虹サンの家での、農作業やら大工仕事やら加工品づくりやらといったことも大きいし、あの人たちと食住を共有するという、いまだかつてやったことのないシェア空間のあり方も大きかった。

でも、いちばんの違いは、自分の日々にマリー・ジョイがいることなのだ。

帰らないでくれと、言おうと思っていた。マリー・ジョイと父親が会って、なんらかの話をして、彼女の気持ちが落ち着いたら、フィリピンに帰らないでくれと言おうと思っていた。

自分には仕事も家もないけど、とにかく必死で職探しをして、生きていく方向で暮らしを立て直すつもりで、そのためにはどうしてもマリー・ジョイが必要だと言うつもりだった。もっと平たく言うと、告白とか、プロポーズとかに近いようなことを言うつもりだった。いっしょにいてほしい、未来をいっしょに生きていきたいと、そんな感じのことを言おうと思っていた。愛しているとか、そういう歯の根が浮きそうなことは言えそうになかったけれど、内容的にはそういうことだと頭の中で何度もシミュレーションをした。

きみが必要だ。きみといっしょにいたい。きみといっしょにだったら、未来のことが考えられそうな気がする。じゃなくて、考えられる。考えたい。

自分ひとりではとうに生きていく気力なんかなくしかけていたのを、マリー・ジョイの存在がつなぎとめたのだ。そのことを、どう言えば、もう少しロマンチックで、唐突でも独善的でもなく、彼女の心に響く言い方になるだろうかと、考えてもいい答えが出てはいなかったのだけれども。

けれど、マリー・ジョイの父親は登場せず、すべてをぶち壊すように中年女性が主役を奪い、その上、ほかの舞台の登場人物のようなのが唐突に紛れ込んで異常な印象を残した。もともと上手に書けていなかった脚本が時間切れで上演され、予定してもいなかった役者が闖入《ちんにゅう》してアドリブを叫びだし、なにもかもがめちゃくちゃになった。

そう考える一方で、内省的で自分にまったく自信のない拓海は、いずれにしてもこれはおれの話じゃなくて、マリー・ジョイが主人公の物語なんだよ、と思考を巡らせた。そもそも、おれには脚本を書く資格なんか、なかったわけだ。

マリー・ジョイの物語の中では、おれはいま、ぜんぜん脇役で、いいとこ送り迎えの運転手レベルで、彼女とお父さんの物語がいまぶち壊しになった段階のはずだった。そのことを考えると、ここで彼女に「帰らないでくれ」と懇願するのはまさに、とつぜん乱入してあらぬことを叫び始めるほかの舞台の登場人物に、まぎれもなく拓海自身がなるということだった。ようするに、自分は出番らしい出番を逸した。または、まだ、与えられていないのだと、思うしかなかった。

拓海はマリー・ジョイが置き去りにした車に自転車を立てかけ、左側のサイドミラーと自転車をチェーンでつないだ。こうすれば、マリー・ジョイが車で逃げ去ろうと思ったって、とりあえず、そうはいかないことになる。

それから、静かな遊歩道に足を踏み入れた。オフシーズンといっても日曜日のことで、駐車場には何台か車が停まっていたし、遊歩道を歩いて行けばすれ違う人にも会った。ただ、奥へ行くほど空気が冷たくなってくるので、ひとりで歩いているとどことなく心細かった。

渓流が脇を流れていて、沢の音だけが耳に入ってきた。とても細い、危なっかしい橋を渡り石の上を歩いて行くと、奥に岩を割るようにして流れ落ちている二つの滝が見えた。

マリー・ジョイは、その滝をちょうどよく眺められる位置にある白い大きな石に腰かけていた。その姿を見つけて、拓海は両手を膝《ひざ》に当てて大きく息を吐いた。

「マリーさん」

声をかけても、彼女は振り向かなかった。

拓海は石の上を飛ぶようにして近づいて、マリー・ジョイの隣にしゃがみこんだ。

「マリーさん。捜したんだよ」

それでも、マリー・ジョイは何も言わなかった。

「すごく、つまんないことだけど、誤解してるかもしれないから、言わせてほしい。さっき駅で会ったのは、兄貴の嫁さんで、小さいのは甥《おい》っ子なんだ。おれのことを、タッチャンと呼んでる。母親が拓ちゃんと呼ぶのを真似してるんだけど、まだちゃんと言えないんだ。父ちゃん、みたいに聞こえたんじゃないかと思って心配になってさ」

マリー・ジョイは手に持っていたペットボトルのお茶を口に含んだ。

「お父さんの話があった後だったから、おれ、余計に気になっちゃって」

余計に気になったとは、言い方を失敗したなと拓海は自分を責めた。マリー・ジョイは沈黙を破らない。

「疑ってるなら、これから電話して本人に証明させるよ。兄貴と結婚したけど、おれの中学の同級生だから、妙になれなれしい。どうして今日、こんなところに現れたのか、さっぱりわからない。ほんとだよ。インスタ見てどうのって」

「疑うってなにを？」

めんどくさそうに、マリー・ジョイは言った。

「なにって、あんなところで、あんなふうに登場したら、なんだかおれの彼女か奥さんかなんかみたいに思うんじゃないかって」

「違うの？」

「違うよ！　いま説明しただろう。ほら、疑ってるんじゃないかと思っておれは」

「疑ってないよ。どっちでもいい。わりとどうでもいい」

ほんとうにどうでもよさそうに遮って、マリー・ジョイは滝を見ている。拓海は、かなり急所に近いところに鈍い矢が命中したように感じた。

「どうでも、いいのか」

「どうでもいい。いま、マリー・ジョイはそれどころじゃない。ひとりにして。ほっといて。誰が相手でも、いまは、日本語を話すのも聞くのも、苦痛なんだよ」

マリー・ジョイが眉間《みけん》にしわを寄せたまま、拓海と反対側に顔を向けた。いまは滝を見て、滝の音を聞くのがせいいっぱいだと言いたげだった。

「わかったよ」

拓海は気弱に立ち上がった。

「でも、必ず、帰ってきてな。ほら、虹サンとか、塔子さんもかおるさんも心配してるし」

ひとりにしてくれないなら、自分がここから立ち去るしかないという表情で、マリー・ジョイが拓海を見上げた。その刺すような視線にひるんで、拓海は思わず口ごもる。

ほらみろ、おれはなんて馬鹿なんだ。おれの存在が、彼女をここに引き留める理由になりうるなんて、どこをどう考えたら、そんな都合のいいことが考えられる？

「マリーさん。ごめん。おれ」

行くけど、必ず家に戻ってきてくれと繰り返そうとして、どうしても言えなくて、拓海はその場にもう一度しゃがみこむ。

「だめだわ。おれ、マリーさんのことひとりにできねえわ。もう、日本語しゃべんないから、ここにいっしょにいちゃだめか？」

マリー・ジョイの手がダウンジャケットの脇をつかんで、引き倒すようにして拓海にしりもちをつかせた。驚いて彼女を見ると、滝に目をやったまま泣いている。

拓海は脚を投げ出し、両手を後ろについて、マリー・ジョイの隣に座る形になった。

陽はとうに傾き、観光客はいつのまにか姿を消し、しぶきをあげる滝の前に取り残された二人は、しんしんと冷えてくる石の上で、黙ってどちらからも口を開かなかった。

X

新堂かおるに電話がかかってきたのは朝の六時過ぎで、まさにたたき起こされるに近い感覚のものだった。

しかも、携帯電話を枕元に置いているのは、なにかのときのために塔子さんやマリー・ジョイと連絡を取るためで、そこに息子から連絡があったことなど、前代未聞だ。

「もしもし。母さん。俺だよ、俺」

まるで詐欺電話のようなフレーズが降ってきて、応対にも困り、黙っていると、

「なんで電話に出ないわけ？　もう何回、留守電に入れたかさー。いい加減にしてくれよ。メッセージ聞いてないの？　ひょっとして、留守電の使い方、わかんなくなっちゃったの？　さすがに俺も不安になったよ」

ほとんど連絡などよこさないのに、急に電話をしてきたと思ったら、ずいぶんたくさんしゃべる息子である。

「あら、電話した？」

「当たり前じゃない。やっぱり留守電聞いてないの？　電話の音にも気づかなかった？　電話、母さんの寝てる部屋にないの？　置いとけよ。子機でいいから。ふつう、

そうするでしょう。まったくもう。だから俺、信用してないんだよ、日本の、ほら、なんて言ったっけ、ケアギバー？　ケアラー？」

「ケアマネさん？」

いままでぼんやりしていた頭が、急にはっきりした。息子が家に電話をかけてきたのだ。そしてとうぜんのことながら、そこに、かおるがいなかったのだ。もしかしたら、すんでのところで息子はかつてのケアマネジャーに連絡してしまうところかもしれなかったではないか。ケアマネさんには、アメリカの息子のところに行っていると、いい加減なことを言ってあるのに。

ひんやりした水を頭からかぶったような感覚で、心臓が乱雑な鼓動を始めた。

「だけど、携帯を置いてるから、子機はいらないでしょう」

意外に冷静な受け答えが口から飛び出した。うん、わたし、案外、うまくやってる。そう、かおるは思った。

「そう？　そうだね」

相手はあっさり負けを認めたようだった。

「あなた、どうしたの？　こんな朝に」

「だから。母さんの都合のいい時間にと思って、いっくら電話しても出ないんじゃないか。だから、しょうがないから、仕事の合間を縫ってかけてるんだよ」

この横柄な態度。この一方的な言い方。

これはまさに息子に違いないと確信したものの、名前を名乗ってもいないし、なにかお互いの間でしかわからないような心温まる一言があるわけでもないし、これじゃあ、ナントカ詐欺の人と会話してたって、おんなじようなものよね、と、かおるの気持ちはどんどんむくれていくのであった。

「あなた、どなた？」

ちょっと意地悪な気持ちも手伝って、そう質問してみた。すると、電話の向こうで彼は、

「まじかよ！」

と、絶句したあげく、隣にいるらしい嫁に向かって、

「まいったな。相当、進んでる」

とまで、言うのだった。

進んでるとは何ごとか。

「母さん、まじで俺のこと、もう、わかんないか？　昌樹《まさき》だよ」

「そんなこと、わかってるわよ。だけど、俺、俺って電話かけてきた相手を、簡単に信用しちゃいけないって、警察の方に言われてるの。年寄りが自分の身を守る方法なのよ」

息子は、音を拾わないように受話器に手を当てて、隣にいる嫁になんだかかんだか言っている。そして、会話に戻ろうとして、手を離すタイミングで、嫁の、

「取り繕いってやつじゃないの？」

という声が入る。ほんとうにムカムカする。

母さんは、オレオレ詐欺に騙《だま》されないようにと警察に言われて、電話の相手に「どなた」と聞いたんだって言ってる、みたいなことを息子が嫁に言い、嫁は、そんなの嘘に決まってる、誰だかわからないのがバレないように、もっともらしいことを言ってるんじゃないの、そういうの、認知症初期の高齢者には多いんだから、みたいなことを言い、最後に、「取り繕い」という、その認知症界隈《かいわい》で使われている用語を決めゼリフのように言ってみたってわけだ。なぜ、この夫婦は、そんなにもかおるを認知症ということにしたいのか。

「それで？　あなた電話なんて珍しいじゃないの。どうしたの？」

「ああ、じゃあ、まあ、いちおう、言っとくけど、俺、クリスマスに戻るから。部屋空けといてほしい」

「あなた、日本に来るの？」

「そう。しかもさ、今回は、もう帰国なんだ。東京勤務になった、とつぜん」

「なんですって？」

「あれ？　驚いてる？　まあね。こっちに十年もいたからねえ。俺も驚きだけど。ついては、ともかく、俺と民子《たみこ》は、そこに住むことになるよ。旬《しゅん》はもう、こっちで大学も行ってるから、連れては帰らないよ。だから、二階の和室ね。とりあえず、あそこに寝るんで、年明けたらもろもろ、考えましょうよ。そのことだけど、母さんに話しても、どうなのかなあ。あ、そうだ。あの人、ケアマネだっけ？　ケアマネさんの電話番号教えて。俺、話すから」

なにを、なにを、なにを、この息子は言っているのか！

とつぜん、なんの話をしているのか。

かおるは混乱で過呼吸になりかけた。

「なんの話をしてるの？　あなた、あんまりとつぜんで、わからないわ」

「そうだよなあ。参ったな。やっぱ、母さん、わからないらしい」

だから、そういう意味ではないのよ、このバカ息子！

「うん、わかった。わかってる。母さんにはちょっと難しかったかな。ケアマネさんに、俺、話するわ。ケアマネさん、わかるでしょう？　世話してくれてる人。わかる？」

「うん」

「その人の電話番号、教えてほしいんだわ。わかる？」

「ケアマネさんの電話番号？　わかるけど、いま、ちょっとわかんないわ。この電話を切らないと、わかんないの。これに、入ってるから」

よくまあ、口から出まかせが出るもんよね。かおるは自らの機転に感動した。

「あ、そうか。じゃあ、電話切って、それ、確認したら、こっち折り返して」

「だめよ、そんなの。あなた、いま何時だかわかってるの？　こんな時間にかけたって、ケアマネさん、出ないわよ」

「わかった。ケアマネさんには、後でかけるよ。俺も忙しいから、留守電になってると思うけど、入れといて。それかメールして。俺のメールアドレスわかる？」

「わかると思う。電話切れば」

息子の声がしばらく聞こえなかったので、きっとまた受話器を手で覆って、嫁に向かって話しているのだろうとわかった。なんでも電話切らなくちゃできないみたいなんだよ、参ったな、だいじょうぶかな、切ったそばから忘れていくと思うんだよね、とかなんとか。

「母さん、母さん？　聞こえてる？」

「聞こえてます」

「民子がね、こっちからメールするほうがいいって。だから、俺、この電話切ったら、母さんにメールするからさ、そしたら折り返して。ケアマネさんの名前と、電話番号を書くんだよ。わかった？」

大きな声を出さなくてもわかってるわよ。と、思ったが、なんとなく、ぼけたふりをしていたほうが、後々、都合のよい場面もあるかもしれないと思いなおし、

「だいじょうぶだと思うけどねえ」

と、語尾をぼやかすと、案の定、バカ息子は大きなため息で応《こた》えた。

「いやんなっちゃうな。母さん、自信がないみたいだ。これ、思ったより、おおごとだぞ、民子！」

もう、受話器を手で覆う気遣いすらなくしたらしい。なんてことだ。

前に聞いてた電話番号がどっかにあったかもしれないと、嫁の民子が余計なことを言いだしたのが聞こえる。かおるは落ち着いて策略を巡らせた。

「だけど、ケアマネさん、替わったわよ」

「え？　なに？　母さん。もう一度言って」

「ケアマネさん、替わったのよ。十月に」

「まじ？　おい、ケアマネ、替わったんだって。そこはなに？　自信ある？」

「だって、わたしはしょっちゅう、連絡とってますもの。昨日だって」

「おい、民子！　母さん、昨日、ケアマネと話したって」

「ともかく、もう少しすれば、ヘルパーさんが来てくれるから、そうしたら、いっし

ょにケアマネさんの連絡先を探して、あなたにメールするわよ」

「え？　連絡先は携帯に入ってるんじゃないの？」

あら、しまった。うまいことごまかしてたと思ってたのに、早くも発言に矛盾が出ちゃったようだわ。

「あなたが、あんまり、母さんのことを信用してくれないから、自分でも心配になってきたのよ。あなたのメールも、ヘルパーさんといっしょに確認して、折り返すわよ。そのほうが、あなた、安心でしょう。いまここにね、枕元のメモに、そう書いておきますから。昌樹のメールをいっしょに確認するって。はい、書きました。いつもそうしてるのよ。ヘルパーさんにお願いしたいことをメモしてるの」

「あー、なるほど。いや、母さんね、ヘルパーさんに頼みたいことを、忘れちゃうからメモしてるんだって。それは助かる。じゃあ、お願いします」

誰も「忘れちゃうから」などと、言ってないではないか！　自分が仕掛けた話に息子が都合よくひっかかったことのうれしさよりも、なにかと「忘れる」だの「ぼけてる」だのということばかりに反応する息子に、さらに腹立たしさは募るのであった。

小一時間もすれば塔子さんが起こしに来てくれるはずだから、そうしたら相談しようと思って、目をつむって落ち着こうと思うがちっとも落ち着かない。頭の中でぐるぐるぐるぐる息子との会話のことを考えていると、時間ばかりが過ぎていく。そうこうするうちに、また電話が入る。

「もしもし？　昌樹？」

「いえ。朝早くからすみません、塔子です」

「ああ、塔子さん！　ね、お願いしたいことがあるの。相談に乗ってほしいのよ。いま、息子から電話があったの。とんでもないこと言われたの。朝ごはんのときに、あなたと虹之助さんに話すわ。戦略を練らなくては」

「どういうこと？」

「ああ、そうなんですね！　すみません、昨日、わたし、家に戻っていないんです」

「あら」

「昔の仕事仲間に会って、いろいろあって、ちょっと話しにくいんですけど、あまりにいろんなことがあったので、ちょっとひとりになりたくて、よそに泊まったんです」

「すみません。昼すぎには戻ります。だから、朝、マリー・ジョイに手伝ってもらってください。彼女にはこれから連絡します」

「あら、そうなの？　それじゃ、どうしようかしらね」

「なにか、お困りごとでも？」

「そうなのよ。すごく、お困りごとなの。でも、いいわ。わかったわ。虹之助さんに相談してみる。あなた、今日、帰っては来るの？」

「昼すぎには戻ります」

「じゃあ、そのときでいいわ。相談に乗ってもらえる？」

「もちろん。わたしでよければ」

「ああ、よかった。じゃ、待ってるわ」

そう言って、電話を切ったものの、なんで塔子さんてば大切なときにいないのかしらと、恨みがましい気持ちが募って来るのを、抑えられないかおるであった。

塔子は今村ともえとわかれて家に帰ろうと、高原列車とJRが乗り入れる駅まで、ともえの泊まったホテルの送迎バスで戻った。二両編成のかわいらしい列車に乗って、ぼうっとして窓の外を眺めていたら、降りるべき駅を行きすぎ、あわてて降りた比較的大きな駅で、ほかになにも考えつかずに駅前のビジネスホテルに宿を取った。

荷物とも言えないような小さなバッグを部屋に置いて、財布だけを握りしめて外に出たところ、雪にはならないが、吐く息が白くなる戸外はさすがに歩き回るには不向きで、行き当たりばったりに駅前の蕎麦《そば》屋に入ると、そこには懐かしい石油ストーブが、王冠のような青い炎をゆらめかせていた。

席につくと、出汁《だし》の香りが流れてきて、ひどくおなかが空《す》いていることに気がついた。「かつ丼とおかめそばのセット」というのを注文した。

かつ丼。こんなときに、かつ丼。

塔子は自分の食欲に啞然《あぜん》としたが、ここ数日、ものがよく喉《のど》を通っていなかったことも思い出した。

何にでも野沢菜《のざわな》のつくこの地方で、やはり野沢菜がお茶といっしょに最初にこんもりと運ばれてきて、塔子は割り箸《ばし》を割ってこの地野菜の漬物をがつがつ口に運んだ。生きてたんだ。

それは半分想定内で、半分驚愕《きょうがく》の事実だった。頭を打って血を流していたのが見間違いだったのか、そのあとあの男に後遺症のようなものは出なかったのか、直接会ってもいないともえに聞いても、真相はわからなかった。

ともえの泊まっていたホテルのロビーラウンジで、塔子はあの夜何があったかを話した。口をへの字にしたまま、ふんふんとうなずいていたともえは、最後まで聞き終えると、

「驚きゃしないわよ」

と言った。

「なんとなく、察してたわ。わたしたちみんな」

そう言われて、塔子は大きくため息をついた。あの現実から逃げ続けていた日々が溶解していくような心許《こころもと》なさと安堵《あんど》感が、自分の中でまだちぐはぐだった。

「だけど、なんであの人、契約を解消したの？」

「さあ。あなたに申し訳ないと思ったんじゃない？　いまの話を聞くと、それがまともな人間の態度だと思えるわよね」

「あの人、まともじゃないじゃない」

「そりゃそうだ」

目の前に、注文したパンケーキが運ばれてきて、二人の会話は一瞬中断された。

温かいコーヒーを口にしてやっと落ち着き、ホテル自慢のパンケーキをぱくつきながら、人のいいともえが教えてくれた。

「所長ががんばったって説もあるの」

「ただね」

「所長って、三上《みかみ》さん？」

塔子は、二十近く年下の、三十代半ばの性格のきつい女性所長の顔を思い出した。

「そう。三上さん。あの、何考えてるのかわかんない、能面の」

「あの人が、なにをどうがんばったの？」

「それは、わからない。ほんとうのことは。だけど、あの日、釘谷さんが事務所にやってきて、最初に喚《わめ》いたのは、津田塔子を二度とオレに近づけるな、じゃなくて、津田塔子を出せ、だったって言う人もいるの」

塔子は自分の顔が瞬時に歪《ゆが》むのがわかった。

そうだ。そう言ったに違いない。それが釘谷っていう男のすることだ。

「まあ、とうぜん、所長が応対するわよね。で、応接に使ってる、小さな部屋があるでしょう、みんなの机がある部屋じゃなくて、相談の人が来たりしたら使ってる、玄関の脇のちょっと離れた場所。あそこに、所長が釘谷さんと二人で入って、かなり長い時間、話し込んだそうよ」

「なにを話したの」

「三上さんはほら、すごくきっちりした人だから、ふだん、ああいうのにあまり時間をかけることはないんだけど、電話がかかってても取り次がないでメモを残しておくようにって指示して、長いこと、出てこなかったんだって」

所長の三上という女性は、とにかく愛想がなくて、ぎすぎすしているのであまり評判がよくなかった。年上の塔子たちにもていねいな言葉遣いをしたことがなくて、時間とか報告書の書き方とかに細かくて、ちっとも好きになれるタイプではなかった。

だから、その三上が、なにかしら塔子の弱みを握ったのではないかという想像が頭をよぎって、背中に嫌な汗が流れる気がした。

「それで?」

「うん。それでね、そこを出てきたときに、あのおじいさんが言ったのが、津田塔子を二度とオレに近づけるな、だったんだって。そして、ここと縁を切る、金輪際オレにかかわるなって、怒鳴りながら出て行ったらしいんだけど」

「それで、所長の三上さんはなにを言ったの？」

「わかんないの。わかんないのよ。だから、これは憶測なんだけれどね」

ともえは声を落とした。

「もうあの事業所をやめてしまった、若い女の子から聞いた話よ。それもわたしが直接聞いたんじゃなくて、人づてにね」

「人づて？」

「うん。噂よ。そういうもんでしょ。あの人、調べてたんだって」

「なにを？」

「事業所のヘルパーが受けた、なんというか、非道な仕打ちの」

「非道な、仕打ち？」

「そう。自分が所長になる前にやめてる子のところにも調査に行って、問題のある利用者のファイルを作ってたんだって」

「問題のあるヘルパーじゃなくて？」

「利用者のよ。それでね、あのじいさんの、それまでの行状のすごいファイルを持っていて、津田さんを訴えるとおっしゃるなら、そうなさったらいかがですか？　止めはしませんよ。でも、こちらはこちらで、出るところに出るなら公にすることがいろいろありますが、それはかまいませんねって、すごんだんだって」

「ほんとなの?」

「知らないわよ、見たわけじゃないんだもん。ただ、あそこをやめた人のところにも話を聞きに行ってたっていうのはほんとうで、三上さんと話した後、あのじいさん、チンピラの捨てゼリフみたいなのを吐いて退散したっていうのもほんとうらしい」

「それって……すごくない?」

「わたしだって、それ聞いたとき、びっくりしたわよ。いまどきの若い人って、やっぱりどっか違うわよ、わたしたちの世代とは。黙ってないのよ。なかなかやるわよね」

塔子は驚愕し、同時に、三上に弱みを握られたと想像した自分を情けなく思った。事業所を守るためだったではあろうけれども、結果的に彼女は塔子を守ってくれたのだ。

「三上さんが、そんなことを」

「意外よね。見た目からは想像つかないから、そんなこと。話に尾ひれがついてる可能性もあるけど、彼女自身がそういうことで、相当苦労したんだろうって、それも噂になってるの。あなたの一件以来、みんなの見る目が変わって、いまは厳しいけどいい所長さんてことで、案外、人気あるのよ、三上さん」

ともえが話してくれたそんなことを思い出しながら、知らない街で温かい蕎麦をすすっていると、石油ストーブの燃える匂いの中で、この数か月のできごとが、どこか別の不思議な世界で起こったことのように感じられてきた。

そして、もといた世界に戻ってみれば、塔子の知っていた現実はどこかに押しやられて、まったく違う平行世界にでも帰ってきたかのようである。

体が温まってくると、蕎麦もかつ丼もことのほかおいしく感じられてきた。他人の作ったごはんって、なんておいしいんだろう。

その夜は、駅前のビジネスホテルで、久しぶりに深く、夢も見ずに眠った。

そして、朝、やや寝坊気味に起きて時計を見ると、かおるさんを起こさなければならない時間だった。あわてて電話すると、ちょっと不機嫌な老女の声が聞こえてきた。

ああ、こっちの現実も、夢ではなく続いている。

そう思って、塔子は苦笑いを浮かべ、マリー・ジョイに連絡を取った。

マリー・ジョイは、例の林を走り抜けて野外教会に行き、昨日起こったことをぼんやり考え、それからまたイヤフォンを耳に入れて走り出したところだった。音楽が途切れて、呼び出し音が鳴った。

とこさん、の文字を見て、マリー・ジョイは仕方なく通話を開始した。

「ごめんなさい、朝早く。走ってる？」

塔子さんの声がした。

「そうそう、走ってる。だいじょうぶ。何？」

「わたし、昨日、家に帰れなかったの、事情があってね。わかる？　いま、外なの」

「オーケイ」

「かおるさんを起こして、朝のお支度を手伝ってあげてくれる？」

「ああ、いま？」

「いまっていうか、家に帰り次第。でも、できれば早く」

「いいよ。あと、十分くらいで戻れる」

「恩に着る。なんかで返す」

「天ぷらで返してくれる？」

「え？　天ぷら？　いいよ。今晩、天ぷら作る」

「エビ、多めで」

「了解です」

通話を切ると、マリー・ジョイは真顔で走り始め、大通りに出るとムーンライト・インへの道を引き返した。

家に戻って、大急ぎでシャワーを浴び、気難しい老女の部屋を訪ねると、彼女はな

んだか泣きそうな顔をして、

「虹之助さんと話さなきゃいけないから、急いでね」

と、注文をつける。

トイレの介助、洗顔、うがい、髪を整えて、ゆったりしたウールのワンピースとカーディガンに着替えさせる。あたたかいタイツ。足元には、ふわもこのルームシューズ。車椅子に乗せて、食堂までアシストすると、虹サンにあとはまかせて部屋に戻った。

イヤフォンを耳に入れて、音楽配信サービスが推薦してくる、カニエ・ウェストのゴスペルを聴きながら、ベッドに転がった。

もう、余計なことを考えるのは終わりにしよう。

滝の流れるのを見ながら、そう決意した。自分の四年間はなんだったんだろうなんて、考えるのは無駄なことだ。

脇のチェストに放り出してあった封書を、ベッドの上から眺める。

「お会いしたいです」

と、書いてあるやつだ。手に取って、中を見る気はしない。でも、いら立ち紛れにちぎって捨ててしまおうとも思わない。たぶん、これをスーツケースのどこかにしまって、自分は故郷に帰るのだろうと、マリー・ジョイは思った。そうしておいて、スーツケースに入れっぱなしにして忘れるだろう。

寝転がった足の先に元ペンションらしいパイン材でつくられた一人用のクローゼットがあって、そのてっぺんに、マリー・ジョイはスーツケースを置いていた。バギオの街を出て、マニラに行き、そこから東京に、そしてこの街にやってきた、スーツケース。整理の苦手なマリー・ジョイは、使おうとするたびに前に入れっぱなしにした何かを見つける。空港でもらった貧弱なボールペン、見学した観光地のパンフレット、買っておいて無くした気になっていた日焼け止めクリーム、ゆきずりのかわいい男の子にもらった連絡先を書いたメモ。入れたときは捨てられなくても、次に使うときには躊躇なく捨てられる。

いろんなことをスーツケースに入れっぱなしにして忘れるだろう。そうして、なんとかやっていくのだろう。いままでもそうしてやってきたから。

音楽配信サービスが、唐突に「ハレルヤ」を流し始める。アルゴリズムだかAIだかなんかが、このリスナーにはちょっと変わった宗教モノって、そう思い込ませるような偏った聴き方をしたことがあった？　それはレナード・コーエンではなかったし、子どものころにしょっちゅうラジオで流れていたジェフ・バックリィでもなくて、若い女の子の声だった。そのバージョンは聴いたことがなかったけど、「ハレルヤ」は好きな曲だ。

スマートフォンを見て名前を確認するかわりに、目をつむった。ときどき消え入りそうになる女の子の声が、心の深いところにある、渇いて割れ目のたくさんできた部分に、水が入っていくみたいに静かに沁《し》みてきた。

「家に帰ろう」

誰も聞いてないけれど、マリー・ジョイはそう口を動かした。声は出なかったし、耳は音楽でふさがっていた。

でも、ホームってのは、いったいどこなんだろう。誰も待ってないけど。どこに帰るのか、もうよくわからなくなっているけど。

とにかく荷物をまとめ、東京に戻り、マニラに戻り、そしてバギオの松林に戻るのだ。誰も待ってはいないかもしれないけど、そこにはたしかにバギオの松林があって、吹き抜けていく風があって、走ると足の下には気持ちのいいフィトンチッドのたっぷり含まれたウッドチップが散らばっているはずだ。

そこに帰って深呼吸したら、また、前に進もうって気持ちになるかもしれない。

最初は消え入りそうだった女の子の声が、意外に力強い、のびのいい音を響かせて、また静かに消えるように歌い終えたとき、ドアをノックする音が聞こえた。マリー・ジョイは、耳からイヤフォンを外して、脇のチェストに置き、封書を引き出しに突っ込んだ。

「はい？」

「おれ」

「ああ。はい。どうぞ。入って」

「朝飯、食わないの？」

「ああ、忘れてた」

「食い、行こ」

「めんどくさい。持ってきて。ここで食べようよ」

「なんだ、そりゃ」

「いいんだよ。オンライン英会話は、昨日のうちにキャンセルしておいた。塔子さんは午後には帰ってくるというから、今日は夜まですることない。かおるさんのお風呂《ふろ》と就寝前のマッサージまで、自由時間だもん。マリー・ジョイは昨日、とても疲れたから、今日はお誕生日みたいに、ベッドで食べるんだよ」

「はい。わかりました」

拓海は神妙な顔をして引っ込んだ。

塔子さんがいなかったから、朝食は「コンチネンタルブレックファスト」みたいなものだった。ようするに、買い置きのパンに、作り置きのジャムを塗り、ティーバッグで好きな紅茶を淹《い》れる、といったもので、拓海はいくつかのパンを皿に盛り、小皿にジャムとバタを取り、二人分の紅茶を淹れて、ついでにキッチンカウンターに置いてあったぶどうをひと房、失敬した。

朝のテーブルでは、めずらしく虹サンとかおるさんが、その時間になっても二人で話し込んでいて、拓海が姿をあらわすと少し声を落としたので、あまりそこにいないほうがいいのだろうという気もしたのだった。

マリー・ジョイの部屋に戻ると、あいかわらず彼女は派手なベビードールみたいな寝巻のままだった。二人してベッドに腰かけ、トレイを二人の間に置いて、朝ごはんを食べた。マリー・ジョイがそこそこの食欲を見せ、クロワッサンを一つ、トーストを一枚、バタとブルーベリージャムをたっぷり塗って食べたので、拓海はほっとした。

問題、というわけでもないが、拓海の頭を混乱させているのは、そのあとのことで、トレイを片づけようと立ち上がると、座ったままのマリー・ジョイが拓海のシャツの裾《すそ》を引っ張ったので、あやうくバランスを崩しかけて、

「ちょっと、待って」

と、トレイをチェストに置き、

「なに？」

と言って、もう一度、彼女の隣に腰かけると、今度はヘッドロックをかけるみたい

にして腕を首に回してきて、なんだ、なんだと思っているとベッドにあおむけにされており、（きみは一日自由かもしれないけど、おれはいつ虹サンに呼ばれるかわかんないんで、どうなんでしょうか）という疑問を頭に巡らせている拓海をおさえこんだマリー・ジョイは、フフフーン、フーン、フフフーン、フーンと鼻歌を歌いながら、ベビードール姿で拓海の胸に顔を埋《うず》めてしまったのだった。

少し急《せ》くようにマリー・ジョイのひんやりした指がジーンズのボタンをはずしにかかったので、あとは流れのままにことにおよんだのだが、しかし、なんだって、朝からこんなことになっているのだろうという疑問は消えなかった。

前日が、前日であっただけに。

「どうした、マリーさん？」

服をざっくり着て、自分の質問が間抜けに響くことを意識しながら、そうたずねると、あいかわらずのポーカーフェイスでマリー・ジョイは、

「べつに」

と、答えた。

それから、まるでたったいま決めて、しかもなんでもないことみたいな、スーパーに買い物に行くとでも言うような口調で、

「マリー・ジョイは、やっぱり、帰ることにしたわ。さっき、チケットを取りました」

と、言った。

「さっき？」

「うん。拓海が、ごはん取りに行ってるとき」

「あんな、短い間に？」

「ネットって便利だよね」

なんでもかんでも、早いな、こいつ。という、身も蓋《ふた》もない感想が頭をよぎった。

「帰るって、フィリピンに？」

「そうだよ。ビザの期限もあるしね」

「帰ってどうするの？」

「どうって？」

「し、仕事とか」

「それは、帰ってから考えるだろうな」

まるで他人事《ひとごと》のように、マリー・ジョイは肩をそびやかした。

この人は、おれのことをなんだと思っているんだろう。今朝の態度ではまるで、欲望処理のための玩具《おもちゃ》のようではないかと、得意の自虐的な妄想が湧いたが、昨日の滝の前での態度を思い出すと、そう軽々しく彼女の胸の内を解釈するのも困難な気がした。

帰るなよ。

というのを、軽口みたいに言える性格だったら、もう少しうまい距離の取り方ができるかもしれないのにな、と拓海は思った。帰ってほしくない。帰らないでほしい。帰るな。そばにいてほしい。いっしょにいたい。できれば。

いくつかのフレーズは、常に頭にあるのだが、言おうとすると、ひどく重たいような気がしてくる。しかも、自分の胸中では、きみしかいないとか、きみの存在に救われたんだとか、きみ以外に生きる目的が見つからないとかいったことまでが渦巻いているので、本気で言おうとすると、

「おれの人生背負ってくれ」

みたいな重さになるんじゃないかと思って、うまく口に出せなかった。

一方で、故国で母を亡くし、この地で父に拒まれたマリー・ジョイを、たったひとりで帰せるのかという、責任めいた気持ちもある。

ただ、なにを言うにしても、短くはない自分の人生の中で、一度も口にしたことがないくらい重要な発言になりそうなので、どうも手際よくやることができない。だいいち、手際よくやるって、なんなんだ。おれはなにをやりたいんだ。

「マリー・ジョイはね、ちょっと眠いんだ」

そう言う彼女を残して、トレイを持って部屋を出た。

キッチンで洗い物を済ませ、自分の部屋に戻ろうとするとスマホが振動した。自分に連絡してくる人間なんて、もういないに等しいから、なにかのセールスだろうと思って手に取らなかったが、部屋についてベッドに寝転がろうとするとまた振動したので、画面を見ると、知った名前だった。

「なんですか？」

この、不用意に舞台に闖入《ちんにゅう》してきてすべてをぶち壊しにした大根役者に対して、非常に不機嫌な声をていねいな口調で強調して応対する。

「なんですかじゃないよー。ろくに話もできなかったじゃん。せっかく見つけたのに」

「とくに、お話しすることもないので。というか、ぼくは、栗田の家とのつきあいは極力避けているので、二度とこういうことはしないでください。じゃあ」

「ちょ、ちょっと、なに、その言い方。栗田の家とか以前に、同級生じゃん」

「中学に二百人以上いた同学年の一人だからって、人の都合もきかないでとつぜん現れて、兄の悪口言ったりするの、うっとうしいです。ぼくが聞く義務はないと思いますので」

「車に乗ってた人、いまの彼女なの？」

「答える必要ないと思いますし」

「わかったよ。もう。でも、めずらしいよね。必死で追いかけてくの見て、ちょっとびっくりした。拓ちゃん、変わったね」

「というか、あなたがぼくのなにを知ってるんですか。いいかげんにしろよ、切るよ」

「あー、だから、わかった。もうあんまり電話しない」

「あんまりじゃなくて」

「拓ちゃん。だいじな人なら、彼女にちゃんとあなたがだいじだって言わなきゃだめだよ。拓ちゃんのこと、なにも知らないから、余計なお世話だとは思うけどね」

うるさいと言おうとして、ためらった。中学のとき、自分はこの子が好きだった。もう、ずいぶん遠い、遠い記憶だった。

「いま、どこにいんの？」

かわりに、そうたずねた。

「もうとっくに家に帰ったよ。子どもがいるんだから。そうフラフラできるわけないでしょう」

「話って、なんだった？」

「ねーよ、話なんか、ばーか。ちょっと旅に出てみたかっただけだよ」

そう言って、幼なじみが電話を切った。


ムーンライト・インのダイニングでは、朝から作戦会議が開かれていた。

かおるさんのピンチなので、この危機をなんとかしてやり過ごす方法を考えつかなければならなかったが、息子がアメリカでの勤務を完全に終わらせて日本に帰って来るなどというシナリオは、今朝の今朝までなかったことなので、事態は混迷した。

とりあえず、息子のメールに返事を書かなければならなかったので、世話になってもいない「新しいケアマネさん」をでっち上げなければならなかった。

「ぼくがやろうか」

相談を受けた虹之助は、まず提案してみたが、かおるさんはぷるぷると首を横に振った。

「だめ。たぶん、息子の頭の中で、ケアマネは女の人」

「だからさ、メールだけなら、ぼくが女性のふりしたってわからないでしょう」

「メールだけならいいけど、息子は電話をしたいって言ってるの」

ふん、と虹之助はため息をついた。

「じゃあ、塔子さんに頼むしかないな」

「そうなのよ。それなのに、こんなときに限っていないんだもの」

「だって、昼すぎには戻るんでしょう？」

「そう。早く戻って来てくれればいいのに。すぎ、なんて言わないで、前、に戻るようにしてって言えばよかった」

「とりあえず、息子さんのメールっていうのは、来てるの？」

二人はそれぞれ老眼鏡をかけて、かおるさんの小さな携帯電話を覗《のぞ》き込む。

ケアマネ、というぶっきらぼうなタイトルのメールが、するりと到着した。開くと、

「さっきの件です。ケアマネさんの連絡先電話番号を、返信してください。昌樹」

という、味もそっけもないものだった。

「とりあえず、塔子さんが帰ってくるまであと五時間くらいあるし、メールの返事は塔子さんと相談してから出そうよ」

「だいじょうぶかしら。わたしの返事を待たずに、ケアマネさんの名刺かなんか見つけて、電話したりしないかしら」

「だって、ケアマネは替わったんだって、息子さんに言ったんでしょう？」

「そうだけど」

「だいじょうぶだよ。人間心理として、メールを送ったら返事を待つはずだから。返事がなくていらいらしたら、また電話してくるだろう」

「そうかしら」

かおるさんは心配そうだったが、さらに不機嫌な表情で、

「そうね。どうせ、わたしのことなんか、ぼけてると思ってるんだから、返事が少しくらい遅れようがどうしようが、知ったことですか」

と、言い放った。

それよりなにより、かおるさんの息子とその妻が帰国してしまう、そして東京の家で同居するつもりらしいというのが、目下、考えるべきことだった。一週間や二週間の一時帰国なら、小芝居でごまかして追い返してしまうこともできるけれど、これが会社の辞令による正式な帰国で、その後も東京に居続けるのならば、話はぜんぜん違ってくる。

そもそも、ムーンライト・インでの、この奇妙な同居生活のことを、なんと呼べばいいのかわからない。拓海くんはたしか「ハウスシェア」と言っていた。けれど、いつからいつまでそうすると決めたわけでもないし、夜逃げのようにしてやってくると聞かされた当初は、なんだか小さな悪戯《いたずら》めいてもいた。

しかし、悪戯だと言い張るには、ずいぶん長い時間をこの人と秘密裏に共有していて、ある意味、若かりし頃の夢が成就している状況ともいえる。もちろん、こんなふうに、お互いに枯れ切った茶飲み友だちのような形で同居する未来なんて、あのころはまるで考えつきもしなかったわけだが。

すると、この八か月に及ぶ同居期間は、夢といっても夢幻の夢のように立ち消えて、また何ごともなかったかのように、遠距離の、そう、たまにメール交換でもするような「友人」関係に変わっていくべきなんだろうか。

「わたし、帰らない」

沈黙をやぶって、かおるさんが言った。

「帰って、息子と同居なんてしたくない。それだけじゃないの。あの人たちだって、わたしと同居する気なんかない。施設に施設にって、顔見れば言う人たちだもの」

ぱちん、と音を立てて、携帯を閉じると、かおるさんは正面を向いたまま、決意に満ちた表情で言った。

「わたし、帰らない。ぜったい」

そうだ、帰す理由なんかあるだろうか。

虹之助はシミの浮き出た手を伸ばして、かおるさんの細い、あぶらっけの抜けた、血管の目立つ老いた手に重ねた。

XI

　今晩は、天ぷらなんです。

　なぜだかマリー・ジョイがはしゃいで触れ回ったために、ムーンライト・インのメンバーはそれぞれ夕食を楽しみに待つことになった。

　調理担当の塔子も、もろもろの杞憂《きゆう》から解放されたおかげで機嫌がよくて、眉間にしわを寄せて不穏な表情だった虹サンとかおるさんペアも、面倒なことを考えるのはいったん棚上げにしようかと余裕が生まれたのだから、食事というのは偉大なものだ。

　虹サンに頼まれて瓶詰の商品を道の駅に卸しに行く拓海も、マリー・ジョイによる、

「今日、天ぷらだから、早く帰らないとなくなっちゃうかもね」

　という、不思議なコメントとともに送り出された。

　マリー・ジョイがそれほど天ぷら好きだとは、同居人たちもはじめて知ったことだった。

　塔子が野菜やエビの下処理をしている間、マリー・ジョイは横に張り付いて見学し、

「卵の代わりにマヨネーズ入れると口当たりのいい衣ができるの」

　とか、

「氷水使うと衣に温度差ができてしまうから、よく冷やしたお水を使って、ボウルの底に保冷パック当てて冷たさを保ちます」

とかいった説明を真剣に聞いた。

さらには、揚げたてを盛る皿を選んで、どこからか取り出したきれいな絵のついた和紙を折って準備すらする気合の入れようだった。

「カレー塩と抹茶塩、天つゆと、三種類ご用意しましたので、お好きな味を楽しんでください」

塔子がちょっとふざけてレストランのシェフみたいな口調になると、素直に目を輝かせて喜んだ。

「今日って、なにかあるの？　誰か誕生日？　特別な日？」

ニットのローブを羽織りながら出てきた虹サンが目を細めた。

「誰の誕生日でもないし、特別でもないですよ。普通がいちばん。なんでもない毎日ってすばらしいですよね」

自分でも、自分の性格がチェンジしたみたいな気がする。くだらない冗談とか、紋切り型のポジティブな言葉を、言ってみたくて仕方がない。どこかで聞いたような言葉を臆面《おくめん》もなく口に出している塔子は、例の一件がかくも重く自分にのしかかっていたのだと気づかざるを得なかった。

塔子の態度に影響を及ぼしているのは、例の件だけではないようだ。この日、午後になって、塔子は息子からメールをもらった。あれ以来、息子はときたまメールをくれるようになった。たいてい、とても短い言葉を添えた写真がついてくる。

あれ以来というのは、ようするに、ナイジェルというイギリス人と同棲《どうせい》を始めてからだ。ナイジェルが、お母さんにやさしくしなさいと、お説教するらしい。

塔子は自分の感情を上手に説明できない。息子がゲイだと知るのはもっとショックなことではなかろうかと思うのだが、意外にそうでもなかった。別に、自分が急に革新的な性格になったとか、世間で言われている性的マイノリティーの権利やポリティカルコレクトネスに目覚めたとか敏感になったとか、そういうのとはちょっと違う。

塔子は自分が保守的で新しいものに疎く、自己中心的だと知っている。にもかかわらず、息子のとつぜんの告白が、実はちっとも嫌でなかったのは何故なのか。

ひょっとしたら、自分の想像力の貧困さゆえなのではないか。

ものすごく不思議なことに、ちょっとうれしいような感情がなくもなかったのだ。釘谷氏の一件が片づいて生まれた心の余裕をもって考えてみるに、もしかしたら自分の息子が女の恋人を作らなかったことに、ほっとしているのではないかという気がした。

夫を若い女に取られたという挫折《ざせつ》感が強かったから、息子に恋人ができたら、やはり「取られた」と悲しくなるだろうと思っていたけれど、ナイジェルに対して、そういう感情が湧いてこない。全然、湧かない。もちろん、ナイジェルが善人で、息子よりかなり年上で、母親をだいじにしろと息子に言い聞かせるような人物だからというのも多少はあるかもしれない。でも、あまり大きな要因だとは思えない。むしろ、女性相手なら息子の恋を想像できるが、男性相手だと想像できないからではないのだろうか。もしかして、じっさいにナイジェルと息子が仲睦《なかむつ》まじくしているところを見せられたら、「取られた」実感が湧くのだろうか。それ以上に、息子の交際相手が男性であることに衝撃を受けるのか。いまの塔子には、まったく予想がつかないのだった。

夫を奪った女性が、息子の留学を応援していると知ったときの、腹の底から沸き上がってくる抑えきれない嫉妬《しっと》を、いま、どこか遠く感じる。恋人のことで、息子と彼の父親の関係が悪くなり、夫のいまの妻である女性との関係もよくなくなったらしいことを、ちょっぴり、どころか、かなり歓迎している自分がいることに、塔子は気づいた。

「ママは受け入れてくれてうれしかった」

というメールが来たときの、「勝った」という感情。かくなる上は、「受け入れられない」なんて口が裂けても言いたくはない。

そしてまた不思議なことに、息子に喜ばれている、息子に「ママはわかってくれる」と思われているという事実が、塔子を変えて行っている。息子が喜ぶなら、「わかってくれるママ」にでも何にでも、なろうではないかと思うのだ。

だから本当の意味では、自分はゲイやトランスジェンダーやレズビアンやバイセクシャルの人たちの理解者とか共感者とかではないのだろうし、偽善者とか、上っ面しかわかっていないバカっ母とか、そういうものに近いのだという自覚はある。

しかし、息子に告白されるまで、まったく視野に入っていなかったマイノリティーの存在が目に入るようになり、なんとなく近づいて「息子もそうなんですよ」と言ってみたくなる、この感情はなんなのか。

半世紀以上生きてきて、はじめて経験するものだった。

メールで息子は、ナイジェルといっしょに猫を飼い始めたと書いてきた。「名前はサイモン。我が家の三匹目のオス」と書いてあった。そんなふうに、近況を知らせてくれるなんてことは、かつてない変化だ。

そういうわけで、塔子にとっては、誕生日とまでは言わないが、ちょっとした特別感のある日だということはたしかだった。

マリー・ジョイは日本料理の中で、天ぷらがいちばん好きだ。

とくに気に入っているのは、竹輪の磯辺揚げで、塔子さんのメニューには入っていなかったのを、特別にねだって入れてもらった。

竹輪はとくに好きというわけではない。

それなのに、青のり入りの衣をつけただけで、なぜ好物に変身するのだろう。

日本に来て、居酒屋ではじめて磯辺揚げを食べたときの感激を思い出す。なんておいしいものが、この国にはあるんだろう!

それで、自分でも何回か作ってみた。衣がもったりして重くなるのが、下手さをあらわしてはいるものの、磯辺揚げに対する偏愛は変わらなかった。しかし、もちろん、ちゃんとした居酒屋で食べたり、塔子さんの手作りを食べさせてもらう喜びにはかなわない。

四年間の滞在の中で、もしかしたらこのリゾート地での生活がいちばん好きだったかもしれない、と、マリー・ジョイは天ぷらのかぐわしい香りに包まれながら考えた。

ここには自由があり、適当に放っておいてくれる年上の仲間たちがいて、故郷のバギオに似た清々《すがすが》しい空気と、おいしい野菜をたっぷり使った料理があった。

とはいえ、日本で国家試験を受けて資格を取ろうと意欲に燃えていた時期のことを、つまらない、無駄な時間だったと思うのは耐え難い気がした。結局ものにはならなかったわけだけれど、あれはあれで意義ある日々だったと思いたい。

思いたい。思いたいと、何度か胸の内で連呼してから、このあたりはあまり考えるのをよそうと思い直した。あのころの夢は、国家試験に受かったら、父を訪ねてみようという、たいへん明るくポジティブなものだったからだ。

すべての夢は打ち砕かれた。『レ・ミゼラブル』の「夢やぶれて」が頭の中をめぐりはじめる。自分は来るべきではない場所に来ていたのだという感慨が、どうしても沸き起こって来て、そうした気持ちはせっかくの天ぷらにまずい味つけを添えてしまいそうだったので、やはりこの街に移ってきてからの、渓谷にかかる大きな橋からの眺めだとか、林の中を走るときの匂いだとか、高原ならではのフレッシュなアイスクリームなどを思い浮かべることにした。

「さあ、揚げたてを食べてくださいな」

塔子さんがエプロンを外しながらそう言う頃には、道の駅から戻ってきた拓海も含めて全員がテーブルについていた。

テーブルには、舞茸《まいたけ》、れんこん、秋茄子《あきなす》、ごぼうとにんじんのかき揚げ、春菊、それに赤エビと、マリー・ジョイがリクエストした竹輪の磯辺揚げが並んだ。

「うまそうだなあ。じゃあ、あれ、飲んでみようか。このあいだ、もらってきたやつ」

虹サンはうれしそうに、知り合いの作っている地ビールを出してきて、栓を抜き、グラスに注いだ。

とくになにを祝うでもない乾杯をして、それぞれがサクサクの天ぷらを胃に収め始めた。あいかわらずあまり浮かない顔をしているのは、かおるさんだけで、あとのメンバーは旺盛《おうせい》に食べ、かつ飲んでいる。

マリー・ジョイは、大好きな磯辺揚げを、カレー塩と抹茶塩とではどちらがおいしいか食べ比べ、カレー塩に軍配を上げた。そして、種類の豊富な地ビールの飲み比べに意欲的な、屈託なく状況を楽しんでいる拓海の横顔に目をやった。

東京での生活をあきらめてこの街にやってきて、ちょうど後半の二か月半くらいを、この男といっしょに過ごした。とつぜん現れて、とつぜん屋根から落ちて、とつぜんマリー・ジョイの生活に入ってきた男だ。

告白するなら、拓海がいなかったら、マリー・ジョイの精神的危機はいま以上のものになっていただろう。あのとき、しがみついて泣ける男がいなかったら、こんなところで好物の磯辺揚げを頰張っている余裕なんか、なかったかもしれない。この高原での、紅葉の美しいいくつものシーンを、この人といっしょに見た。よくしてもらっているとはいえ、高齢者ばかりのこの家の生活に退屈せずに済んだのも、拓海がいたからだということはわかっていた。

ただ、この人が漂わせている、なんとも希薄な存在感、体温の低さ、言葉の少なさが、マリー・ジョイには常に不可解だったし、いまも不可解であり続けている。滝の前で、「マリーさんのことをひとりにできない」と言ったときは、はじめて彼の強い感情を見たような気がしたけれど、それも、自分自身の感情が極端に高ぶっていたときなので、そう感じたにすぎないのかもしれない。

あれからあとも、拓海は淡々と虹サンの用事をこなしているけれど、足の治ったいまとなっては、ここに留《とど》まる理由もあるとは思えない。ただ、ときどき虹サンに許可をもらって、車で出かけていくことがある。どこになにをしに行っているのか、皆目わからない。話さないから、聞かない。出ていく準備をしているのかもしれない。

みんながからりと揚がった秋の味覚を堪能すると、塔子さんが白いごはんときのこの入った味噌汁《みそしる》を出してくれた。塔子さんが二つ先の駅の売店で買ったという、地元の野沢菜づけもついてきた。

「天ぷらの締めの白飯となめこの赤だしとか、最高ですよ！」

拓海が突き出た腹を撫《な》でながら賛辞を述べる。そういえば、痩《や》せてるけれど、それなりに肉が乗っているのは、やっぱり三十代のおなかだな、なんてことをマリー・ジョイはこっそり考えたりした。

そろそろ発表の時間だね。

と、マリー・ジョイは思った。

タイミングを逃すと、言いづらくなる。

「みなさん、マリー・ジョイからお知らせがあります」

みんながそれぞれ「締め」を食べる手を止めた。

「フィリピンに帰る日を決めました。十二月の二十二日です。フィリピンでクリスマスミサに行きたいから、チケット代が高くなる前のぎりぎりの日は、その日だった」

「帰るって、一時帰国？　いや、その、こっちには戻って来るの？」

虹サンが何本目かの地ビールを開けながらたずねた。

「わかんない。たぶん、戻らない。旅行で来るかもしれないけど。もしかしたら仕事探して、香港かアメリカに行くかもしれないし、まだわからない。とにかく帰ります。ビザのこともあるし、もう、日本にいる意味がなくなったから」

そうきっぱり宣言すると、年上の友人たちがそれぞれ遠慮がちに拓海のほうを見た。拓海はその視線に気づいたのやら気づかなかったのやら、いつのまにかけっこうな量のビールを腹に入れている。

「お父さんのことは、気の毒だったね。なんだか日本人の一人として、たいへん申し訳ない気持ちになる」

と、虹サンが言った。

マリー・ジョイの口からは伝えていなかったのだけれど、早晩、拓海からこの家の人々には報告されるだろうと思っていたから、驚きはなかった。むしろ、自分で言わなくても済んだことにほっとした。

「虹サンが悲しくなる必要はない。しかたがない。来る前から、たぶん、そうなるって、マリー・ジョイにはわかってたことだから」

「向こうに行ったら、住むところはあるの？　仕事はどうするつもりなの？」

「とりあえず、友だちのところに行って、もしかしたらバギオに帰るかもしれないけど、バギオには居るところがないから、やっぱりマニラにいることになると思う。英会話の先生の仕事を増やせば、なんとかなるじゃないかな。そのあとは、わからない。看護師の仕事は、長いことやってないから、どうなのかな。少し、向こうで考えます」

「そうね。行ったらとりあえず、クリスマスだし、のんびりできるといいわね」

塔子さんが、温かいお茶を淹《い》れながらそう言った。

もちろん、みんなの視線は矢のように刺さってきた。

拓海はマリー・ジョイから帰国の日を前もって聞かされていたけれど、それでも彼女の「発表」にはたじろいだ。

ほんとうに、彼女は帰ってしまう！

虹サンに頼んで住民票を移してから始めた就職活動は、いまのところ全滅だった。

しい。
年齢と経験のなさが致命的だった。虹サンには器用貧乏と冷やかされたくらい、様々なアルバイトを経験しているにもかかわらず、それは採用の基準にはならなかったら

それに、どの業種に挑戦しても、自己アピールとか意欲みたいな点で、マイナス評価が下されるようだった。面接にはこぎつけても、どうもやる気のなさを自然に醸し出してしまうらしい。そんなことはない。いま、自分は心の底から定職につきたいと思っている。そうしてマリー・ジョイに帰らないでくれと言おうと思っている。

しかし、その空回りは、まったく就職活動には貢献していなかった。

「わたし、帰らないわ！」

ひとり悶々《もんもん》と、そんなことを考えている拓海の耳に、きっぱりとした言葉が飛び込んできた。

「ぜったい、ぜったい、帰りません」

拓海が心の底から聞きたいと思っているセリフを口にしているのは、しかし、マリー・ジョイではなくて、かおるさんだった。

「ぼくらは、もう、老い先短いわけだから、いちばんしたいことをして、いいと思うんだ。誰かに遠慮したり、その、なんだっけ、忖度《そんたく》したりすることは、もういいかげんよそうと、好きなように生きていいと思っている」

地ビールで少し酔っぱらったのか、いつも物静かで冷静な虹サンまでが、なんだか力を込めて話し出した。よく見ると、かおるさんの顔も赤い。飲んだのだ。拓海は、かおるさんが酒を飲む姿をはじめて見る気がした。

「前に話していたじゃない？　息子たちが帰ってきたら、東京の自宅に一度戻って、そして適当にごまかしてまたアメリカに戻ってもらおうって。あれがね、できなくなったの。息子たちが日本に帰国して、そのまま居続けると言うんだもの」

「一芝居打って、彼らがアメリカに引き上げるのを待とうと思っていたんだが、一時帰国ではなく、本社に戻れという辞令が出たというのでね。戻って来ちゃうんだ。そうなると、かおるさんの現在の生活が続けられなくなる可能性がある」

「わたしは嫌よ。息子たちと同居なんてぜったいに嫌。それだけじゃないの。あの人たちは、わたしを施設に送ろうと考えてるんですからっ！」

「施設ってどんなところを考えてるのか知らないが、ぼくもかおるさんをよそに行かせたくない。かおるさんにはどうしてもこの家にいてもらう」

拓海はいま飲んだばかりの地ビールの瓶を取り上げて、裏に貼り付けられた表示部分を読んでみた。アルコール度数9％。

えっ？

アルコール度数9％って、なに？　ビールって4とか5％じゃないの？　9％っていったら、ワインに近くない？

空いた瓶を次々チェックしていくと、4、5％の標準的なものもあれば、7％のものもあり、いま飲んだ9％がいちばん度数が高いようだった。そして、虹サンの近くには、その紫のラベルの地ビールの空き瓶が、三本ほど並んでいる。

飲んでる。いつもより、飲んでる。

拓海は冷静にそう判断した。そして虹サンは、ぜったいに、酔ってきていた。

「いっそのこと、結婚しようかと思っている！」

酔った勢いなのか、なんなのか、そんなことまで言い出したので、拓海はもちろん、塔子さんもマリー・ジョイもびっくりした。

「結婚？」

「結婚？」

「結婚？」

三人が同時に声を上げ、虹サンはさすがに照れたのか、声を小さくした。

「いやまあ、なんだ、その、ちょっと、唐突だったかな」

「そんなことない。もう、思い切って言ってしまいましょうよ。わたしたち、結婚しようかと思っているんです。ねー」

ねー、と言って、首を傾げながら虹サンのほうを見ているかおるさんも、相当酔っていに違いない。

結婚？　結婚。結婚などというものは、若い男女がするものなのではないのか。もちろん、年取ってからしたってかまわないけれども、七十とか八十とかいう年齢の人たちがするものではないのではなかろうか。

結婚という二文字は、重すぎて拓海には容易に口に出せないものなのに、なぜこう軽々とこの老人たちは、「ねー」と確認し合っているのだろうか。いくらアルコール度数の高いビールを飲んだからといって、調子に乗りすぎていないか。

しかしなぜ自分は、「結婚」という言葉に反発のようなものを覚えるのだろう。というよりどうして自分は、マリー・ジョイに結婚を申し込まないのだろう。ともかく定職を得たら、フィリピンに帰らないでくれと言おうと思っていた。フィリピンに帰らないで、自分のそばにいてくれと言うつもりだった。いっしょに暮らそうとも、言おうとしていた。

それは結婚じゃないのか。結婚してくださいと、言うべきじゃないのか。

たかだか9％のアルコール度数の小瓶のビールを二、三本飲んだからといって、酔っぱらうはずがなかったが、なぜだか自分も頭のたがが外れてくるような感覚があった。度数の問題ではないのでは。虹サンの友だちが作ったという地ビールなるものには、なにかもっとおそろしいものが配合されているのではなかろうか。

なんだか頭がくらくらしてきた。

「ちょっと無責任な気がするんですよ」

気がつくとそんな言葉が、自分の口から飛び出していた。どうしたのだろう。9%でなにが起こったのだろう。えい、ままよ。という気持ちだった。

「無責任？」

虹サンが、少し据わったような目をして振り返った。

「結婚って、だって、相手の人生を丸ごと引き受けることじゃないですか。だから」

「ぼくは引き受けるつもりだけど？　思いつきで言ってるわけでもない。ぼくとかおるさんにはそれなりに築いてきた二人だけの歴史があるんだよ。それを知りもしないのに、あれこれ批判されたくはないね」

自分の顔からサーッと血の気が引いていくのを感じた。

なにを言ってしまったのだろう。温厚な虹サンを怒らせるようなことを、なぜ言ってしまったんだろう。頭の中では、自分とマリー・ジョイのことしか考えていなくて、しかもなぜだかアルコールが頭のたがを緩ませていて、そして――。

「そうだよ！　なに言ってんの、拓海はー。みんな楽しい気持ちで天ぷら食べてたんじゃないよー。変なこと言うなよ！」

天ぷらを楽しい気持ちで食べることと、虹サンの結婚とは、直接の関係はないのではなかろうかと、マリー・ジョイの言葉を受け止めながら考えるけれども、いずれにしても、どう反応したらいいかわからず、拓海は黙るしかなかった。

「拓海くんの言い方は、とてもよくないと思う。いきなり、無責任だなんて、そういう言い方はないでしょう」

ふだん、あまり自分の意見を言わない塔子さんが、割って入った。

「あ、ほんとうに。ぼくは言葉が足りなくて。すみません、なんだか、こう、自分でもなにを言おうとしてたんだか。つまり、あのう」

「だけど、言いたいことはちょっとわかる。かおるさんの人生と息子さんの人生を、きっぱり切り離すことはできないんじゃないかって、そう言いたかったんでしょう？」

え？　おれ、そう言おうと思ってたのか？

いや、まったくそんなことはなかったのだが、この場は塔子さんの助け舟に縋《すが》りつかないと状況を打開できないと思い、慎重にうなずいてみせる。

「もし、お二人が結婚されるなら、もちろん、わたしはうれしいです。そばでお二人を見ていて、すてきなカップルだっていつも思っていたから。でも、息子さんのお気持ちも考えてあげたほうがいいのかなって」

「あなたはいい息子持ってるからそういうこと思うのよ！　あなたはイギリスに行った息子と仲がいいから、わたしの気持ちはわからないのよ」

今度は、かおるさんが拗《す》ねた。

「そんなことないです。うちの息子はもう、なんというか、外国人になっちゃったみたいな人なので、仲がいいとか悪いとか、そういう感じじゃないです。あの子こそ、もう、この国には帰って来ないと思うし。でも、現実問題として、息子さんは帰国されるわけでしょう。そのときに、八十を超えた母親が結婚するという事態を、受け入れられるかどうかは考えた方がいいと思うんです」

「息子の気持ちとか、あまり重要じゃないと思う。だって、小さい子どもではないのよ。四十を過ぎた大人なんですよ」

「ご自分の意思は伝えるべきだし、貫かれるのもいいと思うんですけれど、でも」

「あの子はわたしをぼけ老人だと思ってるし、施設に入れることしか考えてない」

「その、施設に入れるっていう話なんですけど」

「何度も、言われたのよ。パンフレットを見ておけって、あの子、帰ってきたらぜったいにそうする気だわ」

「息子さんが『施設に』って言ったからといって、姥捨《うばす》てみたいに感じるのは、ちょっと過剰反応だと思うんです。わたしは、そういう施設で働いていたから、施設にあずけたほうが家族の関係もいい形に保てると考えるご家族の気持ちもわかるし、じっさい、施設に来て長生きする方は多いんですよ」

「じゃあ、塔子さんは、わたしが虹之助さんといっしょになるんじゃなくて、施設に行くべきだって言うの？」

「そんなこと思ってもないです。お二人がここで幸せに暮らすことを、誰より望んでますよ。だから、息子さんともよく話し合って」

かおるさんと塔子さんが口論になるなんていうのは、これまで見たこともない状況だったので、とうぜん拓海はあっけにとられ、マリー・ジョイも目を丸くしてそちらに気を取られていた。だから、ズサッという音がして、虹サンが椅子から滑り落ちたときは、なにが起こったのかわからず、その場の時間がとつぜん止まったような気がした。

「どうしたの！　虹之助さん、どうしたの？」

かおるさんが口にするより早く、マリー・ジョイが席を立って駆け寄った。

「拓海、救急車、すぐ電話して。ハイ・ブラッド・プレッシャーかもね」

マリー・ジョイは、冷静に指示を出した。

中林虹之助は病院のベッドの上で、ぼーっと考えを巡らせている。

前にも一度、調子を崩したときに高血圧を指摘されたことがあったのだが、そんなものはいい野菜を食べていれば関係ないですよハハハと豪語して、医者の言うことを聞かずにいたのは完全に失敗だったといえるだろう。

あのころは、まだ妹が生きていて、かおるさんが頼って来るとは知らずにいたし、自分の健康にあまり関心がなかった。多少は意識して塩分を控えたり、野菜を多くとったりしてみて、それで体調は悪くなかったので、自己管理でなんとかなるレベルだと思うことにしたたし、薬は飲みたくなかったので飲まなかったし、そうこうしているうちに、その自己管理も忘れて好きなものを食べていた。自分のように、好きなことしかしない、ストレスのない人生を送っている人間が、高血圧に悩まされるようなことはないと信じていたのだった。

それに、この十か月足らずの期間は、もう晩年と言っていい自分の人生にとって、とてつもない変化のあった時間でもあった。かおるさんから連絡が来て、そして彼女と塔子さんがやってきて、少ししてマリー・ジョイが現れて、秋には拓海くんが参入した。毎日が目まぐるしくて、若いときのように楽しくて、老いを忘れた。

とはいうものの、後期高齢者の自分にひたひたと年齢は影響を及ぼしていたのであり、それをまるでないかのようにふるまっていたのが間違いだったのだろう。

「ちょっと無責任な気がするんですよ」

という、あの一言はひどく応《こた》えた。真実をつかれて、カッとしたのが恥ずかしい。

カッとして頭に血が上り、細く弱った血管が圧に耐え切れず昏倒《こんとう》したなんていうのは、ほんとうに恥ずべきことである。

自分のほうが年下だし、かおるさんを看取《みと》るのは自分の仕事だと思っている。思ってはいるけれど、男のほうが概して寿命が短いし、自分の体調管理もできない体たらくでは、かおるさんをひとり残してしまう可能性だって否定できないことに気づいた。恥ずかしいことに、そんな当たり前のことすら、自分の頭にはなかったのだ。あの、控えめで礼儀正しい拓海くんが、思い切って忠告してくれたのも、自分がいかに真実に目をつぶっていたかを語っている気がする。

もちろん、彼女をひとり残して先に逝《い》くなんてことはぜったいにできない。だから、この先の自分の行動も食生活も、生き残ることを最大限考えたものになるだろう。それでも万が一、彼女を残してしまう可能性を考えるならば、あの人とあの人の息子の間に決定的な溝を作ってはいけないのだ、と虹之助は自覚した。ことは、慎重に運ばなければならないだろう。

「すいません。こんにちは！」

聞きなれた声がして、半分閉まったカーテンがちょっと開き、拓海が顔を出した。

「おう！」

いままで彼の言葉を考えていたのを、悟られたくないという思いが、やけに元気な「おう！」になって、口から飛び出して行った。

「あ、わりと、調子いいっすか？」

「うん。まあ、ほら、薬で下げてるから」

「一週間くらい、入院するんですか」

「うん、この際、検査とかもするらしい。ぼくは帰りたいんだけど」

「あの、昨日、すごく失礼なことを言ってしまって」

「いや、もう、そのことはいいよ。だいいち、きみが正しい。自分の年や限界を自覚すべきだと、心の底から思ってる」

「あ、もう、ぜんぜん、正しくないんです。ぼく、あのとき、少し酔ってて、それで」

「気にしないで。お互いさまだろ。ぼくも酔ってた。あの地ビール、どうなのかなあ。地ビールだってだけで、それほどうまくもなかったような」

「うー、それを言ってしまっては」

「試作品なんだって。だから、こんど文句言ってやろうかと思ってんだ」

「いや、そこまでは。ていうか、ぼく、あんまりビールの味とかわかんなくて」

そう言うと、拓海は丸椅子に腰かけ、土産の週刊誌をキャビネットの上に置いた。

「虹サン、ぼく、じつは、悩んでて」

「ああ。そりゃ、悩むわな。マリー・ジョイが帰ってしまうんだから」

「どうして知ってるんですか、ぼくの悩みを！」

「そりゃ、みんな知ってるよ。かおるさんすら知ってて心配してる。どうするんだ。自分に引き留めて帰しちゃっていいの？」

「だけど、就職活動も、まだ始めたばかりでまったく先が見えないし、自分に引き留める権利があるとは思えないんですよ」

そんなことは後からついてくる、とりあえず引き留めろと、病院のベッドの上の虹之助は言う気になれなかった。たしかに、三十半ばで仕事もなく、仮の住まいしかない男が女性ひとりの人生を引き受けるのを躊躇《ちゅうちょ》するのもうなずける。

そこまで考えて、前日の「無責任」発言が、もしかしたら虹之助にではなく、本人自身に向けて放たれたものなのかと、おぼろげながら気づいた。

「うちで働く？」

自分でも思いがけない言葉が飛び出したが、考えてみればそれほど奇妙なことでもなかった。本来、報酬を支払うべきことも、彼に頼んでいた。自分はもう年だし高血圧だし、今後、これまで通りに仕事を続けられるかどうかは疑問もある。

しかし、自分のためにだけ細々やってきた畑や作物の加工で、三十代の男が家庭を持つにふさわしいだけの報酬が出せるのか。かおるさんを養うとなると、自分も仕事を続けないわけにはいかないが、子どものいない自分は、いつか引退して、地所も家も仕事も誰かに譲るのか。あるいは身代すべて金に換えて、それこそ、かおるさんと二人で施設にでも入る選択をするのだろうか。

少なくともあと十年のうちには、考えなければならないだろう。

「ありがとうございます。そんなふうに言ってもらえて、すごくうれしいです。でも、ぼくは、ものすごくずうずうしいかもしれないけど、ここをぼくの実家みたいに考えてて」

「実家？」

「はい。勝手にです。すみません。できればよそで仕事を見つけて、休日に訪ねて来られる場所みたいな感じだといいなと思ってて。あ、偶然来たのに、こんなによくしてもらって。でも、だから」

「そうか。もちろん、いつでも訪ねてきてよ。歓迎するよ」

「仕事のことなんですけど」

「うん？」

「ぼくはどっか、地方に行こうかと思ってて。Iターンみたいなというか。そういうのは、あまりいままでやってみたことがないし。ただ、そうなるともう、ほんとに、マリーさんにはどう言ったらいいかわからないし」

「そのまま言うしかないだろう」

「でも、仕事が決まらないと」

「地方に行くつもりだというのは言った方がいいんじゃないかな」

「でも、彼女ももう、帰ることを決めたわけだから」

「それでいいのかどうかは、まずはきみの問題だし、きみの気持ちを伝えないと、彼女のほんとのところもわからないよね。まあ、そんなことは、他人に言われなくてもわかってるだろうけど」

「わかってはいるんですけど」

黙って下を向いた拓海に、それ以上なにか言う気にならなかった。わかっているし、考えているのだ、この男も。

「虹サンの、大恋愛の相手って、かおるさんなんでしょう？」

話題を変えようと思ってか、いきなりそんなことを言う。

「ええ？　なんだって？」

「前に話してくれたじゃないですか。好きになって、結婚しようと思った人が、人妻だったって。何年かつきあったけど、妹さんが事故にあってからこっちに戻ってきた。それからは、友人関係に移行したんだって。それがまた、恋愛関係に戻ったわけですよね」

とつぜん、同室のすべての患者の耳が、吊《つ》り下げられたカーテン越しにこちらを向いたのが見えたような気がして、虹之助はあわてて周囲を見回し、答えにつまり、ようやくこんなふうに言ってみる。

「あの地ビールは、やっぱりちょっと変だったよな」

「すごく驚いたけど、いいなって。うらやましいですよ。そういうことって、あるのかなあ。道がわかれても、いつかまた、みたいなことっていうのは」

なあ、きみはわかれる前になんとかしたほうがいいよ。

そう言おうと思って向きなおると、拓海は手を振って病室を出て行った。


塔子さんのところに、かおるの息子からメールが届いた。

「津田さま
お世話になります。新堂かおるの息子の昌樹です。

母が伝えているかどうかわかりませんが、十二月に帰国します。帰国は十二月十九日の予定で、東京の家に午後には戻れると思います。

前の方から引き継ぎあったかと思いますが、母は認知症進んでいますので、本人の希望もあり、施設に入れることを考えています。

そのことは早急に相談したく、年明けには具体的なことを進めたいので、帰国後、二、三日中に詳細詰めたいと思っています。当方は、帰国当日でも夕方以降だいじょうぶです。

日程調整してメールください。

施設の候補なども、いくつか、あたっておいてもらえると助かります。

連絡お待ちしています。

新堂昌樹」

塔子にこのメールを見せられて、かおるは怒りのあまり頭がおかしくなりそうになった。

「本人の希望もあり」って、本人がいつ希望しましたか！

施設、施設って、なにを言っているのか。

それを見ると、さすがに塔子さんも同情を禁じえなかったようだ。

「なにを急いでらっしゃるんでしょうね、息子さん。こんな時期に帰ってきて、話をするなら年明けっていうのが普通じゃないでしょうか」

「一刻も早く、厄介払いしたいのよ。でも、なんか、こうなると、息子に家を渡すのが嫌になってくるわね。売っちゃおうかしら」

「なに不穏当なことを言ってるんですか。そもそもお二人の関係は、ちょっと他人には計り知れないものがありますよ。こう、一触即発的な」

「だから、塔子さんみたいに、息子と仲のいい人にはわからないんだってば。あの子は夫のコピーなの。父親が母親を扱ってた態度を、そのまま受け継いじゃったの。ひどいわよね。息子なら、母親の肩を持ってくれてもいいのに、あの子はいつだって、父親とそっくりの態度をとってきたもの。それに、あの嫁ときたら」

話していると、頭がくらくらしてきて、この日、かおるはベッドから起き上がる気がしなかった。

頼りの虹之助さんも病院にいるし、なんだかひどく心細い。この十か月近くの心の平安と自由な暮らしが、ひどく脅かされていると感じる。

「塔子さん、リビングから、仕事を取ってきてくださる？」

「籠《かご》ごと持ってくればいいですか？　どこかほかのところにもなにかあります？」

「籠の中に入ってるから、そっくり持ってきてくれればいい。不思議よね。わたし、このごろじゃ、あれやってるときがいちばん落ち着くの」

塔子さんが取りに行ったのは、編み物セットだ。

メキシカンレストランに頼まれてカラフルな糸で編んだものが好評で、いまでは街の真ん中にあるレジャー施設の雑貨店に卸すまでになっていた。「ペルフォメ」というブランド名を、レストランの夫婦がつけてくれた。スペイン語で「香水」という意味らしい。かおるの名前からイメージをふくらませたのだろう。八十にして、自分の事業を立ち上げるって、ちょっとどうなのよ、これ。

糸に触っていると、誇らしい気持ちが湧いてきて、自分を肯定できる。じっさい、デザインを考えて、無心に編針を動かしているときだけは、余計なことを考えなくて済んだし、自由になれる感覚がある。

虹之助さんといっしょにいること自体が、ものすごく精神的な自由をくれる日々ではあったけれど、じつはそれよりもこの編み物の時間は、自由度において勝るのではないかと、最近、かおるは考えるようになった。

嫌なのは、息子と会うとかつてのおどおどした自分が戻ってきて、あの結婚生活の日々のような不自由さが返って来るのではないかということだ。

やだやだ、考えるのよそう。

塔子さんが持って入ってきた編み物の籠を受け取って、かおるは傍らの老眼鏡を耳にかけた。

いま制作しているのは、暖かいウールの糸を使ったひざ掛けで、それまで頼まれて作っていた小物とは趣が違う。でも、「ペルフォメ」の特徴は鮮やかな色の組み合わせだからと、レストランの夫婦に言われて、やはり南米の光を受けたようなビビッドな色を使うことにした。でも、小物ならよくても、大きなものは、柄ばかりだと部屋になじまなかったりするから、白やベージュやミントグリーン、桃色といった淡い色の地に、ビビッドなレインボーカラーの縁取りがあったり、ピンポイントの模様がついていたりというデザインを考えてみた。クッションカバーとして作ってみたのがおおむね好評で、同じ感じでひざ掛けをという発注があったのだった。

息子は母がこんな仕事を持っていると知ったら、どう思うだろうか。

頭がぼけているると信じ込んでいるのだから、腰を抜かすかもしれない。

思春期に入って、母親を小ばかにするようになってから、けっして埋められない溝が生まれて、それが広がってこんなにちに至っているけれど、決定的だったのは、やはりあの、骨折のときだった気がする。

夫がまだ生きていて、夫と息子が二人して、リハビリはいらない、歩かれては危ないから、車椅子のままでいいと、医者に言い立てたときだ。そして、リハビリはつらいんだ、苦しいんだ、そんなことはしなくていいと、二人はかおるを説得した。

あのときは転倒して骨を折ったショックで、一時的に記憶障害みたいなこともじっさいにあったのだけれど、それが常態というわけではなかった。彼らは彼らで、ショックだったのかもしれないけれど、もう少していねいに接してくれれば、恒常的なものではないということだってわかったはずなのに。リハビリなんて妻には無理だ、母にはできないと、口々に男たちはまくしたてた。

できます、やりたいと言うこともできたのではないかと、いまなら思う。結局のところ、自立歩行を手放してしまったのは、自分の選択、自分の失敗だったのだと、ようやくこのごろになって思えるようになったのは、このカラフルな糸が自信をくれたからだと、かおるはもうすでに気づいている。

XII

かおるさんの息子が帰国した翌日の十二月二十日は、木枯らしの吹く寒い日だった。

マリー・ジョイはすぐに必要にはならない衣類や思い出の品を段ボール箱に詰めてUnaccompanied Baggage（別送品）のラベルをぺたぺたと貼り付けた。

「フィリピンに帰って、住むところが決まったら知らせる。そしたら、これ、虹サンに頼んで送ってもらう」

「虹サンじゃなくて、おれに知らせて。おれ、送るから」

「そう？　じゃ、拓海に知らせる」

拓海は心の中で小さなガッツポーズを決め、やった、これで住所ゲットだ！　と思ったが、住所とか電話番号といったものは、小細工をしなくても教えてもらえるとも思われ、重要な会話を切り出せずにいる自分の卑屈さと志の低さに、またもやげんなりさせられた。

階下から塔子さんの声がして、拓海を呼んでいる。これから二人には特別なミッションがあるのだ。下りていくと、緊張気味のかおるさんと虹サン、三人の中ではもっとも肚《はら》の据わった表情の塔子さんがいて、

「遅くなるわけにいかないから、行きましょ」

と言った。

二人はこれから隣町の大きな駅まで、かおるさんの息子とその妻を迎えに行くのだった。こうなるまでにはすったもんだがあって、いっときは、「誘拐犯の一味」とまで呼ばれたムーンライト・インの面々なのだから、駅までのお迎えもなかなかスリリングな任務ではあったが、ともかくここまで来たからには肚をくくるしかないだろう。

かおるさんの息子は、帰国したら夕方にでも今後の相談をしたいと、ケアマネである、というか、ケアマネのふりをしている塔子さんにメールをよこした。

だから最初は、塔子さんとかおるさんが東京に行き、息子と話をする予定だった。でも、かおるさんが、それはできないと言い出して、どうしたらいいかが連日、話し合われたのだった。

かおるさんは、一度でも東京の家に戻ってしまったら、自分は幽閉されてしまい、施設に送られるまで家を出られないと言うのだった。たとえ、百歩譲って、息子が話し合いに応じる姿勢を見せたにしても、あの家に戻ってしまったら、話し合いなどズルズル引き延ばされて、虹サンとは死ぬまで会えなくなってしまうだろうと。

そんなことがあるのかどうかわからないけれど、ともかく、かおるさんは家に戻りたくないという。息子と話し合うにしても、ここで、このムーンライト・インで、虹サンといっしょに会うのでなければ、自分は息子と対等に話せる気がしないのだと。

それで、最終的にはこんなことになった。

かおるさんが事情を説明した長い手紙を書き、かおるさんの家の住所に郵送しておく。

帰国した息子には、その日はディサービスに行く日だから、植木鉢の下の鍵《かぎ》を使って中に入って休んでくれるように指示するメールを送り、必ず郵便受けを確認するようにとも伝えておくことにする。

息子が手紙を読んだころあいを見計らって、かおるさんが電話をかける。もしくは、手紙を読んだ息子のほうから電話をかけてくるだろう。そうしたら、息子に直接話して、自分は東京には帰らないと言う。驚くだろうし、怒りもするだろうが、それ以外に方法はない。東京の家に帰ったが最後、自分は自分ではなくなってしまうのだから、仕方がない。

めずらしく、かおるさんが必死でみんなを説得にかかり、それではそうするしかないだろうと、総意が決まったのだった。

けれど、家に老いた母親がおらず、一通の手紙をよこして雲隠れしたと知ったときの息子の反応は予想以上に激しくて、昨晩の電話での親子対話は修羅場と化したのだった。

「もしもし。母さん？　どうしたの？　どこにいるの？　自分が何をしているかわかってるの？　シェアハウスだの、自分の居場所だのって、誰になにを書かされてるんだよ！　そこに誰がいるの？　だいじょうぶなの？　新興宗教団体？　その、津田塔子っていう人が、母さんをたぶらかしている可能性があるよね。気は確か？　誰か近くにいるの？　ちゃんと話ができるの？」

「やめてちょうだい。塔子さんは、誰もたぶらかしたりしませんよ。わたしは、わたしの意思でここに来てるの。あなた、手紙をちゃんと読んでないんじゃない？」

「読んだから電話してるんだろう！　母さんは歩けないんだよ！　そんな人間を連れて行ってるなんて、拉致《らち》同然じゃないか！　なにが目的の誘拐なんだよ？」

「ぶっそうなことを言うのはよしてちょうだい。だから、わたしが頼んで連れてきてもらったんだって、書いてあるじゃないの。あなた、わたしがぼけてると思い込んでるから、なにもかもが信じられないのよ。とにかく、そのあんまりな思い込みを捨てて、もうちょっとまじめに読んでもらいたいもんだわ」

「母さん。もう、そうとう、金は払ってしまったんだろうね」

「なんのお金？」

「その人たちは、金目的だよ。母さんの金を狙ってるんだよ」

「お金なんか、払ってないわよ。ほんとは払わなきゃ申し訳ないんだけど、じつは払ってないわ。ああ、津田さんにはもちろん、それなりのものをお支払いしているけど」

「それなりって、いくらなの？　そこだよ。母さん、しっかりしてよ」

「それなりって、だって、身の回りの世話をしていただいてるのよ。ただでやってもらってたら、そのほうが問題でしょう」

「母さん、そこの住所はしっかり言える？　いまから警察に」

「なにを言い出すのよ！　冗談じゃないわよ。そんなこと言うならもう、あなたとは話しません！　さようなら」

「母さん、電話を切っちゃだめだ！　あ、どうしよう。民子？　ちょっと民子？」

民子というのは、かおるさんの息子の妻で、かおるさんによればなんともいえず憎たらしい嫁であるようなのだったが、取り乱した息子に比べると嫁のほうがいくらか冷静で、手紙はお義母《かあ》さまの筆跡だし、これだけのものが書けるのに頭がぼけてるというのは考え難いから、一度ちゃんと会って話した方がいいのではないかと、意外にまともな反応をした。

かおるさんは東京には絶対に帰らないと言い張ったので、息子夫婦が急遽《きゅうきょ》、この街にやってくることになったのだった。息子が会社に顔を出さなければならないのは年が明けてからなので、ともかく母親のことをどうにかしなければと、二人は取るものも取り敢《あ》えずかけつけることにしたようだった。

かおるさんが長い手紙にいったい何を書いたかというと、とうぜんのことながら、「結婚します」などという過激なことを書いたりはせず、「古くからの友だち」がこちらにいて、「転地療養を兼ねて」来たらいいとすすめてくれて、「昔からお世話になっているヘルパーであり友人である」津田塔子さんも「田舎暮らし」にあこがれていたことから、二人でこちらに移ってきた。当初は、ひと月ほどの滞在予定だったが、「体にもいい」こちらでの暮らしが気に入り、「かぎ針編みでの仕事」も始めておもしろくなってきて、「東京に帰る気がしなくなった」。「家はあなたがたが好きに住んだらいい」し、自分の身の回りのことは、気にかけてくれる友人がいるから心配はない。「あなたはかねがね、わたしに施設に行ったらいいと言っていたけれど、ある意味では、自分にぴったりの施設を見つけたようなもの」だから、これから先は「ここで好きなように暮らしていきたい」。だから、「あなたもそのつもりでいてほしい」というような趣旨だった。

これは、虹サンと塔子さんが練りに練ったもので、いちばんのポイントは、「家はあなたがたが好きに住んだらいい」というところと、「自分にぴったりの施設を見つけたようなもの」という部分だった。施設に行けと盛んに勧めてくる背景には、やはり同居への躊躇《ちゅうちょ》があるのだろうから、母親が別のところで安心して暮らしていて、生活の世話をする人も近くにいるのであれば、母親といっしょに住まないことじたいは、先方も願っていることなのではないかと、虹サンと塔子さんは考えたらしい。

他人から見れば、そうだなと思えないこともなく、それゆえに「嫁」は息子よりもまともな反応をしたようだったが、息子にはおよそ納得できる行動ではなかったらしく、ひどい興奮状態が昨日から続いていると思うと、迎えに行くのも少しおそろしい気がした。

でも、そこはもう、文面を考えた責任もある塔子さんが、

「先方に名前がわかっているのはわたしだけだし、わたしが行くのがいちばんいいでしょう。あとはどなたかが運転手をしてくだされば」

と言ったので、かおるさんは虹サンといっしょにいたいだろうし、マリー・ジョイは帰国準備でなにかとせわしないので頼みづらいということで、拓海が運転手役を引き受けることになったのだった。

「なんか、相当、頭に来てるみたいですよね、息子さん。だいじょうぶなんですかね？」

「さあ。ぜんぜんわからない。かおるさんもね、息子さんのこととなると、いきなり冷静さを失うしね」

「塔子さんと息子さんは、どうなんですか。最近、仲いいって、かおるさんがちょっと嫉妬《しっと》気味に言ってましたけど」

「知らない。わかんない。つきあってる相手の影響でマメにメールくれるようになっただけで、相手が替われればまた音沙汰《おとさた》なくなるかもしれないし。こっちでコントロールできないもの。なんとかうまく生きていってほしいと、お祈りでもするしかない」

「えー、男は女次第ってこと？」

拓海は無邪気にそう口に出し、当たっていなくもないかもしれないと思った。マリー・ジョイがいなければ、自分一人の人生なんて、どうなってもいいように思っていたわけで、どこかに職を得て彼女といっしょに暮らしたいという思いが、現在の自分を支えているのはたしかだった。それなのに、もう、二日後には、彼女は帰国してしまう。まだ、こちらの気持ちを伝えてすらいないのに。いったい、なにをしているのか、どの順番がどうくるっているのか。

「ぼくなんか、自分の人生のコントローラーすら、自分で握ってない感じしますよ」

運転しながら、そう、ぽつんとつぶやくと、塔子さんはなにを言われたかてんでわからないという顔でこちらを見たが、その眉間《みけん》にしわの寄った表情をちらっと見てから拓海は視線を前方に戻し、

「あの人たちですかね？」

と、駅前のタクシー乗り場から少し離れて立っている中年夫婦を見つけて言った。

と、ほぼ同時に、塔子さんの携帯に着信があった。

「着きましたけどね。その、迎えの車っていうのはどこに来てるんですか」

不機嫌な男の声がした。

「もう、こちらも着いてます。お二人で、奥さまがベージュのロングコート、ご主人は黒のダウンジャケット着ていらっしゃいます？　もう、間もなく。はい、着きました」

拓海が車を寄せ、塔子さんはシートベルトを外して外に出た。

「遠いところ、お疲れさまでしたね。わたくし、津田と申します」

塔子さんは、数日前に大慌てで作った名刺を差し出した。息子は名刺が大好きで、名刺を持っていない人を信用しない、ついでに言うと肩書も入っているに越したことはないと、かおるさんが言ったので、「介護福祉士」と印刷してもらった。塔子さんは資格を持っていたし、「ケアマネジャー」を詐称するより、国家資格を印刷したほうがよかろうと、これも虹サンと二人で考えた末のことだった。

「これから、お母さまのいらっしゃるところへお連れしますが、今日、運転してもらっているのは、そこの事業を手伝っている栗田さんです」

なめらかに、するすると、塔子さんはそう口に出し、拓海も、

「栗田です」

と、挨拶《あいさつ》をした。

妻のほうは、よろしくお願いしますとかなんとか、もごもご言いながら頭を下げたが、かおるさんの息子は不信感をぬぐえないのか、なにも言わないまま車に乗り込んだ。

虹之助は、かおるさんの横顔から目を離すことができない。

彼女は、昼食を終えてからずっと、リビングの大きなロッキングチェアに腰かけて編み物をしている。編み物をしていると、余計なことを考えなくてすむと、彼女は言うのだ。暖炉に火を入れているので、薪《まき》の燃えるいい匂いが立ち込めて、静かな時間が過ぎる。そんな時間を永遠に閉じ込めてしまえたらいいと思ったが、そんなふうに都合よくことは運ばない。

彼自身もリビングのソファに体を沈めるようにして、物思いにふける。

かつて、ここはそれなりに賑《にぎ》わったペンションだった。

妹が、かおるさんと同じように車椅子に乗っていて、それでも彼女は皿やグラスを清潔に保ち、料理をサーブし、笑顔で泊まり客と語らったものだった。

かおるさんが家族といっしょに訪れたのは、ここをオープンして五年ほどした夏のことだった。会わなくなって、十年は経っていたはずだ。お互いに印刷だけの年賀状を送り合うような年月があって、その年賀状のためのアドレス帳に載っていた友人知人に開業を知らせるはがきを送ると、夏になって連絡があった。

それから何年か続けて、かおるさんの家族は、避暑にやってきた。友人家族を伴って、おおぜいで来たことも、冬にスキーをしに来たこともあった。華やかなことが好きな人なので、いつも楽しそうに遊んで帰って行った。二人が別れてから生まれた彼女の息子は、もう小学校の中学年になっていたし、かつて二人の間になにがあったかなど、言う必要もなく、誰にも知られない昔話だった。妹すら、なにも気づいてはいなかっただろう。

あのころのかおるさんは、きれいだった。出産して子育てをしていても変わらなかったどころか、じっさいには母親になってから美しさが増した。彼女の夫は高圧的で、妻をかおると呼び捨てにして、命令口調でなにやかや言いつける癖もあり、側《はた》から見ているとヤキモキさせられたが、かおるさんは、年代からしても、そんなものだと思って過ごしているようだった。

結婚を後悔していると告白して、年下の男と恋愛した彼女は、落ち着いた母親になっていた。少なくとも傍目《はため》には幸福な主婦に見えた。妻になることには魅力が感じられなかったが、母親になることは楽しかったというような類《たぐい》の。けれど、彼女は幸せになったのだと完全には信じきれなかった。それは朝、一人でダイニングに現れたりするときに漂わせている、謎めいた美しさのせいだったかもしれない。

あのとき、二人が再びそんな関係にならなかったのは、彼女が家族と一緒だったという理由によるだけではなく、自分にも別の女性がいたからだというのは、はっきりしている。かおるさんとはまったく違うタイプの、意志的で行動的な人だった。誰が相手でも結婚はしないと言って、高原にアトリエを持って絵を描いて暮らしていたその人は、五十代の若さで癌を患って亡くなってしまった。自分にそういう相手がいることを、当時のかおるさんも知っていた。でも、それはそれとして、二人が同じ家にいてすれ違うときに交わされる視線の中に、スリリングなものが混じらなかったと言えば嘘になる。

兄と違って恋愛には臆病《おくびょう》で、出会いがまったくなかったわけでもないだろうに、悪くした脚のせいもあって結婚もせず、子どもを持つこともかなわなかった妹は、小さい子どものいる家族連れが来ると、かいがいしく子どもの世話をして、その一家が帰って行くとさびしそうになった。

そんな妹のために犬を飼っていた時期もある。性質のおとなしい、雑種の大型犬で、ベスという名前のメス犬だった。

そのメス犬のベスに懐いたのが、かおるさんのところの昌樹くんだった。ベスのほうが、昌樹くんに懐いたと言うべきなのかもしれないけれど、じっさい、執着したのは彼のほうだった。二度目の夏だったたか、泊まり客を迎えに出たベスを見て、昌樹くんはいっしょに寝ると言ってきかなくなった。たしか次の年も、その次の年も、昌樹くんが来ればベスはずっと彼といっしょに過ごしたものだった。おとなしくて忍耐強いベスは、昌樹くんのためだけにベッドのそばにいてやり、他の客が来たときは分をわきまえて客室には入らなかった。

あの小さかった昌樹くんが、四十も半ばの壮年になっている姿というのは想像しがたかったが、かおるさんの夫は当時四十代だったはずだから、ひょっとしたら彼に似た中年男になっているのかもしれないのだった。

なんという長い年月が流れたことだろう、と虹之助は考えた。

昌樹くんが高校に入るより前に、かおるさんの家族は来なくなった。受験勉強のために合宿に行かなくてはならないとか、そんなことを聞いた気もするけれど、あまりはっきりした記憶はない。親子での旅行じたいを、しなくなっていったのかもしれないし、毎年同じところに泊まるスタイルに飽きたのかもしれない。あるいは、再び何かが進行してしまう危険から、身を引こうという判断があったのかもしれない。そこには虹之助のほうにも、大人のあきらめというものがあって、また年賀状をやりとりする関係に戻った。自分としては、ペンション経営がもっとも忙しい時期にあたり、他のことを考える余裕をなくして没頭したという経緯もある。あるいは、何かを考えることから逃れるために、経営にのめりこんだのかもしれないといまは思う。

それからまた、三十年近い月日が過ぎた。

そう、二人の道がもう一度交差したのは、かおるさんが家族連れでペンションに来ていた日々から三十年も経った、共通の知人の葬儀で顔を合わせたときのことなのだ。

そのときのかおるさんに、かつての美貌《びぼう》はなかったと言ったら、彼女はたいへんなショックを受けるだろうけれど、若い人妻だったときの魅力も、幸せな母親だったときの輝きも、彼女の表情からはすっかり消えていて、深い諦念《ていねん》と恨みのようなものが、痩《や》せた頬にくっきりと刻印されていた。

あんなにきれいだった人がと、そのとき受けた衝撃は忘れない。

もちろん、彼女はもう七十を超えていたのだから、若いときのようにきれいではないのは当たり前だと誰しも思うだろう。でも、その変貌は老いからくるものではなく、言っては悪いが不幸から来るもののように感じられて、どうしても声をかけずにはいられなくなったのだった。

告別式のあとに、足早に駅へと急ぐ彼女を、お茶に誘った。

喜寿を迎えようという女性と、古希を過ぎた男が向かい合ってお茶を飲んでいるのだから、昔話以外の話などできようはずもないし、せつせつと打ち明け話をされたからといって、それでどうなることもない。打ち明け話は打ち明け話として、聞いて相《あい》槌《づち》を打つくらいしかすることもない。

けれど、そのとき聞かされた、よくある話と言えなくもないが、若いときの彼女を知る身にはなんとも痛ましく響く話に、虹之助は深く同情し、苦い思いを味わったのだった。

子どもの手が離れてみると、夫との間に何ひとつといっしょに築いたものがない。自分自身がからっぽであるだけでなく、夫は自分にからっぽ以上のものを期待したことなどなかったのだと、いまさらながら思い知らされて、いったい自分の人生はなんだったのかと後悔ばかりが胸を塞《ふさ》ぐ。そんなことが十年以上続いていて、いっときは鬱《うつ》病《びょう》という診断が下って、夜は眠れないし、昼はぼうっとしているし、処方された薬の世話になって、どうやらこうやら生きているというのだった。

そして、

「わたしたち、昔、約束したわよねえ」

と、かつての明るさにはほど遠い、さみしげな笑顔を作ってみせた。

そのときは結局、あたりさわりのない慰め言葉しか口にできず、季節がよくなったら、ご主人といっしょにまた遊びに来たらいい、空気のいいところにいると気分も変わるものだからなんて、おためごかしみたいなことを言って別れた。

それが自分でも気が咎《とが》めて、気がつくと、まるで若いときのように、四六時中、かおるさんのことばかり考えてしまう。彼女はどうしているだろう。まだ薬がないと眠れない日々を送っているんだろうか。なんとかして、ここに呼ぶことはできないものだろうか。

何度か連絡しようと思っては躊躇した。そうこうするうち、かおるさんから玄関で転んで大腿骨《だいたいこつ》を骨折したという知らせが届いた。見舞いに行きたかったが、手術はせず、車椅子で退院して家から出られないとのことだったから、会いに行くのもはばかられた。

そしてかおるさんの夫が亡くなり、あの手紙がやってきた。

それから一年と少しして、妹が逝った。

妹が逝ったので、手紙を出した。

この長い、長い、二人の軌跡について、どのように話したら、昌樹くんの理解が得られるだろうと、考え出すと途方にくれる。

しかし、その時は来たのであり、どのみち、避けては通れないことなのだ。

敷地に車が入って、砂利を踏む音が聞こえた。

かおるさんが、編針を動かす手を止めた。

塔子は、

「こちらからです」

と案内して、かおるさんの息子夫婦を家に通した。

二人はものめずらしそうに、建物の外観を吟味して、それから入り口にある地元作家の作った銅製のオブジェに目をとめ、靴を脱いで上がった。

右側のリビングルームの奥の暖炉に火が入っていて、ロッキングチェアに座っているかおるさんが、

「いらっしゃい」

と、声をかけた。

「母さん！　なにをしてるんだよ、ここで」

開口一番、そう言った息子の言葉にかぶせるようにして、

「帰らないわよ、わたし」

と、返したかおるさんの声は、震えていた。

今回ばかりは「不退転の決意でのぞみます」と、昨夜、政治家のような言葉で宣言していたかおるさんは、脇に編み物の籠を置いて、青白い顔をしていた。

「今日は遠くまでよくいらっしゃいました」

ソファに腰かけていた虹サンが立ち上がった。息子夫婦は驚いて声のした方角を向き、そこに老人が立っているのを認める。

「どうぞ、まあ、おかけください。わたしはこの家の主《あるじ》で、中林虹之助というもので

す。津田塔子さんと栗田拓海くんは、もう自己紹介したんでしたね。こちらは」

マリー・ジョイがお茶のポットとともに登場した。

「マリー・ジョイ・バウティスタさんといって、我々の友人です。もう明後日《あさって》にはフィリピンに帰ってしまうんですが」

「彼女と二人で、かおるさんのお世話をさせていただいていました。マリー・ジョイは看護師資格を持っているんです。介護にもよく通じているので、とても頼りになるんです」

ほとんどのことに疑い深くなっているかおるさんの息子が、マリー・ジョイを見て少し眉《まゆ》をひそめたので、塔子は言葉を継いだ。

「どーぞ、どーぞ」

明るいマリー・ジョイがそう言って促したので、中年夫婦は奥のソファに腰を下ろした。マリー・ジョイによって、アップルシナモンティーが配られた。

「じゃ、ぼくらは」

比較的若い二人は、軽く頭を下げて引き揚げた。

「用事あったら、呼んでくださいねー」

という、陽気な言葉をマリー・ジョイは残した。

グッと強い視線で母親を睨《にら》むと、

「まずだいいちに」

と、昌樹氏が口を開いた。

「なにも聞かされてないわけでしょう、こちらは。帰ってきたらこんなことになってる。そのまえ電話で話したときは、なにも言わなかったじゃない。どうしたのかと思うよね。なにが起こったのかと。いつからこんなことになったわけ？」

かおるさんは小さく顎《あご》をゆらすようにして、なにか言いたげなのになにも言わない。

「今年の、四月ごろかな」

見かねた虹サンが話し出すと、

「母と話させてもらえませんか」

と、切り口上に、昌樹氏は言った。

「四月って、どういうことなの？　そんなのまるで聞いてない。だって、失礼かもしれないけれど、こちらの方々は、なにが目的で母さんの世話をするわけ？　金はいったいどれくらい絡んでるのか」

「だって、わたしのお金は、あなたが管理してるんじゃなかった？」

かおるさんは、ようやく小さい声で言った。

「わたしがぼけてて信用できないから、オンラインバンキングにしてアメリカからでもチェックできるようにするって言って、手続きやなにかも、あなたがしたんじゃなかった?」

「あれは、父さんの口座を相続したやつだろ」

「じゃ、調べてみたらいいんじゃないの? 使ってないわよ」

「母さんの口座があったじゃない」

「年金の入る、わたしの口座? そこに入る微々たるお金も、わたしが自由にしちゃいけないの? それだって、ほとんど動かしてないのに」

塔子はハッと胸を突かれた。大家から警察に連絡が行くのがおそろしくて、賃貸の解約手続きをすることができず、そのままにしてこちらに来てしまったことを話すと、かおるさんが毎月、いくばくかのお金を「介護料」として渡してくれるようになったのだ。おそらく、かおるさんが月々「動かす」お金とは、その金額以外にはないのだろう。

「金じゃなかったら、なにが目的で」

かおるさんはまた何か話したそうにして、小さく顎をゆらすけれどなにも言わない。

「母さん、自分のしてること、わかってる? 家を飛び出して、どうしてこんなところにいるんだよ! 民子とも相談したんだけど、一度、ちゃんとした病院に行ったほうがいいと思うんだ。まずはそこからだよ」

かおるさんはふぅっと深いため息をついた。そしてなにも言わなかった。

「もし、認知症の心配をしていらっしゃるなら、かおるさんにそういう兆候はありません。一般的な同年代の方と比べても、しっかりしていらっしゃいます」

思わず、塔子は横から口を出したが、案の定、昌樹氏は怖い顔をして睨んだ。

「そうおっしゃられても、こちらとしては信用できません。車椅子の母は自分の意思では動けないわけですから、強制的に動かした方々の言葉は、ちょっと」

「お母さまはご自分の足で動けないだけで、ご自分の意思を伝えることはおできになります」

「でも、いま、ほら、母はすごく混乱してしまってる。こういう状態で、誰かが意思を押しつけようとすれば、母はその人の言うなりになってしまう」

言っていることは一部、正しいようにも思えた。つまり、息子が意思を押しつけようとすれば、母は言うなりになるというわけだ。しかしこの状況で、塔子は皮肉を言う気にはなれなかった。どうしたら、かおるさんの窮地を救えるのかわからなかったが、自分が必要以上に昌樹氏から嫌われるのは、得策とは思えなかったからだ。

「じゃあ、いいよ。聞きましょう。どうしてこんなことになったの。そもそも、どうしてここに来ることになったの。この方々は、母さんの何なの？」

そこに居合わせた人間の視線が、かおるさんに注がれ、かおるさんはまた何か言いたそうにして、尖《とが》った小さな顎をふるわせた。でも何も言わなかったので、沈黙がその場を支配した。今度はだれも助け舟を出さなかったから、しばらくその場には、暖炉の火の燃える音だけが響いた。

しばらくして、昌樹氏が唐突につぶやいた。

「待って。ここ、ぼく、来たことがある？」

それから頭の中に何か思い浮かべるような表情をして、部屋をゆっくりと眺めまわした。

「ここ、ぼく、来たことあるよね。ここ、ベスの家？」

そして、ぼんやりと虹サンに目を留めると、

「もしかして、ベスのおじさん？」

と、たずねた。

虹サンは、静かにうなずいてから、かおるさんを気遣うように視線を移した。

「どういうこと？　どうしてベスの家にいるの？」

昌樹氏はしばらく呆然《ぼうぜん》と何か考えていたが、なにか不穏な想像が脳裏をよぎったように顔を歪《ゆが》めて、

「あなた方は、どういう関係なんですか」

と、言った。

虹サンは、ぬるくなっているアップルシナモンティーを一口すすって喉《のど》を湿らすと、

深く息を吸った。そして、目をつむり、大きなため息をついて、歌舞伎役者のような芝居がかった動きで目を開くと、決意したように口を開いた。

「それはぼくから話しましょう」

「いいえ、わたしが話します」

ずっと、うまく話せずにいたように見えたかおるさんは、断固とした口調でそう言った。みんなの視線は、再び、かおるさんに注がれた。

「あなたが覚えててくれてよかったわ。ここ、わたしたち、お父さんと一緒に何度も来たわねえ。空気が良くて、ここに来るとあなたの喘息《ぜんそく》も調子良くなったのよ。もう昔のことで、覚えてないかもしれないけど。お友だちの紹介で、ここに来て、あなたもお父さんも気に入って、三、四年、通ったかしらね。そのうち、あなたの受験や何かもあって来なくなってしまったけれど。三年くらい前だったかしら、わたしたちにここを紹介してくれた古いお友だちが亡くなって、そのお葬式で中林さんにお会いしたの。そしたら、もうペンションはやっていらっしゃらないけど、転地療養に来るなら部屋を使ってもいいって言ってくださったの。たまに知り合いにだけ貸したり、シェアハウスみたいに使ったりしてるからって。そのときは、お話だけ聞いて、そんな暮らし方もあるのかと思った程度だったけど、お父さんが死んでから、わたしも一人でしょ。ちょっと寂しいところもあったのね。そしたら塔子さんがね、そう、こちら

のね。塔子さんが、田舎暮らししたいって言ってたこともあって、二人で行ってみよ

うかってことになったのよ」

昌樹氏は眉間にしわを寄せたまま、くちびるも少し突き出すようにして考えている

ようだったが、塔子が注目したのは虹サンの表情だった。

一世一代のセリフを吐こうとしていたのに、のっけから演出家のダメ出しが入って

それを中断させられた役者かなにかみたいな、驚いたような傷ついたようななんとも

間の抜けた顔で、正面の暖炉の火をまじろぎもせず見ている。

「母さん、そんなことをいまになって言うけど、じゃあ、どうしてそういう話が出た

ときにぼくに言わないの？」

「だって、あなた反対するじゃない」

図星だったのか、昌樹氏は黙って、責める方向を変えることにしたらしい。

「さっきから、なんだよ。母さん、ほんとに頭はしっかりしてるっていうの？」

かおるさんは上目遣いに息子を睨みながら、

「してるわよ」

と、小さい声で言った。

「じゃ、なんだったの。母さんはずっと、ぼくらを騙《だま》していたわけ？　ぼくだけじゃ

ない。父さんのことも騙してた？　なんのためにぼけたふりなんかしてたんだよ！」

「そんなの、してない」

これもまた小さい声だったが、次第にかおるさんが興奮してきているのがわかった。かおるさんは小さい拳《こぶし》を、スカートの上で握っていた。

「してたね。絶対、してた。いまみたいに長くしゃべるの聞くの、何十年ぶりだろうって感じがするよ」

「それは、あなたとお父さんがしゃべらせてくれないからよ」

「なに、それ。どういうこと？　しゃべらないでくれなんて、頼んだことはないよ」

「あなたとお父さんが、ぼけてるって言ったんじゃない」

「だって、母さんが」

「ぼけてなんかなかった。骨折の後で、少し記憶障害が出ただけよ。そう、お医者様だって言ってたじゃない。お父さんもあなたも聞こうとしなかったのよ」

「なんの話？」

「ほら、忘れてるじゃない。あなたには忘れてもいいようなことなのよ。骨折のあと、手術をするかどうか、お医者様があなたとお父さんに聞いたのよ。そしたら二人して、しなくていいって、わたしには無理だって言ったのよ。リハビリには耐えられないからって。お医者様は、まだ体力もあるから、本人ががんばれるなら手術してリハビリしたら、また歩けますって言ったのに、もう歩けなくていいですって、あなたとお父さんが言ったのよ！　母はぼけていますから、歩かなくていいです。歩かないほうがいいです。このままでいいです。車椅子でもいいですって言ったのよ！　歩いたって、どうせまた転ぶんだから、歩けなくていいんですって言ったのよ！　そう言ったのよ！　あなたとお父さんが二人して。母は、ぼけていますから、歩けないほうがいいんですって！」

かおるさんの声はどんどん大きくなり、トーンが上がり、途中から興奮して泣きだした。最後の「歩けないほうがいいんですって！」は、まさに叫びと化していたので、部屋中が緊張して、マリー・ジョイの部屋に引っ込んでいたはずの二人も、何ごとが起こったのかとリビングに続く廊下まで出てきたのが、暖炉側に座っていた塔子には見えた。

「夫と息子が二人がかりでそんなふうに言ってるところで、歩きたいって言えるわけがないじゃない！　転んだあとで自信もなくなってたし、あのころは鬱の薬だって飲んでたわ。ぼけてたんじゃない！　鬱の症状だったのよ！　いろんなことが重なって、少しおかしいように見えたからって、わたしから歩行を取り上げる権利は、あなたとお父さんにはなかったのよ！」

そのまま、かおるさんは泣き崩れて、それこそしゃべれなくなった。

塔子は立ち上がって、マリー・ジョイのところまで行き、少し気持ちの落ち着くハーブティーでも淹《い》れて持ってきてほしいと頼んだ。そして、かおるさんのロッキングチェアに近づいて、ずり落ちていたショールを引き上げて、もう一度肩にかけてあげた。

また、沈黙の中に暖炉の薪がはぜる音だけが聞こえる時間が流れた。マリー・ジョイはティーカップを回収して、またべつのカップにカモミールのお茶を淹れて運んできた。幾人かは黙ってそれを口に運び、幾人かは口をつけすらしなかった。

「だけど、だって、母さんはずっと」

沈黙の合間に、昌樹氏がなにか言いかけて、それからまた口をつぐんだ。隣にいる民子さんというお嫁さんは、半分口を開けたまま、夫と姑《しゅうとめ》を交互に見ている。虹サンも、言葉を発することもなく、ただ、万感の思いを込めてかおるさんを見つめているだけだった。

かおるさんが泣き止むまで、ムーンライト・インの時間は止まったようになったが、あたりは遠慮なく暮れ始めて、マリー・ジョイが門灯を点《とも》しに出た。

「あなた、帰りの時間が」

それまで一言も発しなかった民子さんが夫の耳元で囁《ささや》いた。

「時間が決まってるんですか？」

「はい。駅で、帰りのチケットを予約したので。三枚」

「三枚？」

塔子は当惑して繰り返し、肩をふるわせたままのかおるさんに目を向けた。

「あなた、そろそろ」

「だって」

「泊まっていかれますか。部屋なら、ありますが。荷物をなんとかすれば」

虹サンが事態を把握できないままに、そう口にした。

「いいえ」

昌樹氏は、反射的に答える。

ややあって、虹サンはもう一度口を開いた。

「どうでしょう。ここはいったん、お二人でお帰りになって、日を改めて話し合われては」

すると、だんだん、洟《はな》をすする音も小さくなり、少し冷静さを取り戻したらしいかおるさんが、細いが、はっきりした声で言った。

「帰りましょう」

全員の視線は、とうぜん、かおるさんに落ちた。

虹サンは脳天を打ち砕かれたみたいに驚いて、顎を落としてかおるさんを見つめた。

かおるさんは虹サンをまっすぐ見て、口を一文字に引き結び、しっかりと頭を左右に振った。

「帰る？」

虹サンが、かすれた声を出した。

「帰りましょう。いちばん言いたかったことは言ったわ」

かおるさんは言葉を切った。

「楽しかった。夢みたいな時間だった。でも、こんな時間が、いつまでも続くわけがないんだわ。帰ります。持っていくものもとくにないわ。家に戻れば着るものくらいはあるもの。塔子さん、コートを取ってきてくださる？　この、編み物仕事だけ持って帰る。年内に納めなきゃならないから」

「でも、かおるさん」

「かおるさん、帰らないと言ってたよ。どうしたの？　家に戻ったら、もう、ここに来られないと言ってたでしょう」

かおるさんは力なく頭を左右に振り、最後に虹サンのほうを見て、

「ごめんなさい」

と言った。

民子さんが携帯アプリでタクシーを呼び、昌樹氏がかおるさんを担いで後部座席に

座らせ、トランクに車椅子を入れて、

「それでは」

と挨拶したとき、こんな展開になるとは予想だにしていなかったムーンライト・インの面々は、途方に暮れたまま、言葉もほぼ出てこなかった。


放心状態のまま家の中に戻り、四人はそれぞれ暖炉を囲むようにして腰を下ろし、しばらく燃える薪の赤い色を見て黙っていた。

「どうして帰っちゃった？　帰らないと言ってたのに」

最初に口を開いたのは、マリー・ジョイだった。

「不退転って言ってたのに、あっさり退転してしまいましたね」

拓海は、虹サンのほうを向いた。

「まったくわからないですね。かおるさん、あれでいいんでしょうか」

塔子さんも首をひねり、虹サンは立ち上がって暖炉のほうに行き、キャビネットからウィスキーを引っ張り出した。

「食事前だけど、誰かつきあう？　ちょっと飲まずには」

はい、と拓海は手を挙げた。

「なにか作る気にならないから、夕食は冷凍ピザです」

塔子さんは宣言して、キッチンに引っ込んだ。

「虹サン、飲んでもいいけど、少しよ。また血圧上がるよ。薄いのじゃなきゃだめ。マリー・ジョイ、水持ってくるよ」

看護師のマリー・ジョイも水を汲《く》みに行った。

残された拓海は虹サンの表情を読もうとしたが、情けない顔で暖炉の火を見ていた彼が、フッと顔の筋肉を緩ませ、笑うような音を立てたのでびっくりした。

「え？」

思わずそう声に出した。

「七十も半ばを過ぎて、こんなことをまた経験するとはね」

と、虹サンは言った。

「また？」

虹サンは、グラスを二つ出し、自分と拓海に酒を注いだ。マリー・ジョイがグラスと氷とピッチャーを持って戻ってきた。

「あの人、五十年前と同じことをしたよ」

「五十年前？」

「ああ。結局、あの人は、ぼくより家庭を選んだんだ」

マリー・ジョイと拓海は、顔を見合わせて頭にクエスチョンマークを浮かべたが、虹サンはいつのまにか自分の世界に没入していた。数種類のピクルスと、ピザを二枚、スライスしたハムなどを塔子さんがお盆に載せて運んできて、リビングルームのセンターテーブルに置き、虹サン以外の三人は、意外におなかがすいていることに気づいて、それぞれ好きなものを小皿に取った。

虹サンは深呼吸して話し始めた。

虹サンとかおるさんが二十代だったときから始まる、一大ラブストーリーだった。

結局、その日の夜は虹サンの独演会となり、いままでうっすらとしか知らなかった二人の物語を、拓海はかなり細部にわたって知ることになった。虹サンはロマンチストらしく、「彼女は美しかった」とか「人妻ならではの輝き」とか「謎めいた美貌」とか躊躇なく言うので、照れ屋の拓海は腰がふわふわと落ち着かなくなり、思いのほか飲んでしまった。

マリー・ジョイの指導により、かなりの水でアルコールを中和しながら飲んでいた虹サンは途中で寝落ちして、仕方がないので部屋から寝具を運び、毛布で老人をぐるぐる巻きにして、その上から羽根布団をかけ、暖炉の給気量を限界まで落として、薪をとろ火にして寒くないように調節した。

翌日虹サンは、酔ってべらべら話したことを少し後悔しているようだったので、誰もそれには触れずにいたが、みんなの中の「かおるさんロス」は大きかった。

つまり、かおるさんがいないままの状態で、マリー・ジョイの帰国の日、十二月二十二日を迎えたのだった。

前日はお別れ会ということで、マリー・ジョイが天ぷらの次に好きなすき焼きが食卓に上ったが、かおるさんはいないし、マリー・ジョイもいなくなるので、いきおい、口数の少ないしんみりした会になってしまった。

「あなたがたときたら、勝手に押しかけてきて、勝手に帰っちまうんだから」

別れ際に虹サンはさみしそうにぼやき、塔子さんはちょっと目をうるませた。

「またいつでもいらっしゃいよ。ねえ、また、こっちで働くことを考えてみたら？　介護士の勉強だって、あそこまでやってたんだから、無駄にするのはもったいないない？」

そう、塔子さんが言うと、マリー・ジョイは答えずに力なく笑った。

荷物を車に積み込むと、拓海は運転席に、マリー・ジョイは助手席に座った。

「うん。そうだ。いつでも戻っておいで」

拗《す》ねていた虹サンも、ウィンドウを下げてぺこりとお辞儀をした彼女に声をかけた。

こんども答えなかったが、マリー・ジョイはうなずいた。

羽田《はねだ》空港までの二時間半、拓海にはどうしてもマリー・ジョイに言いたいことがあったが、どうしてだか話し出せないままに、話題は虹サンとかおるさんに終始してしまう。

「マリー・ジョイ、わかっちゃったんだよー」

彼女は顎をつんと上に向けて、少し威張るように話し始める。

「なにが？」

「なんで、かおるさんが帰っちゃったか」

「え？　ほんと？　なんでなの？」

「虹サンが、変な話、するからだよー」

「変な話って、例の、五十年越しのラブストーリー？　でも、あれ、聞いたの、おれらでしょ？」

「虹サン、かおるさんの息子にも話そうとしてたよ、絶対。だけど、あんなの聞いたら、びっくりするよ」

「そりゃ、そうだ。息子が聞いたらびっくりするよ。てか、おれもびっくりしたもん」

「だから、かおるさん、帰っちゃったんだよ。息子にあれを、虹サンが言うと、困るでしょ」

「虹サンはなんで息子に話したかったんだろ」

「わかんないけど、マリー・ジョイたちには話したかったでしょ。いい話と思ってるんじゃないの？　でも、息子には、いい話じゃないよ」

「まあ、な。そうだね。お母さんの不倫の話だもんね」

「ちょっとズレてるでしょう、虹サンは。虹サンには、すてきな小説みたいな話かもしれないけど、かおるさんが話したことのほうが、ずっとシンプルでしょ」

「あ、葬式で会って、転地療養に来いって誘われたっていう、あの、色気のまったくないバージョン？」

「そうよ。あれでＯＫと、マリー・ジョイは思うよ。おじいさんとおばあさんの話なんだから。葬式、病気、空気のいいとこで治療、わかりやすいよ」

「きみのまとめかたは、身も蓋《ふた》もない」

「ミモフタ？　どういうこと？」

「うーん、なんというんだろう。はっきりしすぎている」

「そう。はっきり。わかりやすい。いちばんいい」

拓海は虹サンのロマンチックな熱弁を思い出し、心の底から気の毒になってきたが、たしかに「葬式、病気、空気のいいとこで治療」は、説得力があるし、波風立てないし、パーフェクトな説明に思えてきた。

「でも結局、かおるさんは息子のところへ行っちゃったわけだろ。目的は達成できなかったわけじゃない？　あそこで虹サンと暮らすっていう目的はどうなっちゃったんだろ？」

「かおるさんが戻ってくればいいだろ。空気のいいとこで治療だよ」

「だけど、息子がそれ、許すかなあ」

「マリー・ジョイは、ずっとオクサン見てたけど、かおるさんのこと連れて帰りたくないみたいだったな」

「オクサンて、息子さんの奥さん？」

「そう。ぜんぜん、いっしょに帰りたくなさそうだった。だいじょうぶ、あのオクサンががんばるから、かおるさんは戻ってくるよ」

「また、自信満々に、すごいこと言うね」

「だって、そうだよ。かおるさん、帰ってどうする？　あの二人のいる家で、毎日泣いたり怒ったりするでしょ。施設に行くのも嫌。お世話するのはオクサンでしょ。オクサンはお世話したくないでしょ。だから、だいじょうぶ。かおるさんはテンチリョーヨーだよ」

「そんなにうまくいく？」

「さあね。わかんないけど、かおるさんとオクサンが、がんばればだいじょうぶじゃない？　だけど、もし、あのとき、虹サンが息子にあの話をしたら、息子はぜったいに、虹サンといっしょに暮らしなさいって言わないよ」

「あの話って、かおるさんと虹サンの昔のこと？　そういうもん？　二人の五十年越しのラブストーリーにほだされて、いいって言わない?」

「ホダサレテ?」

「そんなに愛し合ってるなら、いっしょになればいいって、思わないかな?」

「思うわけないだろ。いきなり、変な話聞かされてびっくりするだけでしょう」

リアリストのマリー・ジョイは一刀両断に言い放って、ボトルホルダーから抜き取ったコカ・コーラを一口飲んだ。それから少し感慨深げに言った。

「親子って、難しいね」

「うん?」

拓海は前方から目を逸《そ》らさずに、続きを促した。

「かおるさんは、息子に、ちゃんと話、できなかった。話したら、いっぱい泣いちゃったでしょ。かわいそうな、ひどい話だよ。かおるさん、歩けなくなっちゃった。あんなに怒ってたのに、息子に言わなかったでしょ。ずっと。そしたら、ぼけと、息子が思ってたでしょ。難しいね、親子って」

「そうだね」

「マリー・ジョイにはわかりませんわー」

空港に着いてチェックインを済ませ、少し時間があるからと二人でコーヒーを飲むことにしたけれど、座って向き合っていても拓海は、話すべきことを口に出すタイミングをはかりかねていた。マリー・ジョイはペラペラと、ユーチューブで見たばかばかしい動画の話や、アメリカに住んでいる従兄弟《いとこ》の話、ハリウッドセレブのゴシップから、気候変動の今後といった立派な話題まで持ち出して、ほとんど一人でしゃべっていて、拓海には相槌を打つ時間くらいしか与えてくれなかった。

「じゃ、行くよ」

マリー・ジョイはおしゃべりをやめて、

「知らせたら、荷物ちゃんと送ってよ」

と言った。

「ああ」

拓海はスーツケースを手に立ち上がったが、

「いいよ。自分で持つ」

と、やんわり振り払われて、せつなくなった。

保安検査場へ向かう彼女の背中に向かって、

「なあ」

と、声をかけた。

マリー・ジョイは振り向いて、

「これ、飲んじゃって。それか、捨てて」

と、残り少ないコカ・コーラのボトルをバッグから取り出す。

「なあ」

「なに？」

「おれ、就職決まった」

「なに？」

「就職することにしたんだよ」

「シュウショク？」

「うん、そう。それが、場所がね、島根なんだけどね。島根ってわかる？　島根県」

「――あんまりよく知らないけど、たぶん、わかるよ。地図見ればね」

「それで、おれ、そこは、ええと、住むところもあって、あ、寮とかじゃなくて、ちゃんと近くにアパートを借りてくれてるんだよ。それで」

「いつ行くの？　シマネに」

「来月。正月明けたら」

「マリー・ジョイの荷物はどうするのよ？」

「荷物？」

「送ってくれるって言ったでしょ！」

「あ、ああ。それはちゃんと、虹サンに頼んでおくよ」

「なんだよ、じゃあ、マリー・ジョイ、自分で虹サンに頼むよ」

「待って」

「うん。わかった。シマネに行くんだろ。よかったね、就職決まって。おめでとう。そのことはゆっくりメールして。そろそろ行かなきゃ」

「うん、あ、ちょっと待って」

「なに？」

「介護の仕事なんだ。マリーさんがやってたやつ。マリーさんの仕事だから、おれ、ちょっと関心あったし、一から仕事を教えてくれるって言うし、こんどこそ、本気出して、やってみようと思ってんだ」

「そっか。がんばってね。うん、いい仕事だよ。拓海はやさしいから向くと思う。がんばってね。じゃ、そろそろ行くよ」

「待って。それで、おれ、休みが取れたら、マリーさんに会いに行きたいんだ」

「フィリピンに？」

「そう。マリーさん、おれといっしょに戻ってこないか？」

「どういうこと？」

「待っててもらえないかと思って。おれ、就職して、そしたらマリーさんを迎えに行くから。はっきりいって給料はそんなよくないけど、住むところは案外広いんだよ。

戻ってきて、いっしょに暮らさないか。そこ、若い人が少なくて、まだ人を探してるみたいなんだよ。おれ、マリーさんならさ、経験者だし、もしかしていっしょにそこで働けるかなって。おれ、仕事もなくて住むところもないのに、マリーさんにいっしょに暮らそうって言えなくてさ。ずっと」

「なんだよー。日本人は、ずっと言えないことが多すぎるよ。拓海、もっと早く言ってよ」

「だからさ、飛行機の中で考えて。それからフィリピンに帰っても考えといて。おれ、たぶん、ゴールデンウィークとかだったら、休みがもらえると思うし、そしたら」

マリー・ジョイはあんぐりと口を開け、拓海の顔をしげしげ見つめた。

「だから、考えといて。おれ、必ず行くから。住所、教えて。会いに行くから、そして戻ってきてって言うから。おれと結婚しないか？　おれ、マリーさんに戻ってきてほしいんだ。いっしょに暮らそう。結婚しよう」

「ちょっと」

マリー・ジョイはまわりをきょろきょろ見ながら、固まっている拓海の腕をつかんだ。

「拓海、自分でなにを言ってるか、わかってる？」

「わかってる」

「なんで、こんなとこで言うんだよ」

「こうなっちゃったんだから、しょうがないじゃんか」

「どうすんの。もう一度言ってみ」

「え？」

「マリー・ジョイはもう、入んなきゃなんないんだからさ。もう一度言ってみ」

「だから、おれ、就職が決まってて」

「そこはもういい。マリー・ジョイになにしてほしいんだって？」

「だから、飛行機の中で考えて。フィリピンに行っても」

「だから、なにを？」

「おれが迎えに行ったら、戻ってきてほしいんだ」

「うん、どうして？」

「いっしょに暮らしたい」

「拓海は、マリー・ジョイと、なにしたい？」

「暮らして、ええと、もし、だから、考えて」

「だから、なにを？」

「結婚しないか、おれたち。ってことを、じっくり、よく、飛行機の中と、それから」

「言ったね」

「え？」

「拓海、自分がなにを言ったかわかってるよね？」

「わかってる」

「それは、マリー・ジョイのママに、あの日本のバカ男が言ったことだからね！」

「え？」

「結婚したいから、迎えに行くから、待っててくれって、マリー・ジョイのママは、言われたんだからね。同じことを、拓海は言ったんだからね」

拓海はみぞおちあたりを自分の手でつかみ、うなずいた。

「言った。わかってる。自分の言ったことがなんだか、わかってる」

「マリー・ジョイはママと同じことになるのは嫌だからね」

「わかってる。絶対に、同じ目には遭わせない」

「じゃあね」

「待ってて。必ず迎えに行く。連絡する」

そう言うと、拓海は大急ぎでマリー・ジョイを抱きしめ、頬をすりよせた。それから少しだけその頬をすべらせて、くちびるを重ね、誓うように何度も髪を撫《な》でた。

マリー・ジョイは自分の体をゆっくり引き離すと、かすかに顎を引いてみせてから、振り向かずに保安検査場にまっすぐ歩いて行った。

解説　夢のような

朝倉《あさくら》かすみ（作家）

ページを一枚ずつ繰っていくあいだ、ずっと、感じていたことを書かせてほしい。筋を追ったり、登場人物たちを知っていったりしながらも、それとはべつに「これってなあに？」とだれにともなくこっそり訊《き》きたくなるような、なんともいえない「感じ」である。

いわば、わたしの感じ方発表会というやつで、のっけから恐縮だ。

いったい「感じ方」などというものは主観によるのだからだいぶ個人差があるくらいのことはわたしだって知っている。おまけにきっと伝えづらい。でも書きたい。本のページをひらいて、言葉を拾っていくなかで、いのいちばんに読み手に起こる働きが「感覚」だと思うからだ。ほとんど生理的な。いっそ好き嫌いといっていいような。『ムーンライト・イン』の本文がわたしにもたらしたのは、読んでいるのに聞いているような「感じ」だった。

この「感じ」には覚えがあった。記憶を探ると十か十一かそのくらいの時分まで遡《さかのぼ》る。絵よりも文字の分量の多い本を読み始めたころである。文字のサイズもちいさくなって、色がついているのは表紙だけという、ちょっとおとなっぽい児童書となじみになった。図書室の棚にシリーズで並んでいるのを借りては読んで返したものだ。

わたしらこどもに人気なのは海外の児童文学だった。とりわけて、なんらかのきっかけで主人公が今いる現実世界から、まったくの別世界に迷い込み、入り浸る話である。

わたしらこどもは、わくわくしながらその別世界でのオリジナルなルールを主人公とともにひとつずつ覚えていく。そのうち魔法なんかも使えるようになる。胸が躍るようなできごとや、胸が張り裂けそうなできごとを経験し、もはや別世界の住人になったのかもと思った矢先に大変なことが起こり、のっぴきならない状況に追い込まれる。たいてい魔法はもう使えない。わたしらこどもは主人公とひとつになって、知恵や勇気やアイディアを総動員して立ち向かう。思うぞんぶん活躍し、今いる現実世界に戻ってくるのだが、それはあくまで主人公にとっての現実世界。わたしらこどもは、本を閉じることで、自分らの現実世界に戻ってくる。こちらはこちらで物語という別世界から戻ってくるのだ。

このときも、読んでいるのに聞いているような「感じ」があった。

文字を追うだけで、声が聞こえてくるようだった。黙読しているにもかかわらず、だれかに読んで聞かせてもらっている「感じ」がして、ふしぎだった。

でもまぁそんなもんかと簡単に片付けて、いつのまにか忘れていたのだが、長い長い年月を経て、本作を機に思い出し、考えてみたというわけである。

聞こえていたのは、語り手の声だった。

ここでいう「語り手」は作者ではない。もちろん登場人物でもない。どちらも「語り手」と呼ばれることがあるのでややこしいのだが、『ムーンライト・イン』を例に説明してみる。

この小説は、各章の節ごとに中心となる人物が変わる。節はシーンと言い換えてよく、特定の人物がフィーチャーされる場合が多いが、複数人に次々ピントが合っていく場合もある。そんないくつもの節が車両みたいに繋《つな》がって、列車（その名もストーリー号）が走っていくのだが、車両の順番は時系列では決してない。どの車両をどの順番で繋ぐかは作者が決める。むろん、どう書くのかも作者の仕事だ。

（ここで、わたしは、中島《なかじま》さんがプラレールの車両を繋げている絵を想像する。彼女の周りにはレールが渦巻きのように置かれている。巨大な渦巻きだ。なにしろ長めの列車を走らせるので自然とレールも長くなる。中島さんは毎日たったひとりで部屋の真ん中に陣取り、もくもくと車両を繋げていっている――。ちなみにレールの置き方は渦巻きでなくていい。ただし置き場所は平面でなきゃいけない。立体交差はありえない。それは小説が平面——紙でもタブレットでも——に描かれるものだからだ。わたしが中島さんをすごいと思うのは、中島さんの作品は、平面に書いてあるのに、驚くほど立体的ってところである。「わーVRゴーグルを着けたみたいに見えてくるぅ」とか、そういうんじゃない。中島さんの作品を読むと、どの車両を、どう書いて、どう繋ぐかで、物語じたいの奥行きとか幅とか深さとか厚みとか、なんなら風味までだせてしまうことが分かる。これってほんとにほんとにすごいことなんだけど、上手にいえなくて悔しい。まったく、届け、この思いとしか)

話は戻って、「語り手」の件。登場人物は車両に乗っていて、彼らを乗せて繋げて走らせてるのは作者である。わたしがいいたいのは、「あともうひとりいるよね？」ってことだ。なんかいるでしょ、もうひとり。ほら、こういうとこ。Ⅱの五節の最後。

（略）彼がそれを知ることになるのは、もう少し先のことだった。

続く六節の始まり。

ともあれ、拓海が診察室で神妙にしていたころ、マリー・ジョイは市内の別の場所へと車を走らせていた。

いるっぽくないですか？　ガイド風の人。読者とコミュニケートするっぽい人。たまにしかでてこないんだけど、でもこの人の声がずっと聞こえてる「感じ」がする。わたしはこの「感じ」がとても好きだ。一種の懐かしさがある。こどものころみたいに、物語の中にどんどん、どんどん、入っていける。

栗田拓海（三十五歳・突然の解雇により無職、自転車旅行中）は夜中、雷雨に遭い、宿を探して廃墟《はいきょ》のような駅前エリアを歩き回る。おいしそうなスープの匂いを漂わせるペンションらしき建物を発見すると、そこにいたのは新堂かおる（八十代・息子夫婦に施設に放り込まれたくなくて家出中）、津田塔子（五十前後・なにかヤバい事件を起こし潜伏中）、マリー・ジョイ（二十代・母国を離れ日本に滞在中）、中林虹之助（七十代・元ペンション「ムーンライト・イン」オーナー）の四人。

拓海は、まるでなにかの一味のような女性三人組からはまったく歓迎されなかったが、オーナーから屋根の修理依頼があり、天候回復まで宿泊できることになる。ところが作業中に骨折。しばしの安静が必要なのだが、住みかを整理して旅に出た彼に帰る場所はない。

〈じゃ、ここにいればいいじゃん〉と言ったのはマリー・ジョイだ。

〈みんな、そうだよお〉と〈非常に説得的な、歌うような抑揚〉で〈あなたもムーンライト・フリットでしょ〉と続けたのだった。

かくして「ムーンライト・フリット（夜逃げ）」した人々の「ムーンライト・イン」での同居生活が始まる。

それぞれの事情や秘密が悩みや憂いとともに少しずつ明らかになっていく。どれもすべてごく個人的なものだ。親子、夫婦の人間関係、老後、自立と依存、性格、恋愛、労働、どれもすべて普遍的なトピックといってよく、そしてどれもすべて現在の日本が抱えている社会問題と絡み合っている。しかもその社会問題が現場の視点で捉《とら》えられる。

今いる場所から逃げてきた四人にとって、ちょっと寂れた高原の古い建物での同居生活はたいへんに心地いい。干渉しすぎずに助け合い、そっと気遣い合っている。夢のようだ、とそれぞれが思う。月が満ちていくような、ふくよかな日々である。

わたしらおとなは、読みながら、こういうのいいな、と思うはずだ。まったく夢のようじゃないかと。だけども、だから、わたしらおとなはうっすらかなしい。登場人物らと同じように、こんな夢のような生活がいつまでもつづくわけがないのを知っているからだ。だからこそ夢のような生活にうっとりし、だからこそ、うっすらかなしい、というループが、本を閉じて、現実世界に戻ってきたわたしの胸にまだ繰り返されている。

本書は、二〇二一年三月に小社より刊行された
単行本を加筆修正のうえ、文庫化したものです。

ムーンライト・イン

中島京子《なかじまきょうこ》

令和5年 12月25日　初版発行

発行者●山下直久

発行●株式会社KADOKAWA
〒102-8177　東京都千代田区富士見2-13-3
電話　0570-002-301（ナビダイヤル）

角川文庫 23946

印刷所●株式会社暁印刷
製本所●本間製本株式会社

表紙画●和田三造

ISBN 978-4-04-114377-3　C0193

JASRAC 出 2309494-301　◇◇◇

角川文庫発刊に際して

角　川　源　義

第二次世界大戦の敗北は、軍事力の敗北であった以上に、私たちの若い文化力の敗退であった。私たちの文化が戦争に対して如何に無力であり、単なるあだ花に過ぎなかったかを、私たちは身を以て体験し痛感した。西洋近代文化の摂取にとって、明治以後八十年の歳月は決して短かすぎたとは言えない。にもかかわらず、近代文化の伝統を確立し、自由な批判と柔軟な良識に富む文化層として自らを形成することに私たちは失敗して来た。そしてこれは、各層への文化の普及滲透を任務とする出版人の責任でもあった。

一九四五年以来、私たちは再び振出しに戻り、第一歩から踏み出すことを余儀なくされた。これは大きな不幸ではあるが、反面、これまでの混沌・未熟・歪曲の中にあった我が国の文化に秩序と確たる基礎を齎らすためには絶好の機会でもある。角川書店は、このような祖国の文化的危機にあたり、微力をも顧みず再建の礎石たるべき抱負と決意とをもって出発したが、ここに創立以来の念願を果すべく角川文庫を発刊する。これまで刊行されたあらゆる全集叢書文庫類の長所と短所とを検討し、古今東西の不朽の典籍を、良心的編集のもとに、廉価に、そして書架にふさわしい美本として、多くのひとびとに提供しようとする。しかし私たちは徒らに百科全書的な知識のジレッタントを作ることを目的とせず、あくまで祖国の文化に秩序と再建への道を示し、この文庫を角川書店の栄ある事業として、今後永久に継続発展せしめ、学芸と教養との殿堂として大成せんことを期したい。多くの読書子の愛情ある忠言と支持とによって、この希望と抱負とを完遂せしめられんことを願う。

一九四九年五月三日

角川文庫ベストセラー

宇宙エンジン　中島京子

身に覚えのない幼稚園の同窓会の招待を受けた隆一は、ミライと出逢う。ミライは、人嫌いだった父親を捜していた。手がかりは「厭人」「ゴリ」、2つのあだ名だけ。失われゆく時代への郷愁と哀惜を秘めた物語。

眺望絶佳　中島京子

自分らしさにもがく人々の、ちょっとだけ奇矯な日々。客に共感メールを送る女性社員、倉庫で自分だけの本を作る男、夫になってほしいと依頼してきた老女。中島ワールドの真骨頂！

そんなはずない　朝倉かすみ

30歳の誕生日を挟んで、ふたつの大災難に見舞われた鳩子。婚約者に逃げられ、勤め先が破綻。変わりものの妹を介して年下の男と知り合った頃から、探偵にもつきまとわれる。果たして依頼人は？　目的は？

少女奇譚　あたしたちは無敵　朝倉かすみ

小学校の帰り道で拾った光る欠片。敵と闘って世界を救うヒロインに、きっとあたしたちは選ばれた。でも、魔法少女だって、死ぬのはいやだ。（表題作）など、少女たちの日常にふと覗く「不思議」な落とし穴。

マタタビ潔子の猫魂　朱野帰子

地味な派遣OL・潔子は、困った先輩や上司に悩まされる日々。実は彼らには、謎の憑き物が！『わたし、定時で帰ります。』著者のデビュー作にしてダ・ヴィンチ文学賞大賞受賞の痛快エンターテインメント。

角川文庫ベストセラー

角川文庫ベストセラー

ナラタージュ　島本理生

お願いだから、私を壊して。ごまかすこともそらすこともできない、鮮烈な痛みに満ちた20歳の恋。もうこの恋から逃れることはできない。早熟の天才作家、若き日の絶唱というべき恋愛文学の最高作。

B級恋愛グルメのすすめ　島本理生

自身や周囲の驚きの恋愛エピソード、思わず頷く男女間のギャップ考察、ラーメンや日本酒への愛、同じ相手との再婚式レポート……出産時のエピソードを文庫書き下ろし。解説は、夫の小説家・佐藤友哉。

からまる　千早茜

生きる目的を見出せない公務員の男、不慮の妊娠に悩む女子短大生、そして、クラスで問題を起こした少年……。注目の島清恋愛文学賞作家が〝いま〟を生きる7人の男女を美しく艶やかに描いた、7つの連作集。

本日は大安なり　辻村深月

企みを胸に秘めた美人双子姉妹、プランナーを困らせるクレーマー新婦、新婦に重大な事実を告げられないまま、結婚式当日を迎えた新郎……。人気結婚式場の一日を舞台に人生の悲喜こもごもをすくい取る。

きのうの影踏み　辻村深月

どうか、女の子の霊が現れますように。おばさんとその子が、会えますように。交通事故で亡くした娘を待ちわびる母の願いは祈りになった――。辻村深月が〝怖くて好きなものを全部入れて書いた〟という本格恐怖譚。

角川文庫ベストセラー

ルンルンを買って
おうちに帰ろう
林　真理子

モテたいやせたい結婚したい。いつの時代にも変わらない女の欲、そしてヒガミ、ネタミ、ソネミ。口には出せない女の本音を代弁し、読み始めたら止まらないと大絶賛を浴びた、抱腹絶倒のデビューエッセイ集。

みずうみの妻たち（上）（下）
林　真理子

老舗和菓子店に嫁いだ朝子は、浮気に開き直る夫に望みを突きつけた。「フランス料理のレストランをやりたいの」。東京の建築家に店舗設計を依頼した朝子は、初めて会った男と共に、夫の愛人に遭遇してしまう。

さいはての彼女
原田マハ

脇目もふらず猛烈に働き続けてきた女性経営者が恋にも仕事にも疲れて旅に出た。だが、信頼していた秘書が手配したチケットは行き先違いで——？　女性と旅と再生をテーマにした、爽やかに泣ける短篇集。

日本のヤバい女の子
覚醒編
著・イラスト／はらだ有彩

「昔々、マジで信じられないことがあったんだけど聞いてくれる？」昔話という決められたストーリーを生きる女子の声に耳を傾け、慰め合い、不条理にはキレる。エッセイ界の新星による、現代のサバイバル本！

ファイナルガール
藤野可織

私のストーカーは、いつも言いたいことを言って電話を切る（「去勢」）。リサは、連続殺人鬼に襲われ生き残るというイメージから離れられなくなる（「ファイナルガール」）。戦慄の7作を収録した短篇集。

角川文庫ベストセラー

ののはな通信　三浦しをん

ののとはな。横浜の高校に通う2人の少女は、性格が正反対の親友同士。しかし、ののはなに友達以上の気持ちを抱いていた。幼い恋から始まる物語は、やがて大人となった2人の人生へと繋がって……。

今夜は眠れない　宮部みゆき

中学一年でサッカー部の僕、両親は結婚15年目、ごく普通の平和な我が家に、謎の人物が5億もの財産を母さんに遺贈したことで、生活が一変。家族の絆を取り戻すため、僕は親友の島崎と、真相究明に乗り出す。

あやし　宮部みゆき

木綿問屋の大黒屋の跡取り、藤一郎に縁談が持ち上がったが、女中のおはるのお腹にその子供がいることが判明する。店を出されたおはるを、藤一郎の遣いで訪ねた小僧が見たものは……江戸のふしぎ噺9編。

うちのご近所さん　群　ようこ

「もう絶対にいやだ、家を出よう」。そう思いつつ実家に居着いたマサミ。事情通のヤマカワさん、嫌われ者のギンジロウ、白塗りのセンダさん。風変わりなご近所さんの30年をユーモラスに描く連作短篇集！

咳をしても一人と一匹　群　ようこ

出かけようと思えば唸り、帰ってくると騒ぐ。しおらしさの一つも見せず、女王様気取り。長年ご近所最強のネコだったしい。老ネコとなったしいとの生活を、時に辛辣に、時にユーモラスに描くエッセイ。

角川文庫ベストセラー

ブルーもしくはブルー	恋愛中毒	ショートショートドロップス	運命の恋 恋愛小説傑作アンソロジー	9の扉
山本文緒	山本文緒	新井素子・上田早夕里・恩田陸・図子慧・ 近藤史恵・三浦しをん・松尾由美・新津きよみ・ 高野史緒・辻村深月・新井素子・ 萩尾望都・堀真潮・松崎有理・三浦しをん・ 皆川博子・宮部みゆき・村田沙耶香・ 矢崎存美 編/新井素子	池上永一・角田光代・ 中島京子・村上春樹・ 山白朝子・唯川恵 編/瀧井朝世	北村薫・若竹七海・殊能将之・ 鳥飼否宇・麻耶雄嵩・竹本健治・ 貫井徳郎・歌野晶午・辻村深月

偶然、自分とそっくりな「分身（ドッペルゲンガー）」に出会った蒼子。2人は期間限定でお互いの生活を入れ替わってみるが、事態は思わぬ展開に……！ 読みだしたら止まらない、中毒性あり山本ワールド！

世界の一部にすぎないはずの恋が私のすべてをしばりつけるのはどうしてなんだろう。もう他人を愛さないと決めた水無月の心に、小説家創路は強引に踏み込んで――吉川英治文学新人賞受賞、恋愛小説の最高傑作。

いろんなお話が詰まった、色とりどりの、ドロップの缶詰。可愛い話、こわい話に美味しい話。女性作家によるショートショート15編を収録。

村上春樹、角田光代、山白朝子、中島京子、池上永一、唯川恵。恋愛小説の名手たちによる"運命"をテーマにしたアンソロジー。男と女はかくも違う、だからこそ惹かれあう。瀧井朝世編。カバー絵は『君の名は』より。

執筆者が次のお題とともに、バトンを渡す相手をリクエスト。9人の個性と想像力から生まれた、驚きの化学反応の結果とは!? 凄腕ミステリ作家たちがつなぐ心躍るリレー小説をご堪能あれ！